KB269248

낙서, 음화
그리고 비총

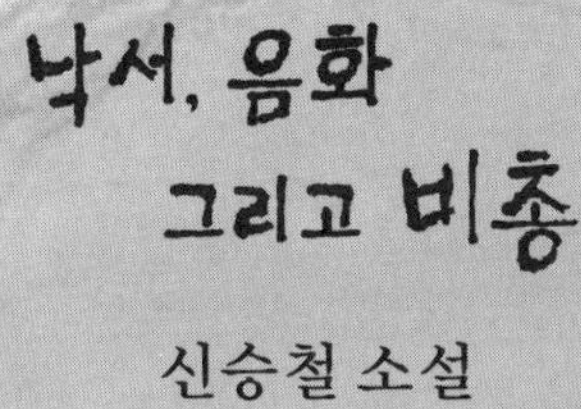

낙서, 음화 그리고 비총

신승철 소설

문이당

차 례 / 낙서, 음화, 그리고 비총(鼻塚)

해거리

난 괜찮어라우. 니미 씨발 것. 장승모냥 카만히 앉거서 따복따복 얻어묵기나 한디 뭐시 어쩔랍디요? 다 늙은 할마씨가 이라고 빙원에 자빠졌는디 넘들이 뭐시라고 하겄소. 그냥 뒈져불면 쓸 것인디 살면 얼매나 더 살겄다고…… 나가 죽일 년이제. 그란디 아자씨는 누구시다요? 뭐시라고라우? 김핸민? 알제라우. 핸민이가 우리 둘째 아덜인디 우째 모른다요? 그란디 핸민이가 우찌케 되야 부렀다요? 그람 뭣 헐라고 이녁 자석은 물었쌌소? 뭐시요? 핸민이 둘째 아덜? 그라면 그쪽이 핸민이 둘째 아덜이요? 워따메, 그란다냐? 우찌앗스꼬, 그라면 우리 손준갑네. 나가 눈꾸녁이 당최 까매 부러 갖고 몰라봤어야. 직장 댕기느라고 바쁠 것인디 뭣 헐라고 여글 왔으까잉. 아야, 인

자 너도 장개를 가야 쓰겄다잉. 뭐시라고야? 은제 장개를 갔다
냐? 오메, 그래야? 그란 것도 몰르고…… 잘했다, 잘했어야. 그
라믄 우째서 혼자 왔다냐? 각시허고 같이 오제만, 그랬다냐?
그라제. 바쁘제. 누구? 느그 큰엄니? 펄쎄 가부렀어야. 한 번
딜다보고는 오도 가도 안 해부러. 아야, 그란디 칼로 눈꾸녁을
끄서 부렀으먼 여그 개린 것을 언능 치워 부러야 안 쓸 것이냐
잉. 봐라, 여. 눈 개린 것을 언능 떼불란다도 못허게 이런다마
다 시방. 하고 짚은 것도 못허고 이래라저래라 성가시게 군디
죽겄다마다. 우째 그라긴, 깝깝헌께 그라제. 그란디 느그 엄니
는 우째 안 온다냐? 아침에 온다등만 여영 안 와부러야. 아니
여, 여즉 안 왔당께. 그것이 뭔 소리다냐? 오메, 여그 앉겄던 아
줌씨가 느그 엄니여야? 워따워따 시상, 이라고 늙고 살랑께 여
영 멍충이여, 멍충이. 그라먼 이약을 하제 우째 안 했으까잉.
그랑께 밥도 멕여 주고 소피도 봐주고 그랬능갑네. 이라고 나
가 멍충이여, 멍충이. 언능 죽어 부러야 쓸 것인디, 놈 못헐 일
만 해쌌고 참말로 우찌까잉. 이 눈꾸녁? 글 안 혀도 시방 이약
을 헐라고 했어야. 시상에도 얼척없드랑께. 징합드라. 징해.

  할머니! 저, 영철이에요. 괜찮으세요? 어, 웬 욕을 그렇게 하
신데. 무슨 그런 말씀을 다 하세요. 나이가 드셨는데 이젠 쉬셔

야죠. 예, 저요? 할머니가 저를 못 알아보시나 보네. 어떻게 설명해 드려야 하나. 할머니, 김현민 씨 아시죠? 아신다구요? 그래요. 아니요, 아버지가 어떻게 되신 게 아니구요. 답답해라. 할머니! 제가요, 햄민이 둘째 아들이에요. 네, 맞아요. 그렇다니까요. 그럼요, 제가 할머니 손자죠. 바쁘긴요, 할머니가 아프신데 당연히 와서 뵈야죠. 무슨 말씀이세요, 할머니? 할머니! 제가 장가를 간 지가 언젠데요. 벌써 6년이 넘었는데 무슨 장가를 또 가겠어요. 그렇다니까요. 아, 일이 있어서 같이 못 왔어요. 집사람이 직장을 다니거든요. 만나기로 했는데 약속 장소에 나오질 않았어요. 아마, 야근을 하나 봐요. 죄송해요, 할머니. 그런데 큰어머니는 어디 가셨나 봐요? 아, 우리 어머니랑 교대하신 모양이구나. 큰어머니는 내일 아침에 오실 거예요. 할머니! 이 안대를 떼버리면 큰일 나요. 불편하셔도 참으셔야 해요. 안대를 만지시면 안 된다니까요, 왜 그러세요. 우리 어머니요? 여기 와 계실 거예요. 할머니! 아침에 어떤 아주머니가 와 계셨죠? 그분이 저희 어머니세요. 그럼요. 눈만 나쁘신 게 아니라 이젠 귀도 잘 안 들리시나 봐. 할머니! 할머니가 죽기는 왜 죽으세요. 그런 말씀 하지 마시고 오래오래 사셔야지요. 눈은 좀 어떠세요? 요 쪼그만 구멍으로 뭐가 보이세요, 할머니? 눈은 어떻게 되신 거래요? 참, 백내장 수술이라고 했지. 나이가 들면 다 그렇게 되는 거래요. 할머니! 뭐가 없으시다구요? 얼척이가 뭐예요? 아, 얼척없다구요? 아, 징하시다구요? 말씀하세요, 할머니. 제가 다 들어드릴게요.

요 위층에 할마씨가 있는디. 아니, 우알로 같이 살아야. 그 할마씨랑. 오, 그란다마다. 나가 말을 못해야. 당최 까매 부러 갖고 이약을 못헌다마다. 느그 큰아부지 사는 아파트 위층에 노인당 당기는 할마씨가 그런당께. 그라제. 노인당 같이 당기는 할마씨. 할마씨가 나보고 그래야. 눈이 안 보이믄 동네 빙원에 가자고. 난 안 갈라고 혔는디. 그랬당께. 난 안 갈라고 했어야. 왜긴 왜야. 돈이 없응게 그라제. 벨벨 생각이 다 나드라. 이 노릇을 우찌앗스꼬. 밤에 잠이 안 오드랑께. 글혀서 우리 딸 그놈이 있어서 오믄 돈을 주고, 오믄 돈을 주고 글혀서 있기는 쬐깐 있었제. 누군 누구라냐, 성자제. 그라제, 너헌티는 성자 고모제. 그것이 뭔 소리다냐? 아니여, 오믄 돈을 주고, 오믄 돈을 쬐깐석 주고 그랬어야. 성자가 아니고 영자? 오, 그라제. 성자가 아니고 영자제. 내가 이런다마다. 성자여, 성자. 뭐시여? 오, 그라제. 영자여, 영자. 영자가 준 돈을 쬐깐석 모테 논 것이 있어 갖고 동네 빙원에 할마씨하고 갔어야. 난 안 갈라고 했당께, 우째 그랬쌌냐? 그래 갖고 안 갈라고 했는디 위층 할마씨가 이라고 옆구리를 자꾸 찌세야. 뭐시? 아니, 이라고 여글 손꾸락으로 찔르믄서 빙원에 가자고 했당께. 글제. 전라도 말로 빙원 가자고 찔벅찔벅 건드렸다 그 말이여. 할마씨하고 빙원에 갔는디 앵경을 썼드란마다 선상님이. 그라제, 빙원 선상님이 앵경을 썼드란마다. 우찌케 허믄 좋겄소, 눈꾸녁이 안 뷘디 무장무장 안 뷘디 이 노릇을 우찌케 허믄 좋겄소, 했제. 이약을 헌께는 자석이 몇이요, 자석이 몇이요 엄한 소리를 하드랑께. 글혀서 자석이 여섯이요, 했제. 그라면 뭣이 또 있다냐? 아, 그라제. 아덜떨이 여섯이고 딸자석이 싯이제. 하나는 죽어 불고. 시방 생각혀도 명자 그년이 칵 죽어 붕께는 이 가심에 못이 백여야. 호랭이 물어 갈 년이 그라고 뒈져 불고 자석 새끼덜을 어차끄나, 어차끄나 애간장이 타드란마다. 누가야? 오, 느그 큰고모가 속뱅이 나갔고 죽어 부렀어. 뭔 새끼야? 오, 느그 큰고모가 죽어 부렀는디 자석들이 싯이나 있었냐, 안. 새끼덜이 불쌍한께 속이 다 타부렀당께. 느그 한해는 눈뻥이 났는디도 술만 묵드랑께. 느그 큰아부지가 '눈뻥에는 술이 해롭다고 안 허요' 헌께는 '눈이 빠져도 묵으야 쓰겄다' 그라고 꼬라지를 내드란마다. 생전 울도 안 하던 느그 한아부지도 울었어야. 그것이 뭔 소리다냐? 오, 한해하고 한아부지는 한가지제. 전라도 말이 그런당께는. 그라제, 느그 할아부지가 그랬어야. 그란디 느그 진주함마니가 나보고

사람 잡아 묵어 부렀다고 '어따 썩을 년, 염병헐 년' 험시로 욕을
욕을 해쌌는디 참말로 죽고 싶었어야. 헐 소린 아니제만 느그
진주함마니는 죽어서도 좋은 디 못 갔을 것이다, 암은. 사람이
지독해 갖고 새벽녘에 잠자고 있는디 물을 홱 찌끄림시로 칵칵
찌세 부러 그냥. '염병할 년, 호랭이 물어 갈 년' 험시로. 나가 참
말로 그런 시상을 살었다. 참말로 그런 시상을 살었어야. 무신
소릴 허다가 엄헌 데로 빠져 부렀다냐? 오, 그라제. 앵경 낀 선
상이 수술을 해야 한께는 아덜떨헌티 이약을 하라고 그렸어. 한
짝은 다 개려 부렀고 한뼈짝은 반이 개렸는디 수술을 안 허믄
둘 다 개려 분다고 그런다마다. 까막눈이어 갖고 있어도 쓸모도
없제만서도 다 개려 불면 어차끄나 어차끄나, 했제. 누구헌티
말도 못허겄고 성자가 오믄 쓸 것인디, 했제. 뭐시야? 성자가
아니고 영자? 오, 그라제. 영자여, 영자. 우리 딸 그놈이 있어서
영자 그것이 좋더라. 여그 반지도 영자가 해주고 돈도 쬐깐슥
오믄 주고 오믄 주고 했어야. 요놈 다리가 애리고 아팠냐, 안.
얼음을 붙여 놓은 것모냥 시래 빠져 갖고 죽었는디 영자가 빙원
에 가자고 해갖고 침을 맞은께는 여간 소랍다마다. 보드랍구나,
살겄구나, 했제. 아프면 빙원에 데려가고 맛난 것을 오믄 사주
고 했어야. 영자가 좋더라, 영자가 좋더란마다. 그란디 느그 싯
째 작은아부지가 왔드라. 대전 작은아부지야. 느그 대전 작은아

부지가 왔는디 물어봤당께. '영자가 언제 온다냐, 헐 얘기가 있응께 한 번 오니라' 했제. '뭣 땀시 그라요' 묻드란마다. 글혀서 나가 매느리헌티는 말 못허겄고 '영자보러 한 번 오라고 해라' 했제. 그란디 느그 작은아부지가 뜬금없이 '영자는 못 올 것이요, 안 온단 말이요' 허드란마다. 니미 씨발 것. 그거사 나는 몰르제. 우찌케 안다냐? 그것이 뭔 소리다냐? 나는 몰러. 나는 모른당께는. 신발? 뜬금없이 뭔 신발아? 신발이 아니고 고무신이라고야? 영암 살 때? 그라제. 영암에 살 때 서울에 올라오고 했제. 고무신을 우째 숨겨 부러? 나는 안 그랬는디? 오, 니가? 생각나제. 그라믄 생각이 난다마다.

병원 위층에 누가 산다구요? 아, 큰집 위층에 할머니가 사신다구요? 할머니! 안산 큰집 위층에 다른 할머니가 사신다구요? 왜요, 나이가 들면 다 그렇죠. 그래서요? 위층에 사시는 할머니가 뭐라고 그러셨는데요? 눈이 아프시면 당연히 병원에 가셔야죠. 왜요? 돈이 왜 없어요. 할머니도 참. 무슨 생각이요? 잠도 못 주무셨다구요? 어떤 고모가 돈을 주셨는데요? 성자 고모요? 영자 고모가 아니구요? 네. 아니, 영자 고모가 돈을 주셨을 거예요. 성자 고모는 제주도에 사셔서 잘 못 오시잖아요. 할머니가 치매도 있으신가? 뭐라구요, 할머니? 아프시면 병원에 가셔야 한다니까요. 옆구리를 어떻게요? 아, 그 할머니가 병원에 가자고 꼬셨단 말씀이세요? 아이고, 고마우신 분이네. 할머니! 잘하셨어요. 그래서요? 뭐를 썼다구요? 아, 의사 선생님이 안경을 쓰셨다구요? 앞이 잘 안 보인다니까 의사가 뭐래요? 왜 자식이 몇이냐고 물어요? 아, 가정 형편을 알아보려고 그랬구나. 무슨 말씀이세요, 할머니? 할머니가 자식이 왜 여섯이에요? 딸들은 자식이 아니에요? 그렇죠, 아들이 여섯이고 딸이 셋이죠. 누가 죽었다구요? 호랑이가 누굴 물어 가요? 이게 무슨 말씀이실까? 아, 돌아가신 명자 고모님한테 욕을 하시는 건가? 할머니! 큰고모가 돌아가셨다구요? 자식새끼들 놔두고? 아, 할아버지가 눈병이 나셨는데도 술을 드셨다구요? 할아버지를 한해라고도 하고 한아부지라고도 부르는가 보죠? 할아버지가 술 잡숫고 우셨다 그 말이죠? 전라도 말이라 해석을 잘해서 들어야겠구먼. 진주함마니요? 진주할머니가 누구신데요? 증조할머니를 왜 진주할머니라고 해요? 진주가 고향이 아니시고? 아, 원래 그래요? 그렇구나. 그러면 진주할머니라고하면 할머니한테는 시어머니겠네? 증조할머니가 그렇게 구박이 심했어요? 글쎄, 이상하네. 증조할머니가 구박이 심하셨다는 말씀은 처음 듣겠네. 유독 우리 할머니한테만 그러신 거 아니에요? 거 이상한 분이시네. 착하신 우리 할머니한테 왜 그러셨을까? 아니, 잠자는 사람한테 물바가지를 씌웠단 말이에요? 할머니, 뭐라구요? 아, 무슨 말씀을 하셨드라. 아, 병원에 갔더니 안경을 낀 의사 선생님이 자식이 몇 명이냐, 그랬죠. 네, 맞아요. 그러셨어요? 한쪽 눈은 하나도 안 보이시고 다른 눈은 반만 보이신다구요? 할머니가 글자를 모르시나? 할머니! 성자가 아니고 영자 고모라니까요. 할머니는 딸 중에서 영자 고모가 제일 좋으시죠? 저도 알아요. 반지도 영자 고모가 해주셨구나. 아, 그러시구나. 언제 다리가 아프셨는데요? 아, 한의원에 가셔서 침을 맞으셨어요? 지금은 괜찮으시구요? 소랍다구요? 훨씬 편하다는 말씀이신가 보네. 셋째 작은아버지가 오셨다구요? 대전 작은아버지 잘 알죠. 무슨 말씀을 하셨는데요? 영자 고모가 바쁘신가 봐요. 나중에 오시겠죠. 웬 욕을 또 하셔. 할머니 욕쟁이시네. 할머니! 옛날에 신발 잃어버린 거 기억나세요? 신발이요, 신발! 아, 신발이 아니고 고무신이겠구나. 할머니, 영암에 사셨잖아요? 네, 영암에 사실 때요. 영암에 사실 때 서울에 올라오곤 하셨잖아요? 그때 할머니 고무신이 없어진 적이 있어요. 아니, 할머니가 숨긴 것이 아니라 제가 숨겼다니까요. 생각나세요? 생각나시죠? 한 20년은 넘은 것 같으네. 할머니! 할머니가 서울에 오시면 저는 그렇게 좋을 수가 없었어요. 그럼요. 제가 할머니를 얼마나 좋아하는데요. 할머니도 좋았지만 할머니가 오시면 밥상에 반찬이 좋아지니까 더욱 좋았어요. 그러니 어린 마음에 할머니가 시골로 내려가신다고 하면 서운해서 죽겠더라구요. 할머니, 그래서요 제가 할머니가 집에 못 가시게 고무신을 몰래 내다 버렸어요. 그때가 언제였을까, 초등학교 1, 2학년 때였을까? 처음에는 고무신을 숨기려고만 했는데 이상하게 됐다니까요. 옛날에 우리가 살던 슬레이트 집 뒤에 물탱크 집이 있었거든요. 아니요. 옛날에 저희가 서부 이 촌동에 살 때 뒷집에 물탱크 집이 있었다구요. 애들이랑 거기에 놀러 가곤 했었어요. 그 물탱크가 지하로 2, 3층 정도 깊이였을까 싶네. 밑으로 내려가려면 철 계단을 밟고 내려가야 하는데 다리가 후들거릴 정도였어요. 그래서 할머니 고무신을 그 철 계단 밑에 숨겨 놓으려고 갔는데 어쩌다 보니까 고무신을 바닥으로 떨어뜨린 거예요. 얼마나 황당했겠어요. 할머니 고무신을 집어 오려면 바닥까지 내려가야 하는데 용기가 나야 말이지요. 한 번도 바닥까지는 내려가 본 적이 없었거든요. 그러니 어떻게 해요. 집에서는 할머니가 시골에 내려가신다고 고무신을 찾고 난리가 났지, 고무신을 찾아올 수는 없지. 그 길로 줄행랑을 놓았죠, 뭐. 그때 할머니는 어떻게 시골로 내려가셨나 몰라. 아이고 완전 범죄를 노출시켜 버렸네. 할머니! 그럼, 옛날에 제가 할머니 김밥 뺏어 먹은 거 기억나세요? 모르신다구요? 제가 할머니 김밥을…… 어떻게 설명을 해야 하나. 옛날에 서울역 앞에 고속버스 터미널이 있었거든요. 한진고속이었나 싶네. 아마 그날도 할머니가 서울에 오셨다가 시골에 내려가시려고 식구대로 배웅을 나갔을 거예요. 그런데 어머니가 아침부터 김밥을 만드시더라구요. 아마 할머니가 버스를 타고 영암으로 가시면서 점심때 드시라고 김밥을 만드셨을 거예요. 그래서 나도 김밥을 좀 얻어먹을 수 있겠구나 싶었죠. 그런데 어머니가 단 한 덩어리도 주시질 않더라니까요. 어쨌든 버스 터미널에 갔는데 저는 김밥이 먹고 싶어서 계속해서 칭얼거렸죠, 뭐. 할머니는 버스에 오르셨지, 버스는 곧 출발할 것 같지 마음이 조급해지더라구요. 그제서야 할머니는 버스 창문을 열고 칭얼대는 나한테 왜 그러느냐고 물으셨어요. 그러고 보니 그때는 고속버스가 창문이 있어서 마음대로 열고 닫고 그랬던 것 같네. 할머니가 창문을 여시고는 '내 강아지야, 우째 그냐' 그랬던 것 같아요. 그래서 저는 말했죠. '할머니, 김밥!' 하고 소리를 질렀다니까요. 그랬더니 할머니는 가방을 뒤적거리시다가 김밥을 한 움큼 집어서 팔을 뻗으셨어요. 그래서 저는 얼른 김밥을 받아서 볼이 터져라 한입에 우겨넣었죠. 그때 내 마음을 알아주는 할머니가 그렇게 고마울 수가 없더라구요. 그런데 그때 아버지였을까, 아니면 어머니였을까? 어, 기억하시네 할머니도. 어머니가 저를 때렸어요? 아, 그래요? 아버지가 아니고 어머니가 내 뺨을 때렸구나. 그게 왜 할머니 탓이에요? 그때 제가 얼마나 미웠겠어요. 나라도 때렸을 거야. 아, 그걸 기억하고 계셨구나. 우와, 우리 할머니 기억력 좋으시네.

오냐. 늙은 함마니가 뭐시 좋아야. 놈 못헐 일만 시킨디 좋다냐? 암은, 우리 영철이가 나한티 이물 없이 대했제. 뭐시 서운해서 죽어야? 오, 시골에 못 가게 고무신을 숨케 부렀다고? 그래, 그랬을 것이다. 무신 탱크가 있어야? 오메, 그랄 것이다. 나는 몰러, 모른당께. 뭘 뺏어 묵어? 나는 몰라야. 김밥이 있으믄 묵어라. 나는 이빨이 없응께 못 묵어야. 뭐가 기억나야? 정신이 없응께 나는 몰라야. 수술을 안 허믄 봉사가 된단디 우찌나 무서울 것이냐잉. 성자 그 가스나그가 오믄 쓸 것인디 오도 가도 안 해부러. 목이 빠져라고 지달린디 독한 년이 오도 가도 안 해분다마다. 뭐시야? 오, 옛날에 뻐스 정류장서 김밥을 달란디 우짤 것이냐. 한 주먹 주었제. 기억나제. 느그 엄니가 뺨을 때려 불드란마다. 속창시 없는 것이 뭣을 알 것이냐. 나가 진작 김밥을 줘부렀으믄 얻어맞도 안 했을 것인디. 짠압드라. 그람, 생각나제. 뭔 눈치를 봐야? 느그 큰어매? 나가 심이 있간디. 이라고 살제 어째야. 느그 큰어매도 애로운께 그라제. 늙으믄 다 그래야. 점심밥? 무신 점심밥? 오, 그라제. 그랬어야, 그랬어. 점심밥을 여영 안 준다마다. 노인당서 무신 밥을 준다냐? 안 줘. 안 준당께. 점심밥은 주지도 안 한께 몇 날을 굶었어야. 느그 큰아부지는 모르제. 우찌케 안다냐? 몰러, 모른당께. 저녁까정 굶어붕께는 매가리가 없어 갖고 못 쓰겄드라. 주믄 묵제만 우찌케 달라고 한다냐? 걱정 마러, 괜찮응께. 언제는 손주 매느리가 괴기를 사갖고 왔는디 한쪽을 안 주드란마다. 한쪽을 안 주드랑께. 뭔 괴기? 거 뭐시냐, 밭에 나는 것 있냐, 안. 칼로 짤르믄 삘게 갖고 씨는 뱉어 불고 묵는 거. 오, 수박? 그라제, 그것이 수박이제. 이라고 멍충이여, 멍충이란마다. 수박을 사왔등만 저들끼리만 묵고 한쪽을 안 주드란마다. 공갈이 아니랑께는 그랬쌌네. 묵도 못헌께는 매가리가 없어 못 쓰겄드라. 시상에도 얼척없드라. 이 노릇도 못허겄고 저 노릇도 못허겄고 우찌케 사끄나? 오메, 그라지 마러야. 느그 큰어매헌티 그라믄 쓴다냐? 그라지 말랑께는. 언능 죽어 불먼 되제, 우째야? 나가 죄로 이랑갑다, 벨벨 생각을 다 했어야. 폴다리도 못 쓰겄고 시상, 이라고 늙고 살랑께 놈 못헐 일만 시켜쌌고 언능 죽어 부러야 쓸 것인디. 진주함마니? 뜬금없이 그 양반은 왜야? 시상에 그 양반모냥 얼척없는 사람도 없을 것이다. 뭔 이약을 해야? 워따워따 느그 진주함마니는 독한 사람이어야. 시상천지 그라고 독한 사람은 없을 것이다. '밥만 퍼묵고 일도 안 한 년, 에라이 호랭이 물어 갈 년' 그람시로 머리끄댕이를 잡고…… 시상시상 그런 시상을 살았어야. 일을 하고 있는디 막대기로 각각 찌세 불고 발로 딱 차불고는 욕을 욕을 한다마다. 그런다마다. 카만히 앉겄는디 그런다마다. 니미 씨발 것. 소 여물 끓이고 2시, 3시나 잠자고 있는디 4시나 되갖고 물바가지를 홱 찌끄림시로 일도 안 함서 밥만 퍼묵는다고 때린디 벨벨 생각이 다 나드라. 한번은 역불로 죽어 불라고 샘물로 갔어야. 뭐시라고? 그라제. 물에 빠져 죽어 불라고 샘물까정 갔어야. 하도 때리고 그랑께 죽어 불라고 그랬제. 새벽에 샘물로 갔는디 너무 짚어서 무섭드라. 짚은 디를 한하고 봉께는 못 죽겄드란마다. 그래 갖고 작은 샘물까정 갔어야. 작은 샘물로 갔는디 칵 죽어 불라고 항께는 속에서 불을 킨 것맨키롬 허연 것이 딜다보이드란마다. 워따메 가심이여. 놀래 갖고 언능 도망쳤는디 생각해 보믄 그것이 달이었든 갑드라. 그라제. 시벽에 뜬 달이야, 달! 오메, '달님, 달님, 나 좀 살레 주시오. 시엄씨가 씹어 묵을라고 하요. 지발 나 좀 살레 주시오' 했제. 느그 한아부지야? 소용없제. 느그 한해는 그란 사람이여. 진주함마니헌티 뚜둘게 맞고 있는디도 눈꾸녁이 멕케 부렀는가 본 척도 안 해부러야. 느그 한해가 그란 사람이여. 뭐시라고야? 그라제. 밤마다 달님헌티 빌믄 뭣 헐 것이냐. 소용없었당께는. 눈물을 흘림시롱 '어매, 어매, 우리 어매, 뭣 헐라고 날로 시집보내 갖고 이라고 나를 죽이요' 했제. 그라제. 밤마다 했제. 소용없드란마다. 여영 소용이 없드랑께. 자석들이 큰께는 때린 것이 들 하드라마는 우찌케 독한지 대가리를 쌔려 불고 쌔려 불고 하드란마다. 우짤 것이냐. 시상시상 그라고 살았제. 그란디 한 번은 시엄씨헌티 뒈지게 맞고 있는디 누가 고래고래 소리를 지르드라. 맞음서도 이라고 봉께는 느그 큰고모가 '우리 엄니 때리지 잔 말란 말이오. 때리지 잔 말란 말이오, 니미 씨부럴' 험시로 고래고래 소리를 지르드란마다. 그랑께는 한삐짝서 카만히 섰던 느그 한해가 짝대기를 들고서 느그 큰고모를 오지게 때려 쌌는디, 우짤 것이냐. 느그 큰고모를 나가 이라고 안아 부렀제. 그랑께는 느그 진주함마니는 '염병을 퍽 하고 자빠졌네, 썩을 년들' 험시로 어디로 휙 가불드란마다. 느그 큰고모가 그랬어야. 순하디 순한 그것이 우째 그랬는가 몰라야. 누구? 아들자석들 소용없어야. 즈그 엄니가 뚜들게 맞아도 장승모냥 카만 있더랑께. 느그 큰고모가 그란 사람이여. 그란 뒤로는 느그 진주함마니도 여영 안 때리드란마다. 우찌케 살라구야? 그라믄 쓰간디. 뭣 헐라고 매느리를 뚜들게 팬다냐? 난 글 안 혔어. 그라믄 안 되제. 눈? 수술을 한께 어찬가는 몰라도 소랍다마다. 언능 눈 개린 것을 떼부러야 쓸 것인디 여 아줌씨허고 가스나그들이 염병을 한당께. 오, 그라제. 아줌씨가 아니고 둘째 매느리제. 눈꾸녁이 개려 붕께는 몰라야. 눈꾸녁을 개려 붕께는 봉사모냥 이리 가도 못허겄고 저리 가도 못허겄고 죽겄드랑께. 수술을 안 허믄 봉사가 된단디 이약도 못허겄고…… 우째 그라긴 애로운께 그라제. 카만히 앉거서 밥이나 널름널름 묵고 앉겄는디 우찌케 이약을 한다냐? 못하제. 의사 선상님이 아들자석을 데꼬 서울 큰 빙원으로 가란디 이약을 못했제. 그랑께는 느그 대전 작은아부지가 왔드라. '아야, 영자 좀 한 번 댕겨가라고 해야' 그랬제. 그란디 썩을 놈이 '영자는 못 올 것이요. 영자는 여영 안 온당께요' 험시롱 이약을 하드란마다. 눈은 개려 불고 여영 눈을 못 뜬단디 우짜까잉, 우짜까잉, 했제. 그란디 우째서 그 썩을 년은 수술도 다 해부렀는디 여즉도 안 온다냐? 누군 누구야 느그 성자 고모 말이제. 오, 맞어. 느그 영자 고모제. 나가 이리고 반팽이란마다. 느그 고모부? 알제. 싸워야? 누구랑 싸워야? 느그 큰아부지하고 고모부랑 싸워? 그란디 영자가 우째사 못 온다냐? 벨일도 다 있다잉. 다 큰 놈들이 뭔 짓거리이까잉.

할머니! 이젠 할머니도 눈치 보지 말고 사세요. 괜히 큰어머니한테 주눅 들지 마시고요. 할머니는 시어머닌데 뭐가 어렵다고 그러세요. 저희 어머니가 그러는데 큰집에서 점심밥도 안 줘서 굶고 지내셨다면서요? 노인정에서는 밥은 안 줘요? 뭐라구요? 한 번도 아니고 몇 날씩이나 굶었단 말이에요? 이 말을 믿어야 되나, 말아야 되나. 며느리한테 밥을 달라고 하시죠, 왜 그러셨어요? 참나, 이해가 안 가네. 노인네를 굶겼다는 게 말이나 돼. 괴기라니 무슨 고기를 말하는 거야. 할머니! 무슨 괴기요? 족발을 말하는 건가? 밭에서 무슨 고기가 나와요? 아, 수박? 수박을 사와서 지네들만 처먹드란 말이에요? 식사를 안 하시면 당연히 힘이 없으시죠. 참나, 노인네들이 음식 힘으로 사는 건데 왜 점심을 굶겼을까? 씨발 놈들, 콱 죽텡이를 날려 버릴까 보다. 큰어머니한테 좀 따져야겠구먼. 할머니가 왜 죽어요? 그러지 마시라니깐. 아이고, 노인네가 오락가락하시니 곧이곧대로 믿기도 어렵고…… 할머니! 할머니가 무슨 죄가 있어요? 옆에 있는 자식들이 잘 모셔야죠. 쳇, 씨발. 무자식이 상팔자라더니. 예? 아니에요. 혼잣말을 한 거예요. 할머니가 말귀를 못 알아들으시니까 하는 말이지만 그래도 원망할 자식이 있으니 할머니는 행복하신 거예요. 예? 아니, 혼잣말을 한 거라니까요. 신경 쓰지 마세요. 생각해 보면 그래도 할머니는 저보다 나아요. 젊은 놈이 죽는 소리를 한다고 나무라시겠지만 저라고 왜 고민이 없겠어요. 저를 보세요, 할머니. 결혼해서 6년이 되었는데…… 가만히 있어 봐라, 올해로 7년짼가. 그래요, 횟수로 7년이 됐는데도 전 애기가 없잖아요. 할머니, 젊은 놈이라고 욕하시겠지만 자식이 없으니까 사는 게 꼭 하숙집 같더라구요. 집에 들어가 봐야 낙이 없어요. 잠이나 자고 밥만 먹고 들락거리는 하숙집 같더라니까요. 마누라하고는 그전 같지도 않구요. 물론, 자식이 생기지 않을 거라는 거 미리 알고서 결혼을 했죠. 아버지는 집사람이 애를 낳지 못한다는 것을 알았으니 이제라도 당장 헤어지라고 하셨어요. 할머니, 집사람이 애를 낳지 못한다는 것을 몰랐으면 헤어질 수 있지만 알았는데 어떻게 헤어져요? 애를 낳지 못한다는 것을 모르고 결혼했다면 그때라도 헤어질 수 있지만 결혼을 하기로 결정된 상황도 아니었는데 애를 못 낳는다는 이유만으로 어떻게 헤어지느냐구요, 할머니. 아무튼 아버지가 저더러 뭐라고 그러셨는 줄 아세요? '내 눈에 흙이 들어가기 전에는 절대로 안 돼' 그러시더라구요. 어른들은 왜 눈에 흙이 들어간다는 말을 자주 하시는가 몰라. 예? 아니, 할머니 눈에 흙이 들어갔다는 게 아니구요. 참…… 할머니도. 면전에서 이런 말을 하는 것도 죄송스럽지만 어차피 못 들으시니까 못할 것도 없죠. 그래요. 할머니도 돌아가시면 해골이 되실 거고 그때는 눈에 흙이 들어가겠죠. 그래서 아버지도 죽어서 해골이 되어 눈에 흙이 들어가도 절대 결혼은 못 시키

겠다고 그러시는 것 같았어요. 저라고 자식이 귀한 줄 모르겠
어요? 웃기는 얘기지만 자식이 생긴다면 차라리 딸이었으면
좋겠어요. 언젠가 지하철을 타고 가는데 맞은편에 앉아 있는
계집아이가 눈에 들어오더라구요. 다섯 살이나 여섯 살쯤 되었
을까? 그 계집아이는 해바라기 모양의 머리핀을 입에 물고 있
었어요. 양손으로는 어깨까지 늘어진 자신의 머리카락을 매만
지고 있었죠. 그런데 그 계집애는 자신의 머리카락을 말총처럼
동여맸다가 풀고, 됐다 싶으면 다시 풀고, 그랬어요. 할머니,
생각해 보세요. 귀밑머리를 쓸어 올리는 손놀림, 한쪽 손으로
는 머리카락를 움켜쥐고 한 손으로는 입에 문 머리핀을 능숙하
게 머리카락 속에 찔러 넣을 때 눈썹 주위에 모아지는 주름을
한번 생각해 보시라구요. 대여섯 살짜리밖에 안 되는 계집아이
가 자신의 머리를 매만지는 모습을 보니까 이상하게 제 입가에
미소가 번지더라구요. 깜찍하다고 해야 하나, 어른스럽다고 해
야 하나, 아니면 교태라고 표현해야 할까. 아무튼 저는 딸아이
가 생긴다면 머리카락을 곱게 빗질하고 머리를 단정하게 묶는
일은 제가 도맡아서 해주고 싶다는 생각을 했어요. 우습죠? 아
들이라면 어떨까요? 할머니는 아들 여섯에 딸을 셋이나……
아니지, 딸이 넷이지. 큰고모는 죽었으니까. 어쨌든 자식을 여
럿 보셨으니까 지겹기도 하시겠지만 아들 키우는 재미도 괜찮

을 거예요. 글쎄, 아들놈이 있다면 녀석을 목말을 태우고 롯데 월드도 가고, 에버랜드도 가겠어요. 저도 어렸을 때 아버지 목에 올라타고서 창경원을 구경하던 생각이 나거든요. 아무리 목이 아프고 저려 와도 녀석이 좋다면 땅에 내려놓지 않겠어요. 사람이 아무리 많이 모인 곳에서도 녀석만은 우리 안에 갇힌 호랑이를 볼 수 있을 거예요. 아, 내가 왜 이러지. 할머니, 저도 젊은 놈이지만 어떨 때는 할머니처럼 세상을 다 살아 버린 것 같다니까요. 엄살이 아니에요. 그래요. 엄살이라고 해도 좋아요. 사실, 저희 집사람 일부러 여길 오지 않았어요. 하여간 씨발 년이 누구 집들이다 돌잔치다 해서 애기가 있는 집만 갔다 오면 저 지랄을 해요. 시무룩해 가지고 말도 안 하고…… 처음에는 그러려니 했더니만 이젠 아주 뻑 하면 눈물을 쏟는다니까요. 오늘만 해도 그래요. 제 친구 녀석이 늦게 장가를 가서 이번에 애를 낳았거든요. 그런데 집사람이 백일밖에 안 된 애 앞에서 코가 빨개진 채 눈시울을 붉히고 있잖아요. 성질이 나서 옆구리를 툭 쳤더니 그 자리에 주저앉아 엉엉 소리를 내며 우는 거예요. 그러니 남의 백일잔치가 초상집이 돼 버렸지 뭐예요. 씨발, 쪽 팔려서 원. 겨우겨우 달래서 병원 앞까지 데려왔는데 저희 어머니 보기가 어쨌다는 둥 찡얼거리더라구요. 이젠 면역이 될 만도 한데 왜 그러나 몰라. 도대체 안 되는 걸 어떻게 하라는 건지 모르겠다니까요. 인공 수정이다 지랄이다 안 해본 게 없는데 도대체 나더러 어떡하란 말입니까? 고아원에서 애를 데려다가 키우자고 해도 싫다고 하고…… 어휴, 씨발. 그래서 여기 병원 앞까지는 저도 참으면서 잘 왔거든요. 그런데 자꾸 저희 어머니나 친척들 보기 겁난다고 해서 '에이 씨발, 그럴 거면 집에나 가!' 그러면서 소리를 질렀더니 질질 짜면서 택시 타고 도망쳐 버리더라구요. 예? 할머니 뭐라구요? 성자 고모요? 아, 영자 고모요? 나이가 들면 다 그런다니까요. 할머니! 영자 고모는 당분간 안 오실 거예요. 왜냐하면요, 고모부 아시죠? 고모부랑 큰아버지하고 싸워서 오시기 어려울 거예요. 큰아버지랑 고모부랑 싸웠다니까요. 큰아버지가 사장이고 고모부가 공장장이잖아요. 구조 조정 때문에 고모부를 큰아버지가 잘랐…… 그래서요…… 에이…… 할머니! 저도 잘 모르겠어요.

성자 그것이 오믄 쓸 것인디, 뭐 땀시 안 오까잉. 워따워따 썩을 년. 할머니 또 그러시네. 할머니! 영자 고모라니깐요. 오, 그라제 영자 고모제. 나가 버버리가 되야 부렀당께. 할머니! 영자 고모가 그렇게 보고 싶으세요? 이녁 자석인디 왜 안 보고 잪을 것이냐. 눈이 까매 부러 갖고 찾아가지도 못허고 폴다리가 아픈께 움직이지도 못허고 방 안에 카만히 앉었는디 여영 오도 가도 안 해부러. 의사 선상님이 언능 수술을 안 하믄 봉사가 된 단디 성자 그것이 안 온께는 깝깝하드라. 할머니는 정말로 정 신이 오락가락하시나 봐. 영자 고모라고 그렇게 말씀을 드려도 끝까지 성자 고모만 찾잖아. 할머니! 아니에요. 편하신 대로 말 씀하세요. 한짝은 개려 부렀고, 다른 한짝은 반이나 개려 부러 갖고 수술을 안 하믄 봉사가 된다고 그란디. 전화는 뒀다 뭣 헐 것이냐. 전화질도 안 허고 가심이 타드란마다. 느그 대전 작은 아부지가 우찌케 왔드라. 그래 갖고 '언능 성자 좀 댕겨가라고 해야' 그랑께는 '성자는 못 오요. 안 올 것이요' 허드란마다. 우 찌케 무서울 것이냐잉. 방에 카만히 앉거서 따복따복 받아묵기 나 한디 말도 못허겄고. 할머니는 한 애기를 또 하시네. 그랑께 는 느그 작은아부지헌티 '아야. 나가 하고 짚은 말이 있응께, 성 자보고 전화 잠 해라 그래야' 그랬제. 그랑께는 썩을 놈이 '안 온단 말이요. 성자는 안 온당께라우' 그라고는 가부렀단마다. 오메오메, 호랭이 물어 갈 놈. 할머니! 이것 좀 드셔 보세요. 뭔 디야? 홍시예요. 드세요. 안 묵을란다. 말랑말랑하니까 좀 드 세요? 시상, 이라고 늙고 살랑께는 못 쓰겄드라. 안 묵어야. 신 세타령이 늘어지시네, 할머니는. 즈그 어매가 봉사가 된단디도 딜다보지도 않고 워따워따 썩을 년. 할머니는 저녁 좀 드셨어

요? 할머니! 뭐 드시고 싶은 게 있어요? 걱정 마러. 나는 걱정
마러야. 밥을 안 묵어도 괜찮옹께는 걱정 마러. 식사를 하셔야
지, 왜 걱정을 말라고 그러세요? 큰집에서 점심밥을 계속 굶었
다고 하시더니만 식사를 차려 드려도 안 드신 거 아니세요? 자
꾸 거절을 하시니까 정말로 식사를 하시기 싫은 줄로 알고 점
심을 안 드렸을 수도 있잖아요? 너무 늦어 불먼 고치지도 못한
디 우짰거나, 했제. 성가셔서 죽겄드란마다. 그란디 종이 울려
부러 갖고 대문까정 가봉께는 성자가 아니드란마다. 또 종이
울리믄 '성자냐?' 험시로 대문까정 가믄 아니고 그랬어야. 여영
성자 그것이 안 와부러. 싯째 아덜이 성자헌티 연락은 했을 거
이고 그란디도 안 오드란마다. '워메워메. 이젠 봉사가 되붕갑
다. 오메, 봉사가 되부네' 했제. 그란디 뜬금없이 전화가 오드란
마다. 그랑께 나가 언능 전화를 들어 갖고 '성자야! 성자야!' 했
당께. '오메, 성자야! 봉사가 되분다마다' 했제. 나가 그랬당께
는. 할머니! 고정하세요. 전화를 해서 영자 고모더러 맛있는 거
해오라고 할게요. 오메, 그랄라냐? 그럼요. 할머니 뭐가 먹고
싶으세요? 남자 거시기 껍데기가 맛나던디. 뭐라구요, 할머
니? 남자 거시기 껍데기가 뭐야? 그런 요리가 있나? 할머니!
거시기 껍데기가 뭐예요? 거시기 껍데기를 폭폭 끓여 갖고 묵
는 것이 있당께. 남자 거시기 껍데기를 어떻게 끓여. 남자 거시

기 껍데기라면 포경을 말하시는가 본데. 그걸로 무슨 요리를 해? 할머니! 껍데기라뇨? 딱딱한 거 있다, 안? 뼈요? 오, 그라제. 뼈를 끓이믄 국물이 나오제. 뼈다귀 국물을 말씀하시는 거예요? 그란당께. 거시기 껍데기를 고아 갖고 밥을 말아서 묵으믄 맛나드란마다. 할머니 때문에 웃겨서 돌아 버리겠네. 할머니! 껍데기가 아니고 뼈다귀라고 말씀하셔야죠. 거시기 껍데기가 뭐예요? 오메, 그라냐? 이라고 말을 못해야. 버버리랑께. 나이가 들면 다 그래요. 할머니! 올해 할머니 연세가 어떻게 되세요? 나이야? 팔십이 넘어 부렀제. 여든 살이요? 우와, 그렇게 되셨나? 그래도 이만하시면 정정하시네. 어, 그런데 할머니 이름이 왜 김복덕이야? 연세는 벌써 여든일곱이나 되셨네. 그런데 이상하네. 할머니 이름은 이게 아닌데. 할머니! 할머니 이름을 아시겠어요? 알제. 뭔데요? 꽃예제. 김화녀가 맞죠? 꽃화자에, 계집녀 자, 김꽃예! 텀턱스럽게 뭔 이름을 그라고 불러싼다냐? 그런데 할머니 이름이 여기 차트에는 김복덕이라고 쓰여 있어요. 이름을 바꾸셨어요? 니미 씨발 것. 느그 진주함마니가 뺏어 가부렀어야. 뭘 뺏어 갔다구요? 느그 진주함마니가 이름을 뺏어 가부렀당께. 이게 또 무슨 말이야. 할머니! 진주할머니가 이름을 어떻게 뺏어 가요? 느그 진주함마니가 죽음서 이름을 가져가 부렀당께는. 아, 사망 신고가 잘못됐다는 말씀이세요? 아, 그러니까 진주할머니가 돌아가셨을 때 사망 신고를 했는데 그게 잘못돼서 우리 할머니가 돌아가신 걸로 돼 버렸다? 뭔 염병을 한다고 그라고 돼 부렀당께. 그러면 진주할 머니가 이름을 뺏어 가버린 게 맞기는 맞네요. 아이고, 진주할 머니는 우리 할머니한테 죽을 때까지도 시비를 거셨구먼. 하기 사 옛날에야 여자들의 이름은 별로 불리지는 않았겠지만 그래 도 평생 불린 이름이 호적에서 없어졌으니 나라도 기분 나쁘 지. 이것이 뭣인디 맛나다냐? 그거요? 홍시라니까요, 할머니. 몰캉몰캉 험시롱 맛난께 입에 붙어 분다마다. 많이 있으니까 많이 드세요. 그런데 꽃예라는 이름보다는 아무래도 복덕이라 는 이름이 복스럽기는 하네요. 복복 자에 덕덕 자를 쓸 것 같은 데요, 할머니? 뭐시 복복거린다냐? 아, 그게 아니고요. 참나, 할머니랑 얘기가 안 통하네, 정말. 할머니! 진주할머니가 돌아 가신 후로는 구박하는 사람 없으니까 좋으셨어요? 시상 편하 드라. 못헐 말이제만 그 냥반 죽어 붕께는 시상 편하드란마다. 그러면 이름을 뺏긴 이후로는 할머니가 복을 받은 셈이네요? 뭔 복을 받아야? 할머니 자식들이 서로 모시려고 하잖아요? 때마다 형제들이 모여서 인사도 자주 드리구요. 저희 어머니도 할머니랑 살고 싶다고 입버릇처럼 말하시는데요, 뭐. 그라믄 쓴다냐. 살던 곳에서 살아야제. 할머니! 그러면 수술을 하고 싶다는 말을 누구한테 하셨어요? 누군 누구다냐? 느그 큰어매제. 그러면 큰어머니가 병원으로 모신 거예요? 그라제. 아, 그렇구나. 그란디 난 여그 안 올라고 했어야. 늙고 죽으믄 그만인디 뭣 헐라고 빙원엘 올 것이냐잉. 놈 못헐 일만 해쌌고 언능 죽어 부러야 쓸 것인디. 영자 고모한테 얘기를 하신 게 아니고 큰어머니가 병원으로 모셨단 말씀이네요? 그란당께는 우째 자꾸 물어봤쌌까잉. 나는 빙원 가자고 이약도 안 했는디 자꾸 가자고 하드란마다. 그랬겠죠. 그러고 보니까 우리 할머니가 복받은 것은 진주할머니가 이름을 뺏어 갔기 때문이네. 하, 할머니 이름은 시어머니의 마지막 유산인 셈이잖아. 복덕! 복덕! 거, 참 들을수록 복스럽네. 할머니! 진주할머니한테 이름을 뺏겼다고 생각하지 마시구요, 복스러운 이름을 얻었다고 편하게 생각하세요. 뭐라고야? 그냥 편하게 생각하시라구요. 그라제. 그라제. 아야, 죽기 전에 영암에 한 번 가봐야 쓸 것인디, 우차끄나? 느그 한해 산소도 딜다봐야 헐 것이고 느그 진주함마니 산소도 딜다봐야 헐 것인디, 우찌케 갈끄나?

낙서, 음화, 그리고 비총(鼻塚)

미래에는 말이죠, 사람들이 코에 안대를 끼거나 방독면을 쓰고 나체로 해변을 걷게 되는 시대가 올 겁니다. 김 기자는 직행 버스가 전주 시외버스 터미널을 빠져나가자 웃음기 어린 얼굴로 우스갯소리를 한다. 콧물이 계속 목 뒤로 흐르는 것 같고 뒤통수의 한 부위가 심하게 아파 오자 나는 목을 뒤로 젖히고 입을 살짝 벌린다. 그러다가 나는 김 기자가 오래전에 코에 붕대를 붙이고 다니던 모습이 떠올라 미소를 짓는다. 다방을 나와 격포해수욕장행 시외버스에 올라탄 후부터 김 기자는 들뜬 마음을 굳이 감추려 하지 않는다. 이른 봄철이라 그런지 해수욕장행 버스에는 승객들이 많지 않아 한두 칸 건너 빈 좌석이다.

어디서 내려야 하지? 부안이요. 거기서 비총(鼻塚)까지는 버스나 택시를 이용하면 될 겁니다. 생각해 보니 김 기자의 '코 타령'을 근 1년 만에 다시 듣게 된 셈이다. 그의 코 타령은 대개 이런 식이다. 성기를 망측한 것으로 여기는데 알고 보면 코처럼 망측한 부분도 없다. 사람의 몸에는 진화가 덜 된 부분에 털이 남아 있기 마련인데 콧속에는 털이 있고, 누런 콧물이 들락거리기도 하며, 더러는 피가 나오기도 한다. 아담과 이브가 금단의 열매를 따먹고 눈이 밝아져 치마를 만들어 음부를 가렸다는데 사실은 망측한 코를 가렸어야 옳다. 그러니 해변가에서는 사람들이 음부를 가릴 게 아니라 코에 안대를 붙이거나 방독면만 쓰고 다니는 게 자연스럽다는 것이 김 기자의 주장일 것이며, 그와는 한때 같은 신문사에서 선후배로 절친했던 사이라 내가 그 의도를 모를 리 없다.

햇살이 얼굴을 찔러 와 나는 거수경례를 하듯 한쪽 손을 눈썹에 바짝 대고 날을 세운다. 정 선배, 저 여자 왜 쫓아오는 겁니까? 보기 드문 미인인데 말씀이야. 손수건을 꺼내어 코를 풀려는 순간 후배가 건너편 좌석으로 턱짓을 하며 불쑥 내던진 말에 동작을 멈추고 만다. 때문에 나는 코 주위에 손수건을 덮어 양손으로 싸쥔 채 고개를 돌려 건너편 좌석에 깊이 몸을 묻고 잠들어 있는 여자를 바라본다. 여자는 밤색 가죽점퍼의 지퍼를 목 언저리까지 끌어올려 입고 머리를 좌로 꺾은 자세로

곤하게 잠들어 있다. 내처 사납고 모질게 코를 풀고는 손수건을 바지 뒷주머니에 아무렇게나 쑤셔 넣는다. 내가 아무런 대꾸를 하지 않자 후배는 짐작이 가는 일이 있다는 듯 고개를 가볍게 주억거린다.

입으로만 숨을 쉬어서 그런지 목 속이 건조하게 느껴진다. 이러다간 인두염이 생길지도 모르기 때문에 아무래도 혈관 수축제라도 사서 콧속에 뿌려야 할 판이다. 직장에는 휴가원을 내고 화장실을 찾아다니며 벽에 그려진 음화나 낙서들을 사진기로 촬영해 온 지 두 달째가 된다. 그러나 그러한 일을 고통스럽지 않게 할 수 있었던 것도 축농증의 재발이 한몫 거든 면이 있다.

사실 음화나 낙서를 사진기로 담는 작업에 대해 특별한 의도를 생각해 본 적이 없었다. 정신 의학적으로나 사회학적, 혹은 철학적 분석 능력이 있다면 모를까, 나의 행위는 아내의 말처럼 '미친 짓'이 적절한 표현인지도 몰랐다. 아내의 불만이 아니더라도 일련의 행동들이 '미친 짓'이라는 혐의에서 벗어날 수 없다는 것을 알았다. 가령 한 사람이 낙서를 하면 다른 사람은 거기에 대해 평가를 한다든가 아니면 면박을 주는 행위가 무슨 의미가 있단 말인가. 반정부 구호가 그렇고 성에 대한 노골적인 용어들, 그리고 성행위 장면을 과장되게 그린 음화들이 실제로 큰 의미가 있다한들 누가 보더라도 터무니없는 일일 수밖에 없었다.

비총에는 뭐가 있지? 코가 있기나 한가? 느닷없는 질문에 후배는 무슨 뚱딴지 같은 소리인가 하는 표정으로 돌아본다. 나는 후배의 시선을 외면한 채 잠들어 있는 여자를 응시한다. 여자가 잠들어 있는 좌석의 차창 밖으로 드넓은 논이 나타나고 그 위를 아직 녹지 않은 흰 눈이 듬성듬성 덮고 있다. 어디선가 흙냄새가 난다.

천장 중앙에는 끝이 꼬부라진 백합 모양의 전등 네 개가 매달려 있다. 꽃망울을 빠져나온 불빛은 사방으로 드넓게 퍼져 다방의 실내를 훤히 밝히고 있다. 탁자 위에는 통꽃 모양의 커피 잔이 놓여 있고, 그 잔 위로 김이 모락모락 피어오른다. 오른손으로 잔을 들어 냄새를 맡아 본다. 막 잔디를 깎고 난 후에 풍기는 풀 냄새가 난다. 사장님은 여그 사람이 아닌갑이요. 쬐깜 앉아도 되제라우? 미처 말리기도 전에 여자는 맞은편 의자에 털썩 주저앉는다. 아직은 쌀쌀한 날씨인데도 어깨가 많이 드러나고 목 언저리가 푹 팬 흰색 면티를 입은 다방 여자는 어느새 요구르트를 손에 든 채 대롱으로 쪽쪽 빨아 먹는다. 요구르트 병을 잡고 있는 여자의 손가락 끝에 흑장미색 매니큐어가 묻어 있고, 대롱을 물고 오므린 입술에도 엇비슷한 색깔의 루주가 묻어 있다.

오메, 무신 코창시 터지는 냄새다요? 여자가 갑자기 코를 싸쥐고 허리를 숙인 채 바닥의 이곳저곳을 살핀다. 영문을 몰라 나는 덩달아 바닥으로 시선을 옮긴다. 청색 미니스커트 아래로 뻗은 여자의 하얀 맨다리는 스산하다. 언뜻 여자의 봉곳한 젖가슴이 눈에 들어온다. 사장님, 오바이트했제라우? 여그 가방 잠 보씨요! 어따 어따 추접시런 거. 아닌 게 아니라 여자가 손가락으로 가리키는 카메라 가방 밑바닥에는 밥알을 짓이긴 듯한 점액질이 흥건히 묻어 있다. 무엇이 잘못되었나 가방을 물끄러미 쳐다보다가 그제서야 생각이 난다.

서울에서 전주까지 달려오는 고속버스 안에서 줄곧 잠에 빠졌던 나는 터미널에 도착하자마자 화장실로 달려가 물로 코를 풀었었다. 콧구멍이 헐어 휴지나 손수건으로 닦아 내는 것은 성이 차지 않았던 것이다. 코를 닦아 내고 화장실의 벽에 그려진 음화를 사진기로 촬영하려고 가방을 바닥에 내려놓았던 기억이 있는데 아무래도 그때 묻은 모양이었다. 두어 달 전에도 비슷한 경우를 당한 적이 있었다. 강남 고속버스 터미널의 화장실을 뒤져 벽에 그려진 음화와 낙서의 촬영을 모두 마치고 집으로 돌아왔을 때였다. 카메라 가방의 한쪽 귀퉁이에 묻어 있던 똥을 발견한 아내는 숫제 비명을 질렀다.

누굴, 기다린다요? 일회용 물수건을 건네주며 다방 여자가 묻는다. 물수건까지 가져다주는 여자의 마음 씀씀이가 고맙기도 해서 웃는 낯으로 고개를 몇 번 끄덕거린다. 그러고는 쿵쿵거리며 머리를 좌우로 흔들어 보지만 두통은 쉽게 가시지 않는다. 때문에 여자는 손님이 온다는 것인지 그렇지 않다는 것인지 도통 모르겠다는 표정이다.

아가씨, 이름은 뭐요? 물수건으로 가방의 밑바닥을 문지르며 여자의 얼굴을 곁눈질로 살핀다. 다방 여자는 짙은 화장에 살이 많이 드러난 옷차림을 하고 있지만 10대 후반쯤으로밖에 보이지 않는다. 이름은 어따 쓰실라요? 그냥 미스 홍이라고 부르면 좋겠구만이라우. 미스 홍은 코가 참 이쁘군. 말이 떨어지기가 무섭게 여자는 한쪽 손으로 나발을 불듯 입을 가리며 웃음을 참으려고 애를 쓴다. 왜 이러나 싶어 나는 옷매무시를 살핀다. 사장님은 코가 징하게 크요잉. 코가 크면 그것도 크다등만……. 여자는 한 손으로는 입을 가리고 다른 손으로는 배를 부여잡고 깔깔거리기 시작한다.

이 커피 잔, 냄새 좀 맡아 볼래요? 미스 홍이 웃음을 그칠 때까지 기다렸다가 내가 묻는다. 무슨 풀 냄새가 나지 않아요? 미스 홍은 얼른 웃음기를 지우고 머리를 쑥 내밀어 내가 내민

커피 잔에 코를 갖다 댄다. 커피 잔에서 커피 냄새가 나제 무신 냄새가 난다고 엄한 사람을 잡을라고 해쌌소? 콧구멍을 벌름거리며 미스 홍이 쏘아붙인다. 내가 다시 커피 잔에 코를 갖다 대려는데 여자의 등 뒤 출입구 쪽에서 낯익은 얼굴의 사내가 딱딱한 대리석 바닥 위로 뚜벅뚜벅 소리가 나게 걸어오면서 손을 들어 보인다. 나는 후배 김 기자를 금방 알아보고 쓴웃음을 지으며, 덩달아 한쪽 손을 든다.

오랜만이군, 김 기자. 취재하느라 바쁜 거 아냐? 오메, 기자 분들이씨요? 미스 홍의 목소리가 한층 높아진다. 바로 나가죠, 뭐. 김 기자는 자리에 앉자마자 인사도 받는 둥 마는 둥 빠른 어조로 말한다. 김 기자는 어디서 운동을 하고 오는지 테니스 라켓 가방을 어깨에 끼고 있다. 나는 할 수 없이 카메라 가방을 어깨에 짊어 메고 김 기자를 앞질러 계산대로 걸어가 커피와 요구르트의 값을 치른다. 막 다방 문을 밀치고 나서려는데 뒤따라 나온 미스 홍의 말이 귓속을 파고든다. 사장님! 나가 뒤따라갈팅게 지달리씨요, 알았제라우? 그녀가 빠르고 낮은 목소리로 말했기 때문에 혹시 다른 사람에게 수작을 거는가 싶어 나는 뒤를 돌아본다. 나와 눈이 마주친 미스 홍은 한쪽 눈을 찡긋 감았다 뜨고는 다방 문 안으로 훌쩍 사라진다.

숱이 적은 머리 속처럼 나뭇가지만 남은 동산이 넓은 들의 군데군데에 낮게 엎드려 있다. 운전사가 난방 장치를 세게 틀어 놓았는지 좌석에 밀착된 등짝과 허벅지 부근에 땀이 스밀 정도로 버스의 실내는 후덥지근하다. 더욱이 차창으로 비껴 들어온 햇살에는 제법 높은 온기가 실려 있다. 머리 오른쪽 끝이 바늘로 콕 찌르는 듯해 나는 짧게 머리를 흔든다.

내가 음화나 낙서를 찾아서 지하철의 화장실로 장소를 옮겨 사진 촬영에 열을 올리고 있을 무렵, 지방 주재 기자로 발령이 나 전주에 머물고 있던 김 기자에게서 전화가 걸려 왔었다. 그것도 새벽 2시가 넘어 술 취한 목소리로.

'코에 대한 역사의 현장이 있다 그 말입니다. 코비, 무덤총. 비총이요, 비총! 정 선배하고 나하고는 냄새 상실증 환자 아닙니까. 당연히 가봐야지요.'

술에 취하면 전화를 걸어왔던 김 기자는 매번 비총이라는 곳이 있는데 그곳에 꼭 가봐야 한다고 졸랐었다. 1년 전 김 기자는 중증의 축농증 환자였고, 축농증 병력을 지닌 나와 서로 가까워지는 일은 어쩌면 당연한 것인지도 몰랐다. 냄새 상실증 환자. 김 기자가 무심코 내뱉은 그 말. 어쨌거나 그 단어가 풍기는 어감에 나는 적이 놀랐다. 비총을 가보고 싶다는 의욕은 둘째 치더라도 성병을 앓고 있다는 사실이 들통 난 사람처럼 언짢았던 것이다.

정 선배, 변강쇠와 옹녀 아시죠? 김 기자가 갑자기 잠들어 있는 미스 홍에게 눈길을 주며 내게 묻는다. 가루지기타령에 등장하는 변강쇠와 옹녀가 처음 상면할 때 상대방의 코 모양을 보고 대번에 성 기능을 짐작했다는 거예요. 오른쪽 콧구멍 부위를 난대(蘭台)라고 하고 왼쪽 콧구멍 부위를 정위(廷尉)라고 하는데요, 변강쇠가 옹녀의 벌렁거리는 난대와 정위를 보고 옳거니, 하면서 감탄을 했다는 겁니다. 또 옹녀는 변강쇠의 두 눈 사이에 솟은 콧대인 근산(根山)과 코끝 부분인 준두(準頭)가 굵직하게 솟아 있고 긴 것을 보고 옳거니, 하고 탄성을 내지르는 장면이 나와요. 그러니까 옛날 사람들은 코를 보고 그대로 성기를 알아볼 수 있었다는 얘기죠. 내게 설명을 늘어놓던 김 기자는 다시 미스 홍에게 시선을 옮기면서 나지막하게 말한다. 저 여자, 난대하고 정위가 벌름거리는 것 좀 보세요. 모르긴 해도 저 여자 밤이 무서운 여자일 겁니다. 그렇게 말하고는 김 기자는 혼자서 소리 죽여 웃는다.

한때 나는 김 기자가 코에 대해 필요 이상으로 집착하는 이유를 되새겨 본 적이 있다. 내가 문화부에서 연극 담당 기자로 수습 기간을 끝내고 경제부 중소기업 1팀으로 옮겨 간 반면 김 기자는 정해진 경찰서에서 기식을 하다시피 하며 취재를 해야 하는 '하리꼬미'로 수습을 마쳤다. 어쨌거나 내가 순탄한 기자 생활을 겪었다면 김 기자는 야전 사령부 기자에 속했다. 여배우의 죽음을 타 신문사 대다수의 기자들이 약물 중독에 의한 자살로 보도한 사건을 김 기자는 데드라인을 넘겨 가며 타살이라는 사실을 입증하여 보도함으로써 능력을 인정받은 적도 있었다. 그러한 그가 시위 현장을 넘나들면서부터 코에 관하여 민감한 반응을 보인다는 것이 변화라면 변화였다. 그는 늘 말하곤 했다. 축농증에 걸렸대서 하는 얘기가 아니구요, 난 역사의 피해자다 그 말입니다. 자고로 80년대는 코가 혹사당한 시대가 아니냐구요. 시위 현장에서 터지는 최루탄은 최루탄이라기보다 콧물탄이라니깐……

직행 버스는 빠른 속도로 국도를 달린다. 이총(耳塚)은 들어 봤지만 비총은 처음 듣는데? 김 기자는 졸음을 쫓으려는 듯 머리를 짧게 여러 번 흔든다. 원래는 천비총(千鼻塚)이라는 명칭으로 일본 오카야마 현 비젠시라는 곳에 있었답니다. 정유재란 때 일본의 도요토미 히데요시가 한민족의 기를 자르려고 조선 의병과 양민의 시신에서 코를 베게 했다죠, 아마. 그 코를 소금에 절이고 백 개 단위로 새끼줄에 꿰어 나무 상자에 담아 전리품으로 삼게 했다는데 도요토미 히데요시가 죽고, 일본으로 돌아간 병사 하나가 오카야마 현 비젠시 야산에 코 무덤을 만들어 제사를 지내 왔다는 겁니다. 그러다가 우리나라 유학생이 일본에서 이를 발견했고 4백여 년 만에 코 무덤을 고국으로 옮겨 왔다는 거예요. 이총이라는 게 있잖아? 맞아요. 일본 놈들이 임진왜란 때는 귀를 잘라 갔고 더러 코도 잘라 가 이총을 만들었다고 하더군요. 가보지는 않았지만 경남 사천에 이총을 옮겨 와 안치했답니다. 정유재란 때는 코를 집중적으로 베어 간 셈이죠.

낮은 각도로 차창을 비껴 들어온 햇살, 그리고 건조한 실내 공기 때문에 나는 숨이 막혀 머리가 어질어질하다. 건너편 좌석에 여전히 잠에 곯아떨어져 있는 미스 홍이 시선에 들어온다. 짧은 시간에 깊게 잠든 여자의 모습은 몹시 지쳐 보인다. 코의 난대와 정위가 벌름거리는 모양은 영락없이 가루지기타령의 옹녀인 여자. 나는 여자에게서 시선을 떼고 창밖을 바라보며 양손을 바지 주머니에 밀어 넣는다. 손가락 끝으로 성기를 잡아 보지만 영 힘이 없다. 왼손을 빼어 손목시계를 보니 4시를 넘어서고 있다.

지방에 내려오니까 가장 속 편한 게 뭔지 아세요, 정 선배? 보기 싫은 인간 안 보는 겁니다. 김성교 부장 그 십새끼는 여전한가 몰라. 비아냥거리는 어조로 김 기자는 말한다. 그러고는 김 기자는 한결 목소리를 낮춘다. 그런데 말입니다. 가장 불편한 게 뭔지 아세요? 일이 없으니까 심심한 거예요. 전원 풍경, 다 웃기는 소립니다. 장가라도 가면 좀 나을래나.

어찌리라는 계획도 없이 신문사에 장기 휴가원을 내고 화장실에 그려진 음화나 낙서를 사진기로 촬영하는 작업에 매달려 있을 때 가장 부담스러운 존재는 당연하게도 아내였다. 그릇에서 풍기는 풀 냄새에 대해 아내는 이해하려 들지 않았다. 이비인후과에서는 정신과 치료를 권했고, 정신과 의사의 끝없는 질문에 질려 그도 그만두었다. 폭음과 늦은 귀가, 그에 따른 잠자리에서의 발기 부전(勃起不全)을 일삼는 나를 아내는 침묵으로 대했다. 흔히 말하는 신혼의 단꿈을 접어 두고 감당할 길 없는 상황으로 내몰리면서도 이성을 잃지 않는 아내를 나 또한 침묵으로 대했다. 내가 촬영 장비와 필름 현상 장비를 하나씩 늘려 가면서 통장에 저축된 돈을 축내도 아내는 침묵을 지켰으니 아내가 더 참을성을 발휘했는지도 몰랐다. 우연히 화장실에 그려진 음화나 낙서를 사진기로 담아 보면 재미있겠다 싶어 시작한 일이 '화장실 작업'이었다. 처음부터 사진을 찍으려고 했던 것은 아니었고, 그저 습관대로 낙서를 읽어 보는 데 만족했었다. 가령, 누군가가 화장실 벽면에 '붕어빵에는 붕어가 없다'라고 낙서를 해놓으면 그 밑에는 '코가 크면 콧구멍이 크다'가 붙고, 그다음에는 '코가 크면 좆이 크다'가 따라붙고, 마지막에는 '좆퉁수 불고 자빠졌네'가 뒤를 잇기 일쑤였다. 그래도 80년대와 달라진 점은 반체제나 반정부 일변도의 낙서가 시들해졌다는 점이었다. 그 자리가 청춘과 개인적인 고뇌로 채워지고 있다는 사실은 낙서를 통해 드러나고 있었다. 그러나 공중 화장실은 음화와 음담이 주류를 이루었다. 그러다가 나의 시선을 끈 낙서와 음화가 있었다. 여자가 성기를 드러낸 채 뒤로 벌렁 누워 있는 음화 밑에 '당신은 인류의 위대한 창문을 열어 두고 있군요'라고 적혀 있었다. 그 그림 바로 옆에는 손이 남자의 성기를 움켜쥐고 있는 조잡한 음화가 부분적으로 그려져 있었는데 그 밑에는 '당신은 인류의 미래를 움켜쥐고 있군요'라고 적혀 있었다. 나는 대번에 감격했고 그 길로 사진기를 구해 와 정신없이 촬영했다. 나중에야 그 그림과 낙서가 세계적으로 유명한 낙서 모음집에서 도용했다는 것을 알았지만 그때 받은 감동은 오래오래 기억에 남았다.

단층 건물들이 도로 양쪽으로 이어지는가 싶더니 직행 버스가 부안 번화가로 진입하고 있다. 이윽고 버스는 터미널 입구로 기우뚱거리며 들어선다. 차가 완전히 멈추자 테니스 라켓 가방을 어깨에 끼고 일어서서 출입구 쪽으로 나가려던 김 기자가 그때까지도 잠들어 있는 미스 홍을 깨우려고 손을 가져간다. 그때 내가 김 기자의 어깨를 잡는다. 그 여자 깨우지 마라. 때문에 김 기자는 멈칫한다. 왜요? 그냥 우리끼리 가자구. 내가 억지로 떠미는 바람에 김 기자는 출구 쪽으로 몸이 기운다. 미스 홍에게는 미안한 일이긴 했으나 우리는 서둘러 버스에서 내린다.

수습기자들의 환영회가 있었던 날, 나는 입사 후 처음으로 편집국장의 집을 방문했다. 방문했다는 말은 얌전한 표현이었고 술에 억병으로 취해 쳐들어간 셈이었다. 사회부 김성교 부장의 우격다짐과 늦게 결혼하여 젊은 아내와 살고 있다는 소문이 돌고 있던 국장의 호기가 맞아떨어져 열세 명이나 되는 편집국 기자들은 승용차 두 대와 택시를 대절해 나누어 타고 출발해 강남의 한 빌라 앞에 도착했다.

거실로 안내되어 술상을 받게 된 우리들은 책상다리를 한 채 둘러앉아 술을 마시기 시작했다. 특히 우리들 중에는 수습기자가 둘이 남아 있었는데 술자리를 옮겨 다니면서 눈에 거슬릴 정도의 큰 소리로 노래를 부르던 사람이 한 명 있었다. 그가 바로 김 기자였다. 김 기자는 누가 시키지도 않았는데 고래고래 소리를 지르며 운동권에서 부르는 가요를 부르고 있었다. 〈임을 위한 행진곡〉이 끝나면 〈오월의 노래〉가 이어지고, 이제는 끝나는가 싶으면 다시 〈농민가〉가 뒤를 이었다. 자네는 거기에 앉지 말고 여기에 앉게. 국장에게 형님이라는 호칭을 반복하면서 바쁘게 술잔을 비우던 김성교 부장이 김 기자를 지목한 것은 소주잔에 양주를 따라 맥주잔에 빠트려 마시는 흔히 말해 폭탄주라는 것을 순서에 따라 돌려 마실 때였다. 김 부장이 앉으라는 곳은 자신의 옆 자리가 아니라 무릎 위였기 때문에 노래를 멈추고 김 기자는 잠시 어리둥절한 표정을 지었다. 형님, 이 친구 이거 안 되겠는데요. 모두의 시선이 국장에게로 쏠렸고, 국장은 그저 미소를 짓고 있을 뿐 말리는 기색이 아니었다. 국장의 눈치를 살피던 김 기자는 체념한 듯 김 부장에게로 다가가 그의 무릎 위에 마치 화장실 변기에 쭈그리고 앉은 듯한 자세를 취했다. 이 친구야 괜찮아. 편하게 힘주어 앉으라구. 김 부장이 그렇게 말하자 김 기자는 더욱 어쩔 줄을 몰라 몸을 버둥거렸다.

이놈의 똥강아지. 어디서 술주정을 부려! 김 부장이 양손으로 김 기자의 머리를 낚아채어 김 기자의 코를 물어 버린 것은 바로 그때였다. 그 바람에 김 기자는 뒤로 나동그라져 코를 움켜쥐었고, 그 상황에서 큰 소리로 웃음을 터뜨린 사람은 편집국장과 김 부장 뿐이었다.

그 일이 있고 난 후 김 기자가 어떤 반응을 보였는지 알 수 없었고 관심도 생기지 않았다. 그와 마주칠 기회도 드물었거니와 김 부장의 행동이 특별한 것이라고 여기기에는 너무 상습적이었기 때문이었다.

　그러던 어느 날, 취재를 끝내고 편집국으로 돌아오던 김 기자와 단둘이 엘리베이터를 탄 적이 있었다. 정 선배, 김 부장……어떤 사람입니까? 김 기자의 느닷없는 질문이 막연하다는 생각이 앞서기도 했지만 그가 김 부장을 의식하고 있다는 사실을 알아챌 수 있었다. 김 부장 그래 보여도 너그럽고 화끈한 사람이야. 술도 잘 사주지, 상사 잘 모시지, 부하 직원 감싸 주지, 돈 잘 쓰지. 인간성 괜찮은 사람이라구. 김 기자는 내가 내뿜는 말에 연신 고개를 끄덕거렸다. 자료실에 들를 일이 있었던 나는 중간에 내렸고 엘리베이터의 문이 닫히려는 찰나에 코에 안대를 붙이고 굳은 표정을 짓고 있던 김 기자에게 한마디 하지 않을 수 없었다. 김 기자, 내가 한 말 반대로만 생각하면 돼. 알겠지?

　기자들은 능력 있응께 영화배우도 시케 주지라우? 택시가 시외버스 터미널 출입구를 지나 우회전을 하더니 국도를 따라 빠른 속도로 달리기 시작한다. 택시 앞좌석에 앉은 미스 홍이 내던진 말에 김 기자는 얼굴에 미소를 띠며 팔짱을 낀다. 그대로 떠나 버릴 줄로만 알았던 직행 버스가 갑자기 멈추고 가죽 점퍼에 짧은 청색 미니스커트 차림의 미스 홍이 버스에서 뛰어내렸다. 우리가 택시를 잡았을 때도 미스 홍은 넉살 좋게 택시 앞좌석에 냉큼 올라탔었다. 이거 봐 아가씨, 도대체 그게 무슨 소리야? 팔짱을 끼고 있던 김 기자가 위엄 있는 목소리로 말한다. 아자씨들은 기자람서요? 보시기에 우쨀지 모르제만 남들이 나보고 여배우 해보라고 을매나 이약을 했쌌는지 모를 것이요. 콧속에 혹이나 코 버섯이 생겨 구멍을 막아 버렸는지 냄새를 맡을 수 없는 것은 물론이고 숨조차 제대로 쉴 수 없다. 택시 앞좌석에 앉아 눈을 동그랗게 뜨고 돌아보는 미스 홍을 대하자 나는 어떻게 대답을 해야 할지 몰라 막막해진다. 아가씨는 코가 이쁘니까 아마 성공할 거야. 김 기자는 그렇게 말하고는 어이없다는 듯 혀를 끌끌 찬다. 글제라우? 나가 코 이쁘단 소린 귀 딱지가 생기도록 들었당께요. 택시 운전사가 미소를 짓는 것이 반사경을 통해 보인다. 어디선가 흙냄새가 나는 것 같다. 그제서야 나는 깜짝 놀란다. 평소에 코 먹는 소리를 길게 한 번 내고 두 번 정도 짧게 킁킁 소리를 반복하던 김 기자가 지금은 그런 증세를 전혀 보이지 않고 있다는 것을 알아챈다. 그때까지도 김 기자에게서 축농증이 완전히 사라진 것을 까맣게 몰랐다니.

축농증 때문이었을까, 김 기자는 코에 대한 상식이나 지식이 남달라 나를 놀라게 했었다. 가령 미술사가들은 미술 작품에서 들창코는 미숙함과 우둔함을 표현할 때 그려 넣었으며, 매부리

코는 강자나 사악한 인물을 나타낼 때, 그리고 길고 좁은 코는 지성적인 인물을 나타낼 때 흔히 묘사했다고 김 기자는 말했었다. 또한 그는 넓고 짧은 코는 야망적인 인상을 부여할 때, 짧고 작은 코는 귀여운 인상을 심으려 할 때 그림에 그려 넣었다는 등 제법 설득력 있는 말들을 늘어놓곤 했었다. 뿐만이 아니었다. 김 기자는 조각가 로댕이 그의 나이 스물네 살 때 당시 상류 사회의 문란한 성 풍속도를 풍자하기 위해 〈코가 일그러진 사나이〉라는 조각 작품을 완성하여 살롱에 전시하려 했으나 상류 사회 인사들의 완강한 거절로 뜻을 이루지 못했다고 말하기도 했다. 분명, 김 기자를 의식한 탓이었겠지만 나도 코에 대한 자료를 찾아본 적이 있었다. 우연히 헌책방에서 구입한 ‘꿈 해몽 입문’이라는 책에는 코에 대한 해몽이 제법 많았다. 코가 높아 보이는 꿈을 꾸면 흥하고, 구설이 끊일 때가 없다고 적고 있었으며, 코가 썩어 떨어지는 꿈은 거주에 대한 고생이 있고, 코가 평소보다 길어 보이는 꿈은 부귀를 얻을 징조라고 해석하고 있었다. 코가 두 개 있는 꿈은 남과 싸울 징조고, 코가 커 보이면 남의 미움을 사고, 코가 유난히 큰 사람을 보면 물질 등 모든 면에서 풍요로운 사람과 접촉할 일이 생긴다고 했다. 코가 유난히 작은 사람을 본 꿈은 사회적 지위나 가난한 사람과 관계할 일이 생긴다고 풀이했고, 코를 다치게 된 꿈은 남과 크게 싸울 일이 생기거나 누구로부터 중상모략을 입게 된다고 했다. 내가 이러한 내용을 김 기자에게 설명했을 때 그는 동지를 만난 듯 감격한 표정을 지었었다. 그러나 나는 김 기자가 설명하는 코에 얽힌 지식이나 이야기에서 지나친 편견을 읽어 냈을 뿐 특별히 의식해 본 적이 없었다.

국도를 무섭게 달리던 택시가 속도를 줄이더니 이내 멈춰 선다. 무슨 일입니까? 차에 이상이 생겼다고 생각하고서 내지른 소리에 되레 운전사가 놀란 눈치다. 다 온 거예요. 운전사 대신 후배가 대답한다. 택시로 불과 10분 정도를 달려왔을 뿐이다. 나는 차 문을 연 다음 밖으로 나가려다가 다시 주저앉는다. 점퍼 안주머니에 손을 넣어 지갑을 꺼내려는데 후배가 막무가내로 밀어낸다. 나는 차 밖으로 밀려 나와 주변을 살핀다. 동산 뒤로 국도가 오른쪽으로 급하게 휘감겨 이어지는 지점에 택시가 정차해 있다. 국도를 따라 오른쪽으로 벗어난 길에 승용차가 겨우 들어설 만큼 폭이 좁은 데다가 포장이 되지 않은 진입로가 10미터 가량 이어진다. 그 뒤로는 돌 제방과 누렇게 색이 바랜 잔디가 반씩 수평으로 나누어진 언덕이고 언덕의 군데군데에 눈이 남아 있다. 언덕은 또한 2층으로 되어 있는데 중앙에 언덕을 오르는 돌계단이 보인다. 2층 계단이 끝나는 곳의 정면에는 커다란 묘비가 우뚝 서 있고 그 양쪽에는 키가 작은 두 개의 석등이 세워져 있다. 묘비 뒤쪽으로는 병풍을 연상하게 하는 소나무 숲이 타원형으로 에워싸고 있는데 소나무의 꼭대기 너머로 저녁 해가 기울고 있다. 비총의 주변에는 추수가 끝나 벼의 밑동이 촘촘히 박힌 논바닥이 온통 휘덮고 있다. 어찌 보면 비총은 작은 선산에 불과하여 애당초부터 서울의 서오릉이나 태릉에 견주어 비총의 규모를 상상했던 나로서는 여간 실망한 것이 아니다.

오메, 이 새싹 잠 보소. 미스 홍은 비총의 진입로로 내려서다가 소리친다. 노란 꽃잎까지 핀 새싹을 뽑아낸 그녀는 그것을 코에 대고 냄새를 맡는다. 자꾸 미스 홍의 코를 보게 된다. 미스 홍의 알몸이 마음속에서 떠오르고 아랫배가 묵직해진다. 한번 맡아 보씨오, 꽃향내가 나제라우? 미스 홍이 꽃이 핀 풀을 내민다. 나는 머뭇거리다가 코를 갖다 댄다. 꽃향기라기보다 생선 비린내 같은 것이 느껴진다. 그러다가 미스 홍의 코가 시선에 들어온다. 화장실에 그려진 음화를 보면서 수음을 한 적이 있다. 기억이 희미하지만 지하철 2호선 역의 한 화장실 벽면에 그려진 음화는 특히 인상적이었다. 볼일을 마치고 일어선 높이에 그려진 여자의 나체는 거의 실물 크기에 가까웠고, 볼펜으로 그린 솜씨가 전문가 수준이었던 것이다. 목을 뒤로 젖힌 채 양손을 허리에 얹고 한쪽 다리를 길게 늘어뜨린 모습을 하고 있었다. 탄력 있는 가슴과 조그맣게 그려 넣은 젖꼭지, 그리고 음모의 모양을 곱슬머리처럼 거칠게 그린 모습까지 놀랄 만하게 사실적이었다. 특히 늘어진 한쪽 다리는 선이 많이 그어지지 않았는데도 성욕을 느낄 만큼 육감적으로 그려져 있었다. 그렇지만 누군가가 여자의 음부에 남성의 성기를 방망이 모양으로 세 개나 투박하게 그려 넣어 균형을 깨뜨리고 말았다. 나는 음화라고 보기에는 다소 수준이 높은 그 그림을 보면서 수음을 했다. 그리고 수동 카메라와 자동카메라로 번갈아 촬영했다. 현상한 필름도 상태가 좋아 대형 달력 크기로 인화지를 뽑아 패널을 만들어 작업실 중앙에 걸어 놓았다. 그 패널을 처음 본 아내는 양쪽의 가늘고 길게 굽어진 눈썹 사이에 짧게 주름을 모았다가 풀었고, 그러한 표정을 나는 놓치지 않고 바라보았었다.

그때 등 뒤에서 브레이크를 급하게 밟는 소리가 들린다. 깜짝 놀라 획 돌아본다. 택시가 좁은 공간에서 유턴을 하려던 찰나에 동산 뒤쪽에서 돌아 나오던 시외버스가 다가와 아슬아슬하게 멈춰 서 있다. 버스 기사가 창문을 열어 머리를 쑥 내밀고는 욕지거리를 하고 있지만 택시는 시끄러운 엔진 소리를 내며 달아나 버린다. 쫓아가서 잡겠다는 것인지 버스는 곧바로 시동을 걸고는 뒤따라 달린다.

　다소 내리막길인 진입로는 겨우내 얼었던 땅이 녹아 발길이 닿을 때마다 질퍽거린다. 길 가장자리를 골라 발을 내딛어야 하기 때문에 김 기자가 앞장서고 내가 그 뒤를 따른다. 몇 걸음을 옮기고서 나는 우뚝 선다. 선 채로 가방에서 카메라를 꺼내어 목에 건다. 그리고 렌즈 뚜껑을 떼어 내어 바지 주머니에 넣고는 카메라를 오른쪽 눈에 바짝 들이댄다. 비총 전체를 배경으로 삼아 렌즈를 조절하다가 나는 두 손을 슬그머니 놓아 버린다. 때문에 카메라는 목에 걸린 끈에 매달려 둔하게 흔들린다. 해를 마주 보고 있는 데다가 비총의 전체 배경이 너무 어두워서 사진이 잘 나올 리가 없다. 뒤미쳐 오던 미스 홍이 나를 앞질러 가더니 김 기자의 팔짱을 끼고 호들갑을 떨어 댄다. 김 기자는 못마땅한지 몇 번씩 미스 홍의 팔을 뿌리치다가 뒤돌아서서 나에게 입을 헤벌리고 어이없다는 미소를 보내 온다. 사진 촬영을 포기하고 걸음을 옮긴다.

　우리나라는 고려 예종 때 이후로 바람을 피운 사대부가의 아낙을 자녀(恣女)라고 불렀다고 합니다. 성 모럴이 급격히 경직되는 조선 시대로 넘어오면서 바람난 여자들에게 어떤 형벌을 가했는지 아십니까, 정 선배? 가문형(家門刑)으로 할비(割鼻)의 식이라고 부르는데 코를 잘랐대요, 코를. 옛날에 남편이 바람을 피울 때 그의 아내가 잠든 남편의 코를 물어뜯어 화풀이를 했다는 애기는 들어 보셨죠? 그뿐입니까. 심청전에 나오는 뺑덕어멈은 코 큰 총각들만 골라서 엿을 사주었다는데 왜 그랬겠어요? 그리고 남도 지방에는 골 때리는 전래 민속이 하나 있어요. 냉병을 앓는 부녀자들이 은으로 만든 음경을 차고 다니면서 강한 양기를 받으려고 애를 썼다는데 이 물건을 뭐라고 불렀냐 하면 바로 '코'라고 불렀다네요. 외국에도 코에 대한 이야기가 적지 않더라구요. 뒤로 자빠져도 코가 깨진다는 우리 속담이 있잖아요? 이 속담이 우리한테만 있는 줄 알았더니 그게 아니더라니까. 영국 속담에 'He falls on his back and breaks his nose'가 있더라구요. 해석해 보면 그대로 맞아떨어지잖습니까. 16세기에 출판된 '로디기누스'라는 책에는 말입니다. '옛사람들은 훌륭한 코는 훌륭한 성기를 암시하는 것으로 알았다'고 적고 있답니다. 그리고 말입니다. 나폴리의 악명 높았던 요하나 일고라는 여왕은 그야말로 여왕벌이었나 봐요. 궁에는 늘 전국에서 차출돼 온 코 큰 사내들로 붐볐다는데, 가령 이 사내들에게 수청을 들게 하고서 물건이 시원치 않으면 다음날 가차 없이 코에 형벌을 내렸다는 겁니다. 알고 보면 역사는 곧 코의 수난 시대였다니까요.

　그렇게 코에 대해 끝없이 집착하던 김 기자도 막상 지방 주재 기자로 발령이 나자 놀라 어찌할 바를 몰랐다. 고향이 서울인 그에게 지방으로 내려가 근무하라는 것은 신문사를 그만두라는 얘기나 다름없었다. 그는 치욕 때문에 분노하기보다 패배감에 휩싸여 절망하는 눈치였다. 언젠가 김 기자는 술자리에서 술에 취해 사회부 김성교 부장의 코를 물어 버리는 무모함을 보였었고, 이를 괘씸하게 여긴 김 부장과의 갈등은 옆에서 지켜보기에도 유치할 정도였다. 어쨌거나 김 기자는 자신의 인사이동에 김 부장의 입김이 작용했다고 믿고 있었다. 김 부장이 편집국장과 막역한 사이라는 사실을 모르는 사람이 없었기 때문에 그 누구도 김 기자의 추측을 의심하는 사람은 없었다. 김 부장과 김 기자의 반목은 끊어질 듯 이어지면서 무려 3년이나 끌었고, 감정적이었다는 점에서 골이 너무 깊었다. 누구를 편들기에 앞서 이들의 싸움은 주변 사람들을 불편하고 성가시게 만들었던 것이다. 그러나 늘 그렇듯 직장 상사는 부하 직원의 승진에 깊이 기여할 수는 없다 해도 부하 직원의 승진을 결정적으로 저지하기 쉽다는 면에서 승패는 정해진 것이나 마찬가지였다. 노조 측에 보고하여 부당 인사에 대해 항의하겠다는 나의 말에 김 기자는 손을 내저으며 말렸었다.

내 코가 석 잔데 어쩌겠습니까? 코를 땅에 박으라면 두말없이 박아야지요. 코 아래 진상을 해본 것도 아니고 아닌 말로 코흘리개 버릇 고치겠다는데 제발 다 된 밥에 코 빠트리지 마세요.

잘라 가기가 불편했을 텐데 왜놈들은 왜 코를 잘라 갔을까, 자르기 편한 목이나 머리카락도 있을 거 아냐? 계단을 오르면서 말을 꺼내자 김 기자는 그럴 줄 았았다는 듯 얼굴에 미소를 짓는다. 어느덧 주변에는 어둠이 낮게 깔리고 있다. 머리를 잘라 일본까지 가져가자니 운반하기에 곤란했을 테죠. 후배는 담배를 꺼내어 권하며 말을 잇는다. 나는 고개와 손목을 동시에 흔든다. 입으로만 숨을 쉬었고 계단을 오르는 동안 가슴이 벅차 올랐기 때문이었다. 원래 전리품이라는 게 전쟁의 업적을 기리고 아군의 사기를 올리자는 의도가 있었을 테니까 많으면 많을수록 좋았겠죠. 도요토미 히데요시(豐臣秀吉)란 이름도 전쟁에 나가서 목을 많이 잘라 왔다는 의미에서 붙여졌다고 하더군요. 모르긴 해도 장군일 경우에는 목을 잘라 갔을 거고 평민이나 계급이 낮은 병사들을 중심으로는 코를 베어 갔을 거예요.

1층 계단을 다 오르자 길 양편으로 하나씩 표범을 닮은 동물상이 버티고 서 있다. 동물상을 지나 철제로 된 안내판이 2층으로 오르는 계단 오른쪽에 세워져 있다. 하얀색 페인트를 입힌 공간에 검정색 글자로 가득 메워진 안내판에는 한글과 영어로 된 문장이 반씩 차지하고 있다. '정유재란 호벌치 전적지'라고 적힌 큼지막한 제목 아래에는 몇 급수 작은 한자 체로 '丁酉

再亂 胡伐峙 戰蹟地'가 씌어 있고, 영문 제목으로 'MEMORI-AL AT HOBOLCHI BATTLEGROUND'라는 글자가 선명하다. 김 기자가 안내판을 그냥 지나치는 바람에 나도 무심코 지나간다. 2층 계단을 다 올라서 키 작은 석등을 지나 맞닥뜨린 것은 김 기자의 키 두 배 높이의 대형 전적비다. 낮게 엎드린 화강암 거북의 등 위에 직사각형 검정색 비석을 곧추세웠고, 비석의 머리에는 지붕 모양의 돌이 아닌, 네모지게 만들기는 했으나 모서리가 뭉툭한 돌이 얹혀 있다. 전적비 바로 옆에는 네모반듯한 직사각형 돌 상자가 누워 있다. 오른쪽 구석에는 널찍한 화강암 위에 검은색 대리석을 얹은 비석이 보인다. 비석에는 '丁酉再亂 胡伐峙殉節碑'라고 두 어절로 나뉘어 가로로 각인되어 있다. 그리고 그 순절비 옆에는 동자승을 닮은 키 작은 동상이 세워져 있을 뿐 주변을 아무리 둘러보아도 비총이라고 할 만한 것은 없다. 나의 속마음을 읽었는지 김 기자가 말없이 턱짓으로 돌 상자를 가리킨다. 사과 궤짝만 한 크기의 돌 상자에 2층으로 된 지붕을 얹었고, 정면에는 도드라지게 새긴 무궁화 모양의 조각이 붙어 있다. 그러고 보니 돌 상자 앞에는 종이로 만든 소주 팩 한 개가 달랑 놓여 있다. 비총이라고 부르기에는 너무 초라한 돌 상자.

신문사 노조가 파업에 들어간 것은 겉보기에는 무리한 사세 확장과 그에 따른 경영권 남용을 저지하자는 의도였지만 창업주의 사위인 상무, 그리고 편집국장 라인으로 이어지는 세력들의 쿠데타였다. 결국 노조의 파업에 못 이긴 사장과 일부 논설위원들이 물러났다. 나는 김성교 부장이 출판국장으로 내정된 일이 껄끄럽기는 했으나 어떻든 상관없었다. 급작스럽기는 했으나 나는 결혼 날짜를 받아 둔 상황이었고, 김 기자의 표현을 빌자면 내 코도 석 자나 늘어진 셈이었다. 그러나 결혼 이후에 찾아온 축농증은 모든 것을 어긋나게 만들었다. 데드라인을 넘겨 원고를 넘기기 일쑤였고, 일에 집중할 수 없었다. 당연한 일이기도 했지만 발기 부전 때문에 아내는 나의 성 기능을 의심하기 시작했고, 팀장에게 불려 가 귀뺨을 맞았어도 원고를 제시간에 넘기지 못했으며, 병원을 찾았어도 병은 쉽게 고쳐지지 않았다. 그러던 나는 폭음이 잦아졌고, 자주 화장실을 들락거렸다. 우연히 화장실에 낙서를 한 적이 있었다. '割鼻式을 擧行하라.' 용변을 볼 때마다 내가 낙서한 문구를 발견할 수 있었고, 뜻하지 않게 마음의 안정을 찾을 수 있었다.

언능 가잔 말이요, 코가 떨어지게 춥구마는. 오줌을 누러 간다고 사라지더니 미스 홍의 짜증 어린 목소리가 계단 아래에서 올라온다. 어느새 주위는 어둠이 짙게 배어 서로의 얼굴 윤곽만 알아볼 뿐 표정을 분간하기는 어려울 정도다. 부안군 쪽으로 이어진 국도는 어슴푸레하게 보이고 더러 인가에서 흘러나오는 불빛이 눈에 띈다.

덜그럭거리는 소리가 난다 싶더니 무엇인가가 둔탁하게 바닥으로 떨어지는 소리가 들린다. 어어, 지금 뭐하는 거야! 김 기자가 어이없게도 비총의 뚜껑을 들어내 버려 돌 상자의 몸체만 남아 있다. 글쎄, 깨뜨릴려고 한 건 아닌데 깨져 버리네. 그러고 보니 김 기자가 들어낸 돌 상자의 뚜껑은 두 동강이 나 한쪽에 널브러져 있다. 김 기자가 테니스 라켓 가방에서 부삽을 꺼내어 비총의 바닥을 파헤치기 시작한다. 뭐가 있나 살펴봐야 직성이 풀릴 거 아닙니까. 오메메, 지금 뭔 짓거리를 하고 있다요? 내가 말을 잇지 못하고 입만 커다랗게 벌리고 있는데 미스 홍이 소리를 지른다. 아자씨들 도, 도굴범이라요? 미스 홍이 갑자기 뒷걸음질하더니 이내 계단을 빠르게 내려간다.

생각해 보면 모든 게 해프닝이야. 천천히 계단을 내딛으며, 내가 말문을 열자 김 기자는 묵묵히 걸을 뿐 대꾸가 없다. 할비식도, 코를 상징적으로 그림에 그려 넣은 화가들도, 코만 보고 성 기능을 유추하는 옹녀와 변강쇠도, 코를 자르면 우리 민족의 기를 꺾을 수 있다고 믿은 도요토미 히데요시도 다 집착이고 편견의 결과가 아니냔 말이야. 역사적 해프닝이고. 비총을 파헤쳤지만 나온 게 아무것도 없잖아. 비총에는 코가 없다구, 편견만 있을 뿐이야. 편견처럼 위험한 것도 드문 것 같아.

김 기자가 파헤친 비총 속에서는 한쪽 팔로 감싸 안을 만한 크기의 항아리가 나왔다. 그 항아리 속에는 차고 거친 흙이 만져졌었다. 그런 엄청난 일을 저지르고도 김 기자는 태연하다. 비총 주위에는 어둠이 온통 휘덮여 앞을 제대로 분간할 수 없다. 그러고 보니 미스 홍도 어디론가 사라져 버려 아무리 둘러봐도 보이지 않는다.

날씨가 추워져 어느새 바닥은 딱딱해져 있다. 축농증은 언제 다 나았어? 비총 때문인가? 참아 왔던 말을 하자 계단을 다 내려온 김 기자는 문득 뒤를 돌아본다. 그러더니 김 기자는 엉뚱한 말을 꺼낸다. 정 선배, 저기 전적비를 잘 보세요. 전적비 위에 얹어진 것을 개석(蓋石)이라고도 하고 가첨석(加檐石), 또 개두(蓋頭)라고도 하는데요. 거기를 잘 보세요. 꼭 그거 대가리 같지 않습니까? 어둠 속에서도 윤곽이 뚜렷한 비석은 정말로 귀두(龜頭)처럼 보이고 전체적으로 거대한 성기가 하늘을 향해 솟구쳐 있는 듯하다.

쌀쌀한 날씨에 손이 시려 나는 바지 주머니에 양손을 찔러 넣은 채 부안군 쪽으로 난 국도 위에 올라선다. 김 기자도 말없

이 뒤따라 걷는다. 미스 홍은 어디로 사라진 것일까. 그제서야
나는 성기가 딱딱하게 곧추선 것을 알아챈다. 미스 홍의 오목
한 코가 머릿속에 떠오르고 는실난실 성욕이 들끓기 시작한다.

꽃필 때까지

누군가 뒤쫓아 오는 소리가 들려와 그녀는 깜짝 놀라 걸음을 멈추고 뒤를 돌아본다. 골목길 어디에도 사람의 형체는 눈에 띄지 않는다. 어둠이 짙고 드넓게 퍼진 골목길을 따라 보안등이 띄엄띄엄 매달려 있다. 보안등 불빛이 쏟아져 내린 곳은 흡사 조명이 깔린 무대를 연상시킨다. 승용차도 드나들기 어려울 정도로 폭이 좁은 골목길이 오늘따라 유난히 넓어 보인다. 그녀는 다시 걷는다. 몇 걸음 떼어 놓지도 않았는데 다시 그 소리가 들려와 머리카락이 쭈뼛 서고 소름이 온몸을 훑고 지나간다. 뒤돌아보았을 때는 사나운 바람이 비닐봉지를 질질 끌고서 저만치 달아나고 있다. 큰길로 접어들고서야 그녀는 마음의 안정을 찾는다. 감기 몸살을 앓고 있다는 광수. 한겨울에도 찬물로 목욕한다던 그가 사막의 나라 이라크에서 감기 몸살에 걸렸다는 사실을 안 것은 세 번째 보내온 편지를 통해서다. 그가 돌아온다. 새로 대통령을 뽑는다고 시끄러운 이 나라, 추위로 서슬 푸른 이 나라에 그가 돌아온다는 것이다. 그가 일하는 공사 현장은 눈 씻고 봐도 모래뿐인 사막이라고 했다. 그곳은 낮에는 섭씨 40도를 웃돌고, 새벽에는 섭씨 10도 내외이기는 하지만 피부가 열기에 익숙해졌기 때문에 무척 춥게 느껴진다고 했다. 살갗이 드러나면 금방 익어 버려서 소매가 긴 작업복을 입고 작업을 해야 한다던 그는 그래도 사막에서 가장 겁나는 것이 모래 바람이라고 했다. 사막 끝에서 모래가 부옇게 일어나기 시작하면 하던 일 모두 걷어치우고 온몸에 박스 테이프를 칭칭 감느라 정신이 없다는 것이다. 그렇게 밀봉을 하고도 사풍이 지나가고 나면 속옷에서 모래가 한 주먹이나 나온다고 했다. 또한 광수는 새벽에 눈을 뜰 때마다 깜짝 깜짝 놀란다고 했다. 그곳은 이곳과 여섯 시간이나 시차가 난다는 것인데, 그가 일어나는 아침 7시쯤이면 이곳은 오후 1시일 터였다. 그런데 광수는 자신의 시계를 이곳 시간에 맞춰 두었기 때문에 자주 착각을 일으킨다는 것이었다. 그녀는 지하철 입구로 들어선다. 개표구 앞에 다가서서 투입구에 정액권을 밀어 넣기 전에 잠시 망설인다. 그리고 느닷없이 울리는 신호흡을 상상한다. 지하철 개표구를 지나칠 때마다 꼿꼿하게 일어서는 감정이다. 신호음이 울리면서 차단 봉이 허벅지를 때리듯 완강하게 버틸 것이라는 예감은 번번이 빗나갔지만, 그녀는 그러한 예감이 더 이상 유예할 수 없는 다급한 일로 여겨지곤 했던 것이다. 이번에도 정액권은 개표구 위로 혀를 내밀 듯 쏙 빠져나온다. 허벅지를 갖다 대자 차단 봉은 무리없이 앞으로 밀려 나간다. 한 달 예정으로 떠난 광수의 출장은 두 달이나 연장된 셈이다. 그녀는 광수의 부재가 꼭 붙잡고 있었던 어머니의 손이 슬그머니 낯선 사람의 것으로 뒤바뀌어 버렸던 어린 시절의 기억과 맞먹는다고 생각한다. '엄마를 잃어버리거든 제자리에 가만히 있거라. 그러면 엄마가 찾으러 갈 테니까. 모르는 사람이 같이 가자고 해도 움직여선 안 돼, 알겠니?' 길을 잃었을 때 그녀는 어머니의 당부를 잊지 않았었다. 창경원이었을까. 흰 꽃이 눈처럼 떨어져 쌓이던 공원에서 낯선 어른들이 이끄는 손을 뿌리치고 고집스레 제자리에 서서 어머니를 기다렸다. 한참 만에 어머니가 나타나 주었을 때 그녀는 소리 내어 엉엉 울었던 것을 기억한다. 딱히 반가움 때문만은 아니었다. 기다리다 지쳐 선 채로 오줌을 누는 바람에 새하얀 스타킹이 엉망으로 젖어 버렸던 것이다. 길을 잃었을 때는 제자리에 가만히 서 있기. 광수에게 답장을 안 한 것은 그 때문이라고 그녀는 애써 자위한다. 그녀는 광수의 편지에서 그의 아버지가 술에 취해 행패를 부리는 꿈을 꾸었다는 대목을 읽고 가슴이 덜컹했던 순간을 상기한다. 헤어지리라고 오지게 마음을 다져 먹었던 기억도 떠오른다. 그러나 억지 다짐일수록 기초가 튼튼하지 못한 모양이다. 엉겁결에 편지함을 뒤지다가 그날이 일요일이라는 사실을 깨달았을 때, 그날 그녀는 흔들리고 쓰러지는 자신의 의지를 확인했던 것이다. 지하철 승강장에 멈춰 선 그녀는 전광판을 물끄러미 올려다본다. 전광판 한 귀퉁이는 정사각형 모양의 시계가 차지하고 있다. 시계의 문자판 여백은 시력 검사용 상자처럼 밝게 빛난다. 문자판 테두리의 파란 여백과 일정하게 새겨진 눈금, 그리고 분침이나 시침까지 눈이 아프도록 선명하다. 6시 15분이다. 6시 정각에 집을 나섰으니까 15분이 걸린 셈이다. 집을 나설 때만 해도 시침과 수직을 이루던 분침이 눈에 띄게 꺾여 있다. 마침 분침이 덜컥 움직인다. 그녀는 자신의 불안이 민감한 분침을 닮았는지도 모른다고 생각한다. 그때, 새벽에 갑자기 울어 대는 전화벨처럼 지하철 도착 음이 야단스럽게 울어 대기 시작한다. 선물용 가방을 내려다보며 그녀는 마른침을 삼킨다. 노란색 안전선이 눈에 들어온다. 그녀는 문득 무엇인가 앞을 덜컥 막아서리라는 불안과, 그 불안의 실체를 알 것 같다. 그동안 자신은 안전선 밖에 서 있었으며, 오늘은 안전선 안으로 진입하고 있다는 사실을 깨달은 것이다.

광수가 돌아온다. 그는 승강기의 작동 단추를 누르고서 자신도 모르는 사이에 그런 소릴 중얼거린다. 석 달여 만의 해외 출장을 마치고 큰아들 광수가 귀국한다고 생각하자 아랫배의 한 부위가 기분 좋게 묵직해진다. 더욱이 입 주위에 헤프게 번지는 미소를 감출 수가 없다. 그러나 오늘 새벽, 전에 없이 늦잠을 자는 바람에 올 들어 한 번도 빠진 적이 없는 새벽 기도회를 거른 탓인지 어딘가 모르게 꺼림칙하다고 그는 생각한다. 4시 반쯤이면 어김없이 눈이 떠지곤 했는데 오늘은 아내마저 늑장을 부려 일을 그르친 것이다. 공항으로 마중 나가는 것을 만류하며 뜨악한 표정을 짓던 아내의 얼굴이 머릿속에 떠오른다. 입 안 가득히 쓴 물이 괸다. 그는 건너편 아파트를 향해 시선을 옮긴다. 어느새 주위는 어둑어둑하고, 거실이 훤히 들여다보이는 아파트의 각 층마다 형광등 불빛이 거의 빠짐없이 밝혀져 있다. 벌써 초저녁이다. 승강기가 도착할 시간이 꽤 지났다고 느낀 그는 무심코 고개를 쳐든다. 그제야 승강기 출입구 위에 층수를 나타내는 숫자판이 까맣게 죽어 있다는 사실을 알아챈다. 네모 반듯한 작동 단추를 엄지손가락으로 다소 거칠다 싶게 눌러 본다. 그러나 승강기는 작동할 기미를 보이지 않는다. 그는 다시 건너편 아파트 쪽으로 고개를 황급히 돌린다. 찬 기운이 감도는 듯한 형광등 불빛들이 아파트 곳곳에서 명확하게 빛나고 있다. 분명 정전은 아니다. 어쨌든 13층이나 되는 아파트 계단을 별 도리 없이 걸어서 내려가야 할 판이다. 며칠 사이에 기온이 영하로 급격히 떨어지더니 덩달아 승강기까지 말썽이다. 계단 쪽으로 걸음을 옮기면서 그는 숫자판을 힐끗 한 번 쳐다본다. 대번에 덫이로구나 생각한다. 정전이 되거나 고장이라도 나게 되면 승강기는 사람들에게 차라리 덫으로 돌변하는구나 싶었던 것이다. 좁다란 아파트 통로는 진하고 빽빽한 어둠, 그리고 발길이 닿을 때마다 울리는 발자국 소리로 아득하다. 광수의 마음을 돌이킬 방법이 떠오르지 않는다. 그는 뿌리를 캘 수 없는 지경에 이르기 전에 불 보듯 뻔한 아들의 불행을 어떻게든 막아야 한다고 거듭 되새긴다. 한 번의 선택, 그것은 융통성이 없거나 완강한 것일수록 덫에 치인 결과로 나타나기 쉽다는 사실을…… 아들은 알고 있을까? 계단을 다 내려오자 어둠 속에서 두 사람이 승강기의 문을 갈라놓고 한참 작업에 열중하고 있는 것이 보인다. 간간이 웃음기까지 섞인 인부들의 중얼거림과 이리저리 옮겨 다니는 손전등 불빛이 자아내는 분위기는 자못 기괴하고 끔찍스럽다. 아파트 출입구를 빠져나온 그는 택시를 타기 위해 큰길 쪽으로 향한다. 차가운 바람이 매섭고 세차게 달려든다. 가지가 앙상하게 드러난 가로수를 따라 종종걸음을 친다. 그는 빠르게 걸음을 옮기면서 손목시계를 보기 위해 가로등 쪽으로 팔을 쳐들고 손목을 꺾는다. 정확하게 6시 30분, 이른 감이 없지 않다. 아들이 탄 비행기는 8시쯤에나 공항에 도착할 것이다. 불현듯, 원인 모를 무력감이 발끝을 조이는 추위만큼이나 가슴을 숨 가쁘게 조여 온다. 날씨 변화에 따라 하루가 다르게 심해지는 관절염 탓이거나, 아니면 요즘 들어서 해묵은 기억들을 돌이켜 보는 일이 부쩍 늘어난 탓일지도 모른다고 그는 생각한다. 큰아들 광수를 대할 때마다 느껴야 하는 벽을 더듬는 듯한 무력감. 어쩌면 추위가 그 무력감을 실감 나게 일깨우고 있는지도 모른다고 생각한다. 이윽고 빈 택시 한 대가 불빛을 쏘아 대며 나타난다. 그는 몸이 오슬오슬 춥고 떨렸으나 서두르지 않고 한쪽 팔을 천천히 쳐든다. 택시는 서서히 다가와 멈추더니 한 번 움찔한다. 반가운 사람이 귀국하는 모양이죠? 운전사가 눈웃음을 짓는 것이 반사경을 통해 보인다. 다 알겠다는 표정이다. 순간, 그는 기분이 상해 낯을 찡그린다. 손으로 입을 가리며 히죽 웃다가 운전사에게 들켜 버린 것이다. 매캐한 냄새가 코를 찌른다. 어느새 운전사는 담배를 피워 물고 있다. 담배 연기는 비좁은 차 안에 순식간에 퍼진다. 그는 담배 연기가 어딘가 모르게 고린내를 풍겼기 때문에 차 문 옆에 붙어 있는 손잡이를 돌려 유리창을 살짝 끌어내린다. 그러곤 말문을 연다. 아들놈이 이라크에서 귀국합니다. 열린 창 사이로 담배 연기는 재빠르고 재미있게 빠져나간다. 그는 창밖을 바라본다. 날씨가 쌀쌀해진 탓인지 행인이 뜸하다. 오늘이 일요일이라는 사실을 깨닫고 그는 혀를 끌끌 찬다. 낮에는 예배까지 보았으면서 정신머리하고는……. 그는 택시 미터기 옆에 붙어 있는 손바닥만 한 그림에 시선을 붙박는다. 계집아이가 무릎을 꿇고 기도하는 모습의 그 그림은 어둡고 단순한 색채 때문인지는 몰라도 매우 낯설다는 느낌을 갖게 한다. 그림의 한쪽에는 '오늘도 무사히'라는 글자가 세로로 한 어절씩 나뉘어 씌어 있다. 고만고만한 아이들을 볼 때마다 그는 거침없이 아이의 엉덩이나 볼때기를 꼬집는 버릇이 있었다. 그의 버릇에 혼쭐난 교회의 유년부 몇몇 아이들은 미리 알고 멀찍이 달아나기 일쑤였다. 마음에 쏙 드는 아이들을 발견하면 몰래 다가가 아이가 앙앙 소리 내어 울 때까지 볼을 쥐고 흔들 정도로 그의 버릇은 엉뚱했으므로 그는 그것을 즐기고 있는지도 몰랐다. 주위를 둘러보니 택시는 종로 한복판을 달리고 있다. 불과 몇 달 전, 학생들은 물론이고 시민들까지 일손을 놓고 이 거리를 가득 메웠던 데모가 기억에 새롭다. 대학생이 고문에 의해 죽었다는 것이 그야말로 사실로 판명 나고, 이를 규탄하는 '6·10 대회'가 열린 다음의 정국은 분규와 혼란의 소용돌이였다. 4·19 이후에 처음으로 경험하는 학생과 시민의 뜨거운 만남이기도 했다. 그도 내심 경찰을 비난하고 데모대를 응원했다. 그러나 둘째 놈 경수가 잡혀 들어간 일은 눈앞이 캄캄해지면서 가슴이 싸늘해질 노릇이었다. 이라크라면 사막의 나라 아닙니까? 날씨가 이 모양이니 아드님이 깜짝 놀라겠군요. 그는 아차, 한다. 여름옷만 챙겨 간 아들이 그동안 겨울옷을 마련했을 리가 없었던 것이다. 그는 가슴속에 더껑이가 앉은 것처럼 답답해진다. 그러곤 울상을 짓는다. 아버님. 저녁에 재희를 집으로 데려오겠습니다. 언젠가 광수는 출근을 하려다가 말고 그렇게 말한 적이 있었다. 말을 주고받는 것은 고사하고 시선조차 마주치길 꺼려 하던 아들이 결심한 듯 말문을 열자 그의 눈에서는 불꽃이 튀었다. 그러곤 버럭 소리를 질렀다. 뭐하게? 정식으로 인사를 드릴려구요. 정식이고 나발이고 난 일없다. 그가 등을 돌려 버리자 어깃장을 놓을 줄 알았던 광수는 순순히 물러났었다. 그는 분을 이기지 못해 꼬박 3일을 몸져누웠다. 울분을 삭일라치면 지독한 몸살과 걷잡을 수 없이 토악질이 솟구치던 그였다. 아드님은 장가보내셨습니까? 웬일인지 운전사는 말을 붙이려고 애를 쓴다. 반사경을 통해 운전사의 눈가에 잡힌 주름만 바라볼 뿐 그는 대답하지 않는다. 차창 밖 하늘을 올려다본다. 눈이라도 내릴까 싶다. 가로등이 불꼬리를 그리며 잽싸게 차창 뒤쪽으로 달려간다. 광수 고집을 모르는 것도 아니고…… 그만 결혼시킵시다. 말리는 시누이가 밉다는 말은 아내를 두고 하는 말이었다. 아내는 광수를 말릴 생각은 않고 되레 역성을 들었던 것이다. 시집온 지 5년 만에 낳은 딸이 원인 모를 병을 얻어서 죽고, 다시 두 해 만에 낳은 아들이 광수였다. 아내는 광수를 낳고 목 놓아 울었다. 기쁨과 슬픔이 뒤범벅이 된 탓이었다. 죽고 싶다는 말을 입버릇처럼 달고 살았던 아내. 두 살 터울로 경수를 낳기는 했지만 광수를 낳기까지 아내가 흘려보낸 7년간의 신혼 생활은 결코 짧지도 달지도 않았을 거였다. 그런 아내가 아이를 낳지 못하는 청맹과니를 며느리로 받아들일 결심을 하다니…… 그는 생각할수록 아내가 괘씸했다. 아파트 베란다에다 화초를 기르면서 아내와 사사건건 의견이 맞지 않아 승강이를 벌이는 것만 보아도 부부가 서로 닮아간다는 말은 믿기가 어려웠다. 특히 국화를 꺾꽂이해 줄 때는 더욱 그랬다. 꺾꽂이는 식물의 줄기를 흙 속에 꽂아서 뿌리를 내어 번식시키는 방법이었다. 진귀한 종류나 좋은 품종에서 씨를 뿌려 번식시키면 변하기 쉬운 가능성이 있을 때 이 방법이 쓰였다. 때로는 잎이나 땅속줄기를 꺾꽂이할 경우도 있었는데 종류에 따라 가지꽂이, 싹꽂이, 잎꽂이로 불렀다. 가지꽂이에는 장미와 팥꽃나무, 싹꽂이에는 국화와 카네이션, 그리고 잎꽂이에는 국화와 베고니아 등이 적합했다. 꺾꽂이를 하는 시기는 무엇보다 싹이 트기 전이 좋았다. 사실, 국화를 굳이 꺾꽂이할 필요는 없었다. 그러나 화분 세 개에 나누어 심은 꽃씨가 모두 죽고 유독 한 화분에서만 싹이 트고 줄기가 자랐던 것이다. 내내 잘 자란 줄기를 토막을 내어 다시 세 개의 화분에 네 개씩 줄기꽂이를 해주었다. 국화에 줄기꽂이를 해본 적이 없었기 때문에 혹시나 했던 것인데 뜻밖의 결과가 나타났다. 세 개의 화분 모두에 잎이 자라면서 줄기가 뻗었던 것이다. 국화의 가지가 줄기차게 뻗을 때부터 아내와의 실랑이는 시작되었다. 그는 가지가 웬만큼 자라면 잘라 주곤 했는데, 아내는 펄쩍 뛰는 것이었다. 그는 꽃봉오리가 크고 굵게 자라나게 하려고 가지를 잘라 준 셈이었는데, 아내의 생각은 달랐다. 작더라도 여러 개의 꽃봉오리가 피는 것이 보기 좋다는 주장이었다. 그는 아내의 주장을 무시해 버렸고, 이윽고 주먹만 한 크기의 상앗빛 왕국화가 탐스럽게 피었던 것이다. 노란색 국화인 줄로만 알았는데, 꽃잎이 얼른 보기에는 하얀색 같으면서도 엷은 황색이 번져 있어서 더욱 보기 좋았다. 고집이 어디 갈랍디요. 그러니 광수 고집이 그 모양이제. 아내는 화가 나서 못 견디겠다는 듯 그렇게 쏘아붙였다. 어느 사이에 택시는 도시의 건물들을 뒤로하고 들판을 달리고 있다. 어둠 속에서 아련히 보이는 들판에는 밑동만 남은 벼 등걸이 촘촘히, 그리고 점점이 박혀 있다. 그는 슬금슬금 다가오는 졸음을 쫓으려고 머리를 난폭하게 몇 번 흔든다. 아닌 게 아니라 잠버릇이 험악해졌다고 생각한다. 목사 설교 시간에 맨 앞좌석에 앉아 졸 때도 있었고, 거실에 있는 소파에 묻혀 텔레비전을 보며 졸다가 아내와 실랑이를 벌일 때가 많았다. 조는 사이에 목사의 설교는 이미 끝나 버렸거나, 거실의 전등이며 텔레비전이 새까맣게 죽어 있기가 일쑤여서 그는 뭉떵뭉떵 잘려나가는 시간들을 보는 것 같아 가슴이 철렁이곤 했던 것이다. 주위가 너무 조용하다 싶어 그는 운전사를 건너다본다. 놀랍게도 운전사는 머리를 간닥거리며 졸고 있다. 순간, 발정 난 고양이의 울음처럼 제동기를 급하게 밟는 소리가 귓속을 파고든다.

지하철 실내와는 달리 공항행 좌석 버스의 실내는 어깨가 움츠러들게 싸늘하다. 그녀는 의자에 앉자마자 엉덩이와 등으로 전해져 오는 찬 기운에 놀라 치를 떤다. 차창에는 성에가 엷게 끼어 있어서 한 치 앞도 내다볼 수 없다. 일요일이라서 그런지 버스는 텅텅 빈 채 떠난다. 손바닥으로 창의 표면을 문질렀으나 성에는 뜻밖으로 두텁다. 입김을 호호 불며 손톱으로 긁어 본다. 흔적도 잠시일 뿐 소용이 없다. 그녀는 차창 위에 해바라기를 재빠르게 그려 낸다. 손톱 사이에 낀 성에의 입자가 희고 곱다. 해바라기 바로 옆에 새도 한 마리 그려 넣는다. 그다음에 그린 것은 진달래다. 두견화라고도 부른다. 꽃잎에 색감이 없는 탓인지 아니면 수술을 길게 그린 탓인지 진달래는 숫제 백합처럼 보인다. 장미를 그리려다 말고 그녀는 입을 하 벌리고 집게손가락을 넣은 채 입김을 분다. 그러고 보니 장미의 모양이 기억날 것 같으면서도 쉽게 떠오르지 않는다. 느닷없이 광수의 얼굴이 떠오른다. 집에 손님이 온다나 봐. 기회가 있겠지, 뭐. 피자를 먹고 싶다고 했지? 오늘은 그거나 먹어 보자. 출국하기 일주일 전, 난데없이 자기 집에 가자며 자신감 넘치는 표정을 지었던 전날과는 달리, 광수는 맥 빠진 목소리로 말했었다. 그러나 그녀는 광수의 의식 속에서 어떤 무서운 힘이 옴짝달싹 못하게 버티고 있다는 사실을 직감했다. 광수는 말을 못하는 사람이거나 말을 아끼는 사람 중의 하나였고, 진실을 말할 때는 건성으로 내뱉는 버릇이 있었다. 하여 그는 속에 숨기는 것이 있다면 필요 이상으로 친절해지거나 다정해지는 자신의 말버릇을 눈치 채지 못하고 있었다. 뭐랄까, 다루기에는 불편해도 먹어 보면 맛은 괜찮은 피자 같은 사람이라고나 할까? 광수의 대학 졸업식 때도 그랬다. 그 당시 광수는 졸업식을 치르기도 전에 대기업에 입사했기 때문에 식장에 모인 그의 가족들은 기뻐 날뛰지는 않더라도 최소한 얼굴에 미소라도 짓고 있어야 옳았다. 그러나 그의 가족들은 한결같이 불쾌하다는 낯빛을 하고서 말을 주고받는 일조차 없었다. 그녀는 그 맥 빠지고 어색한 분위기가 자신 때문이라는 것을 알아차리고 광수에게 솔직히 느낌을 털어놓은 적이 있었다. 광수의 말은 의외로 간단했다. 오해야. 우리 집안에는 벙어리 귀신이 씌었나 봐. 모두들 말이 없어. 번득 스치고 지나가는 기억 때문에 그녀는 손가방을 열고 내용물을 살피기 시작한다. 분첩은 금방 눈에 띈다. 검정색 바탕에 금박의 장미 한 송이가 그려져 있는 분첩. 꽃의 줄기는 분첩의 모서리 부분에서 획 꼬부라져 있다. 생각한 대로다. 얼굴이 환하게 밝아진 그녀는 가만히 분첩의 뚜껑을 연다. 덩어리로 굳어 있는 연한 살색의 분이 눈물겹도록 고와 보여 코에 바짝 갖다 대고 냄새를 맡는다. 분의 은은한 향내는 어이없게도 시장기를 몰고 온다. 그녀는 장미 향기가 기억나지 않았지만 분내와 크게 다르지 않을 것이라고 생각한다. 거울을 보며 해면처럼 생긴 헝겊으로 분을 묻혀 가볍게 볼을 두드린다. 광수는 화장을 짙게 하는 것을 싫어했을 뿐만 아니라 화장을 하는 행위조차 나무라곤 했지만 그녀는 개의치 않는다. 내친걸음에 눈 화장도 한다. 여간해선 바르지 않던 입술 연지도 진하게 칠한다. 창자를 끊어 대는 듯하던 통증의 기억이 별안간 떠오른다. 작년 여름의 어느 날 저녁이었다. 그녀는 설거지를 하다가 배를 움켜쥐고 쓰러졌었다. 눈을 떴을 때는 병원의 침실 위였다. 입을 가리고 눈물짓는 어머니, 그리고 어떻게 알고 찾아왔는지 광수가 가슴에 꽃을 안고 서 있는 것이 눈에 띄었다. 맹장염이 급성 복막염으로 발전했단다. 어떻게 그걸 참고 견뎠니? 광수의 말투는 다정스러웠다. 불길한 징조였다. 그녀는 수술을 받다가 나팔관을 다쳐 생명이 위태로웠으며, 결국 아이를 영영 낳을 수 없는 몸이 됐다는 사실을 나중에야 알았다. 광수가 병원으로 사들고 온 꽃은 퍽 인상적이었다. 꽃의 이름은 알 수 없었으나 해바라기를 축소시켜 놓은 듯한 모양이었고, 물을 주지 않아 꽃이 시들었는데도 보기 좋았다. 그녀는 광수에게 그 곱게 시든 꽃의 이름을 물어본 적이 있었는데 그는 나중에 그답게 말했었다. 내가 꽃을 사들고 갔었니? 잘 모르겠는데. 광수를 만나는 기쁨보다 그의 식구들과 다시 맞닥뜨려야 한다는 부담이 더욱 가중되어 그녀는 한순간 두려움이 밀려온다. 단 한 번 보았을 뿐이지만 광수의 아버지를 어렵지 않게 떠올릴 수 있다. 곱슬곱슬한 머리카락, 굳게 다문 입술, 작지만 튼실해 보이는 체구, 광수의 아버지가 기억 속에서 명료해지자 그녀는 다리가 후들거리면서 요의가 간절해진다.

택시는 국제선 공항 입구로 다가가 멈춘다. 그는 차 문을 열고 한쪽 발을 밖으로 내민 채 잠시 기다린다. 운전사는 미안해 어쩔 줄 모르겠다는 표정을 지으면서도 거스름돈 중에서 지폐를 먼저 건네주고 다소 굼뜨게 나머지 동전을 내민다. 차 문을 닫기가 무섭게 택시는 재빠르게 달아나 버린다. 자동문이 있는 쪽으로 걸어가며 그는 하마터면 죽을 뻔했다고 생각한다. 꾸벅꾸벅 졸던 운전사가 그나마 제때 제동장치를 밟지 않았더라면 횡단보도 앞에 정차하고 있던 승용차를 여지없이 들이받았을 것이다. 자동문을 지나 건물 안으로 들어선 그는 쌀쌀한 날씨의 여운과 사고의 위험에서 풀려난 안도감을 동시에 맛보며 전율한다. 입구에서는 검사원들이 검문 검색을 하고 있다. 그는 앞서 들어선 사내 한 명이 문기둥만 세워 놓은 듯한 금속 탐지기를 지나치더니 군청색 제복을 입은 여자 검사원 앞에 서서 양팔을 옆으로 쳐들고 있는 장면을 유심히 바라본다. 제복의 여자는 사내를 휴대용 탐지기로 머리 위에서 발끝까지 훑어 내리고 양 옆구리까지 훑어 댄 다음에야 통과시킨다. 그는 문기둥을 지나고 제복의 여자 앞에 멈춰 서서 양팔을 쳐든다. 지은 죄도 없이 가슴이 뛴다. 검사대를 빠져나와 그는 주위를 살핀다. 공항 대합실의 실내는 오가는 사람들로 제법 분주하다. 사람들 사이로 제복을 입은 경찰들이 발을 맞춰 가며 이리저리 돌아다닌다. 내년에 올림픽을 치르기 때문에 공항의 경비가 심해진 모양이다. 광수가 군에 있을 때가 생각난다. 광수가 군에 입대하기 전날, 그는 직접 아들의 머리를 깎아 주었다. 아들이 고집을 부린 탓이었다. 아들이 넙죽 절을 하고 떠나가자 그는 휑뎅그렁한 방 안에 홀로 남아 부끄럽게도 눈물을 흘리고 말았다. 첫 면회를 갔을 때 광수는 헐거워 보이는 제복을 입고 있었지만 몰라보게 살이 올라 있었다. 준비해 간 음식을 먹으며 간간이 빙그레 웃어 댈 뿐 푸념 한마디가 없었다. 훈련이 힘들지 않더냐고 물으면 '다 그렇죠, 뭐'였다. 그날, 그는 용돈을 거절하고 달아나는 아들의 뒷모습을 바라보며 부대를 빠져나와야 했다. 어둠이 아스라이 깔린 군 막사 쪽으로 뒤 한 번 돌아보지 않고 새처럼 푹푹 사라지는 아들. 그는 속이 휑하니 비워지던 그 모양과 느낌을 오래도록 잊을 수가 없었다. 둘째 놈 경수가 걱정이다. 속이 깊고 야무진 광수와는 달리, 경수는 쉽게 흥분하는 성격인 데다가 참을성이 부족하여 늘 염려가 뒤따르는 아이다. 그 뜨겁던 6월, 경수가 경찰서에 잡혀 들어갔을 때를 떠올릴라치면 가슴이 졸아드는 것만 같다. 훈방이 되어 풀려 나오긴 했으나 그는 다짜고짜 녀석의 귀뺨을 후려쳤던 것을 기억한다. 입국장에 마중 나온 사람들은 꽤 많다. 한복을 차려입은 늙은이, 가슴에 아들이 다니는 건설 회사의 문양이 그려진 옷

을 입은 사내, 철없이 이리 뛰고 저리 뛰는 아이들, 꽃을 들고
서 있는 처녀, 저마다 얼굴에 생기가 감돈다. 그는 비어 있는
의자에 가서 앉는다. 그는 교회에서 들은 목사의 설교가 머릿
속에서 쉽게 지워지지 않는다. 목사는 성경에 나오는 인물들을
중심으로 설교를 하는 중이었다. 오늘 다뤄진 인물이 공교롭게
도 믿음의 조상 아브라함이었다. 지시할 땅으로 떠나라는 말만
듣고 나이 75세에 무턱대고 사막으로 향한 아브라함을 일러 목
사는 혁명적인 신앙의 본보기라고 떠들었다. 인류 최초로 얻은
것에서 십 분의 일을 신께 바친 신앙의 소유자임을 강조했으
며, 외아들을 번제(燔祭)로 바치라는 말을 듣고 그대로 실행하
려 했던 믿음을 칭찬했다. 그때 아내가 설교를 듣다 말고 거 보
라는 듯 눈길을 보내왔었다. 아내는 아브라함이 믿음으로 말미
암아 아흔 살을 먹은 그의 아내 사라에게서 이삭을 낳았다는
말에 귀가 솔깃했음이 분명했다. 그는 교묘한 은유와 상징 앞
에 쉽게 무너지는 아내의 단순성에 질려 혀를 끌끌 찰 뿐이었
다. 그는 분통이 터져 한숨을 길게 내뽑는다. 아내는 도대체 어
쩌자는 것일까. 얼핏 한 젊은 여자와 시선이 마주친다. 여자는
화려한 원피스 차림에 짙은 화장을 하고 있다. 그는 여자의 입
가에 붙어 있는 새빨간 꽃잎을 본다. 그러나 그 꽃잎이 여자의
새빨간 입술이라는 것을 깨닫고는 인상을 찌푸린다. 광수와 결

혼을 하겠다던 아이는 아닐까. 그러고 보니 여자의 가슴에는 꽃다발이 안겨 있다. 이른 봄에나 볼 수 있는 수선화다. 흰색과 노란색이 잘 어울리는 꽃에 비하면 여자의 시뻘건 입술은 아무래도 요란스러워 보인다. 수선화를 든 여자는 그의 시선을 외면하고 다른 곳으로 바삐 걸어간다. 광수에게 입힐 잠바를 사야겠다고 생각한 그는 자리에서 일어선다. 몸을 돌려 주위를 살피려는데 누군가 고개를 숙여 인사를 해왔기 때문에 그는 멈칫한다. 한 번도 본 적이 없는 젊은 여자다. 사람을 잘못 알아보나 싶어 뒤를 살펴보았으나 여자의 눈길은 집요하게 덤벼 온다. 여자는 한쪽 어깨에 손가방을 걸치고 있고 한쪽 손에는 선물용 가방을 들고 있다. 이윽고 여자는 바닥을 향해 시선을 고정시킨다. 아무리 보아도 처음 보는 여자다.

한눈에 알아본 광수의 아버지가 벌떡 일어나 돌아선다. 때문에 그녀는 당황했으나 가볍게 인사를 한다. 광수의 아버지는 뒤를 흘긋 돌아본다. 못 알아보는 모양이다. 그녀는 시선을 내리깔고 맨질맨질한 바닥을 바라보며 절망감에 빠진다. 잠시 후, 그녀가 고개를 들었을 때 광수의 아버지는 대강 짐작을 하겠다는 듯 고개를 몇 번 끄덕거린다. 그러나 화난 사람처럼 이렇다 저렇다 말이 없다. 그녀는 어떻게 말을 꺼내야 할지를 몰라 허둥거린다. 화장실에 들러 화장을 고치고 볼일을 마쳤는데도 또다시 요의가 걷잡을 수 없이 몰려온다. 더군다나 목이 타는 듯하다. 잠시 침묵이 흐른다. 나온단 소린 들었소만 안 나오길 바랐어요. 알다시피 광수는 장남이고 장손이에요. 내 말 무슨 뜻인지 알겠지요? 이거…… 광수 씨…… 잠바인데요……. 그녀는 용기를 내어 가방을 내민다. 광수의 아버지는 날카로운 눈길만 보내올 뿐 좀처럼 가방을 받으려 들지 않는다. 전 일이 있어서 가볼게요. 가방을 바닥에 내려놓고 그녀는 돌아서서 걷기 시작한다. 광수의 아버지가 가방을 집어 내던질 것만 같아 더럭 겁이 난다. 그녀는 달음질이라도 치고 싶은 심정으로 재빠르게 걸음을 옮긴다. 발걸음이 닿는 공간이 운동장처럼 넓게 느껴진다. 이봐, 이봐요! 그녀는 뒤돌아보지 않고 마구 달리기 시작한다. 그녀는 끔찍한 욕설을 들었다고 생각한다. 광수의 아버지가 뒤따라와 뒷덜미를 냉큼 낚아챌 것만 같다. 가슴이 쿵쾅거리고 머리가 어지럽다. 계단을 뛰어 내려가는 발자국 소리는 그녀가 듣기에도 시끄럽다. 사람들의 시선이 쏠리는 것도 느껴진다. 그러나 걸음을 늦추지 않고 달린다. 광수의 모습이 스친다. 광수는 사막 한가운데에 혼자 버려진 채 절망에 빠져 있다. 사풍이 몰아치고 광수는 바람에 실려 멀리 날아간다. 그녀는 눈앞이 흐려진다. 눈물이 주체할 수 없이 흐른다. 택시에 올라타고서도 그녀는 냉정을 되찾을 수가 없다. 손가방을 열고 분첩을 꺼내어 얼굴을 살핀다. 볼을 타고 눈물이 흐른 자국이 선명하다. 휴지를 꺼내어 눈가를 꾹꾹 누르고 코를 가볍게 푼 다음 한숨을 길게 내쉰다. 한결 마음이 가벼워진다. 창밖의 풍경을 바라본다. 불빛 찬란한 건물들이 차창 뒤쪽으로 끝없이 몰려간다. 그녀는 눈의 초점을 잃으면서 흩날리는 눈꽃을 본다. 아가씨! 아직 가실 곳을 말하지 않았는데요. 그녀는 화들짝 놀란다. 그냥, 시내로 가주세요. 짧게 대답한 그녀는 다시 창밖을 내다본다. 이상하게도 눈꽃이 보이지 않는다. 유심히 살펴보았지만 눈은 내리지 않는다. 어쩌면 처음부터 눈은 내리지 않았는지도 모른다고 생각한다. 울고 나면 늘 그렇듯 졸음이 몰려온다. 얘기 들었습니까? 중동에서 날아오던 우리나라 858편 비행기가 공중에서 사라졌다는군요. 폭파됐을 가능성이 높다던가. 아무래도 북한 공작원의 소행일 성싶어. 이미 그녀는 잠 속으로 빨려 들어가 운전사의 말을 알아듣지 못한다. 희미한 의식 속에서 그녀는 언젠가 광수가 가져다준 꽃의 이름을 꼭 알아보리라고 다짐한다.

광수나 만나 보고 가라고 이르려는데 여자는 뒤도 돌아보지 않고 달아난다. 새가슴이 아니고서야 무슨 아이가 그 모양일까. 괜스레 찜찜하다. 그는 바닥에 놓여 있는 선물용 가방을 내려다본다. 하는 수 없이 가방의 손잡이를 움켜쥔다. 죄송합니다만 가방 좀 보여 주시겠습니까? 경찰관 두 명이 절도 있게 거수경례를 하고 나더니 앞을 막아선다. 그는 본능적으로 짜증이 난다. 왜들 이러시오? 우리 아들 놈 잠반데. 속을 들여다보지 않았으면서도 그는 확신하듯 말한다. 가방을 건네받은 경찰관은 점퍼를 꺼내어 요리조리 살핀다. 그들은 주머니 속까지 손을 집어넣는다. 점퍼의 지퍼 끝에 가격표가 대롱대롱 매달려 있다. 감사합니다. 다시 경례를 붙이고 경찰관들은 물러간다. 무엇이 감사하다는 것일까. 그는 움켜쥔 가방의 손잡이에 힘을 가한다. 왼쪽 손목을 꺾어 시계를 본다. 얼추 비행기가 도착했을 시간이다. 영어로 가득 채워져 있는 대형 패널이 눈에 들어온다. 알아볼 수 없는 글자들뿐이다. 아들은 왜 안 나타나는 것일까.

회색 동화

대형 철탑들 사이로 강 건너편까지 이어진 송전선은 여자 아이들이 가지고 노는 고무줄처럼 팽팽하다. 쓰레기 매축장 곳곳에는 7월의 햇살이 쏟아지고 있다. 게다가 청소차들이 쉴 새 없이 드나들면서 일으키는 흙먼지로 주위는 온통 새벽안개처럼 자욱하다. 콧속을 쑤셔 대는 냄새도 매일매일 괴롭히는 더위만큼이나 심하다. 코를 싸쥐고 입으로만 숨을 쉬며 걷던 나는 잠시 쓰레기 언덕 중간에 멈춰 선다. 남쪽과 북쪽으로 죽 늘어선 송전선 너머의 하늘을 바라보다가 손등으로 이마의 땀을 문질러 본다. 붓을 씻어 낸 먹물 같은 땟국이 손등에 흥건히 묻어난다. 장마가 시작될 것이라는 어른들의 말은 정말인가 보다. 넓고 시커먼 구름이 강 건너편 하늘을 서서히 덮고 있다.

겨울이 오기 전에 모두들 이곳을 떠나야 한다는데 좋은 일인지 나쁜 일인지 나는 잘 모르겠다. 우리 쓰레기장 사람들이 모여 사는 조립식 주택촌에서는 밤마다 어른들끼리 모여서 이사를 가야 한다느니 끝까지 버티겠다느니 시끄럽게 떠들어 댄다. 더럽고 냄새 나는 동네를 빠져나간다고 생각하니까 기분이 좋아지는데 아버지와 어머니는 틈만 나면 한숨을 쉰다. 그제서야 나는 도망간 개에 대한 미움이 어느덧 누그러진 것을 알아채고 차근차근 쓰레기장 주위를 살펴보며 발걸음을 옮긴다. 백구는 도대체 어디로 갔을까?

성호가 학교 갔다 온다냐? 쓰겄네, 내 새끼. 나를 반갑게 맞아 준 사람은 쪼까네였다. 학교에서 돌아오자마자 나는 백구가 달아난 것을 대번에 알았다. 방에는 어머니와 쪼까네가 매축장에서 나오는 물건들을 담는 마대의 뜯어진 곳들을 바늘로 꿰매고 있었다. 쪼까네는 중학생 형들과 엇비슷할 정도로 키가 작은 옆집 아주머니였다. 그렇다고 난쟁이나 꼽추도 아닌데 손과 발도 나만큼이나 작았다. 어디, 얼매나 컸능가 보끄나……. 쪼까네가 달려든 것은 내가 방바닥에 주저앉으려고 할 때였다. 나는 또다시 불알을 잡히고 말았다. 쪼까네는 언제 어디서든 늘 그랬다. 백구가 달아나 화가 난 마당에 번번이 피해 보지도 못하고 또 그짓을 당해 나는 손에 든 가방을 팽개치며 소리를 질렀다. 니기미, 씨이발 년아! 눈이 휘둥그레진 사람은 쪼까네가 아니고 어머니였다. 어디서 그런 욕을 배웠어? 너, 매 좀 맞아야지 안 되겠다. 어머니는 매를 찾으려고 바느질감을 내려놓으며 주위를 두리번거렸다. 어머니는 매를 한번 들었다 하면 머리든 엉덩이든 종아리든 가릴 것 없이 마구 때리기 때문에 입에서 울음이 절로 터졌다. '니기미 씨이발 년'은 쪼까네의 남편 송씨 아저씨가 만날 지껄이는 욕이었다. 술주정뱅이인 데다가 욕쟁이로 소문난 송씨 아저씨는 농구 선수처럼 키가 컸다. 그래서 두 사람이 나란히 서 있으면 너무 차이가 나서 웃음이 나오곤 했다. 그런 송씨 아저씨가 욕을 해대면 쪼까네는 당연한 것처럼 아무런 대꾸도 하지 않았다. 나는 송씨 아저씨에게 따로 욕을 배운 적은 없었으나 그의 웬만한 욕은 줄줄이 외우고 있었다. 이뻐서 근디 그거이 무슨 베락 맞을 소리다냐, 징헌 놈아. 쪼까네는 나를 와락 꺼안았다. 그러고는 앙탈을 부리는 나에게 가슴을 내밀었다. 실컷 약 올려 놓고 으레 젖무덤을 만질 수 있도록 가슴을 열어 주는 쪼까네였다. 샐쭉 웃으며 나는 쪼까네의 가슴에 손을 집어넣었다. 쪼까네의 등 너머로 어머니가 눈을 흘기고 있었지만 그러고 말 뿐 굳이 말리지는 않았다. 아줌마는 왜 이렇게 배가 불렀어? 성호모냥 이삐고 훤헌 아기가 잠자고 있다마다. 아기라는 말에 나는 퍼뜩 놀랐다. 순미년

생각이 난다. 그러나 나는 부지런히 쪼까네의 가슴을 더듬었다. 나의 팔이 쪼까네가 입고 있는 남자용 러닝셔츠 목 부위를 눌러 대는 바람에 옷이 더욱 헐거워지는 데도 쪼까네는 아무런 말도 하지 않았다.

쓰레기 동산 꼭대기에 서자 매축장의 전경이 한눈에 들어온다. 한번은 백구가 쓰레기 매축장에서 끈 같은 것을 입에 물고 집으로 돌아온 적이 있다. 처음엔 무엇인지도 모르고 말랑말랑한 그것을 만져 보았는데, 아버지는 그것이 병원에서 내다 버린 사람의 탯줄이라며 냉큼 갖다가 버리라고 해서 얼마나 놀랐던가. 대거리로 백구의 옆구리를 냅다 걸어차 버리긴 했으나 개의 버릇은 고쳐지지 않아 어떻게 해야 할지 참 걱정이다.

마침, 청소차가 경사진 바닥에 쓰레기를 쏟아 내자 흙먼지가 풀풀 날린다. 등에서 무거운 짐을 쏟아 버린 청소차는 도로를 따라 개운한 듯 신나게 달려간다. 뒤이어 시끄러운 엔진 소리를 내며 우리 매축장 아이들이 '땅깡차'라고 부르는 불도저가 쓰레기를 밀쳐 내기 시작한다. 쓰레기를 바닥에 평평하게 다지려고 하는 일이다. 사람들은 수건으로 목을 감거나 헝겊들로 얼굴을 칭칭 동여매고, 더욱이 모자를 푹 눌러 쓴 채 땅깡차의 꽁무니를 따라다닌다. 쇠스랑으로 쓰레기를 파헤치며 쓸 만한 물건들을 골라내는 사람들의 모습이 꼭 흩어졌다가 다시 모이는 파리들처럼 보여 웃음이 나온다. 어디에도 백구는 없다. 그러다가 바로 한 걸음 앞에 하얀색 고무풍선이 삐져나와 있는 것이 보인다. 나는 얼른 다가가 양손으로 땅을 파헤친다. 바닥에 묻혀 있는 풍선을 들어내자 가만 보니 풍선이 아니고 콘돔이다. 물론 나는 콘돔을 어디에다 쓰는 물건인지 잘 안다. 손가락에 끼고 파지나 신문을 셀 때 어른들이 쓰는 물건이지만 우리들 또래 아이들은 입으로 바람을 불어 넣어 풍선처럼 가지고 논다. 제3매축장으로 옮겨 가기 위해 나는 강변로 쪽으로 걸음을 옮기면서 콘돔의 주둥이를 옷에 쓰윽 문질러 닦아 낸 다음 바람을 불어 넣어 입에 문다.

매축장 사람들은 앞벌이와 뒷벌이로 나뉜다. 땅깡차가 쓰레기를 평평하게 밀어내고 지나가면 앞벌이가 쓸 만한 폐품들을 먼저 골라낸다. 그다음이 뒷벌이 차지다. 아버지와 어머니는 뒷벌이다.

이따금 나타난 승용차는 아지랑이가 쉴 새 없이 피어나는 강변 도로를 빠른 속도로 달려가곤 한다. 강 건너편에는 아파트들이 하루가 다르게 키가 자라고 그 아파트 사이로 대형 철탑들이 목을 쑥 뽑고 있는 것이 눈에 띈다. 백구는 지금쯤 어디에 있을까. 백구는 희고 노란 잡털투성이에 살도 얼마 없어서 보신탕감으로도 부실한 개라고 어머니는 늘 말한다. 백구는 별다른 이유도 없이 짖어 댈 때가 많은데 그때마다 아무거나 손에 잡히는 대로 집어던지면 제 집으로 파고들기가 일쑤다. 발바닥이 땀으로 끈적거리고 숨이 한결 벅차오른다. 쓰레기 더미 어디에선가 낑낑거리는 백구의 소리가 들린다. 아니다. 그 소리는 간밤에 바로 옆 어머니한테서 들리던 소리다. 우리 매축장 사람들이 모여 사는 주택촌은 방과 방 사이의 벽이 합판이기 때문에 작은 말소리까지 다 들린다. 왜 그 소리만 들리면 오줌이 마려운지 모르겠다.

나는 비탈길을 내려가다가 서서 콘돔을 내뱉고는 바지를 내리고 바람 빠진 콘돔 위에 오줌을 갈긴다. 오줌이 묻은 콘돔은 땅바닥에 납작하게 달라붙는다. 또 순미년 생각이 난다. 그년은 아주 미친년이다. 앞벌이이자 주민협의체 의장인 김씨 아저씨의 딸 순미년은 나보다 세 살이 많은 5학년이다. 언젠가 그년하고 키스를 한 적이 있다. 나는 하려고 한 것도 아니다. 무슨 말을 하다가 그랬는지 모르지만 서로 거짓말이라고 혀를 날름거리며 놀리다가 그년이 내민 혀가 내 혀와 맞닿고 말았다. 그걸 지켜본 아이들은 혀와 혀가 닿으면 뽀뽀를 한 것이 아니고 키스를 한 것이며, 남자와 여자가 키스를 하면 아기를 낳게 된다고 놀려 대 순미년이 때려 주고 싶을 정도로 밉다. 숨이 곧 넘어갈 듯한 그 소리. 어쩌다 어머니가 머리를 껴안으며 아무

소리도 듣지 못하게 하지만 나는 그 소리가 무엇인지 잘 알고 있다. 백구가 똥이나 오줌이 마려워 질러 대는 소리를 사람이 흉내 내고 있다는 것을.

볼일을 마치고 고추를 바지 안쪽으로 집어넣고는 가래를 돋우어 소리 나게 뱉는다. 제3매축장으로 올라가는 언덕은 경사가 높지 않아 걷기가 한결 수월하다. 장난감 권총이나 눈에 띄었으면 좋겠지만 바닥을 아무리 뒤져 봐도 콘크리트 더미뿐이다. 쇳덩어리도 모두 빼 가버려 돌무더기만 즐비하다. 꼭대기에 다다르자 사람들이 일손을 놓고 군데군데 모여 앉아 있다. 연기가 솟아오르는 걸 보니 밥 먹는 시간인 모양이다. 이마에 달라붙는 파리 떼를 손을 휘둘러 쫓으며 걷던 나는 문득 배가 고파진다. 매축장에서는 밥 지을 불을 따로 준비하지 않아도 된다. 쓰레기 더미 아무 곳에나 구멍을 뚫고 성냥을 그어 대면 가스가 올라와 불이 붙는다. 매축장은 불이 잘 붙기 때문에 한 번은 일주일이 넘도록 불길이 치솟은 적이 있다고 한다.

사람도 여럿 돼져 부렀제만 바로 어지께 일어난 일모냥 또렷하게 기억난당께. 연기가 움막 안을 뜯어 눕혀 불드마는 속아지 읁는 에펜네가 나가자고 개병을 삼아도 꿈쩍도 않고 잠만 퍼자더란 말이시. 인자사 야그지만 나가 기연씨 업고 나왔응께 망정이제 죽는갑다 싶었을 거이요. 저년이, 그렇게 속창시가 없소. 호랭이 물어 갈 년. 언젠가 송씨 아저씨가 아버지와 술을 먹으며 그렇게 말하는 것을 나는 잠자는 척하면서 들은 적이 있다. 송씨 아저씨는 불 속으로 뛰어들어 쪼까네를 둘러업고 나왔다는데 그 말이 정말인지 주먹만 한 화상이 그의 오른쪽 뺨에 아직도 남아 있다. 어쨌든 그때의 큰불로 모든 움막은 헐려 버렸고 나라에서 매축장 북쪽에 조립식 주택촌을 세워 주었다고 어른들은 말한다.

그런데 우리가 사는 주택촌은 한 가족에 방 한 칸씩밖에 차지할 수 없어서 언제나 비좁다. 음식이 썩는 냄새와 시커먼 먼지 때문에 견뎌 내기 어렵다. 더군다나 벌레들은 사람들을 귀찮게 한다. 문밖에 내놓은 평상에는 모기들이 까맣게 앉아 있기 마련이어서 막상 앉으려는 사람을 뒷걸음질치게 만들고 악랄하게 덤벼드는 파리나 귀신같이 단맛을 찾아내는 개미도 지독하기 그지없다. 이젠 쓰레기 매축장이 문을 닫는다고 하니 우리 주택촌 사람들은 이사를 가야 한다.

쓰레기 먼지가 아주 가는 바람에 휩쓸리면서 한차례 획 일어난다. 자꾸 성질이 난다. 도망간 백구 때문에 이 고생을 해야 하다니. 문득 땅속에 묻혀 까만색 손잡이가 하늘로 향한 우산이 보인다. 나는 우산 손잡이를 잡고 낚아챈다. 꼬챙이는 딸려 나오지 않고 손잡이만 쑥 뽑혀 나온다. 양손으로 우산대를 잡고 당겨 보지만 꿈쩍도 하지 않는다. 이번에는 옷가지가 묻혀 있는 밤색 헝겊을 양손으로 잡고 당겨 본다. 움찔거리더니 하얀색 헝겊이 딸려 나온다. 가만 보니 피가 묻어 있는 기저귀 덩어리다. 침을 퉤, 뱉고는 매축장 안쪽으로 다시 걷기 시작한다. 어머니의 말로는 백구가 남자이기 때문에 새끼를 낳지 못한다고 한다. 강아지를 얻지 못한다니 보통 분한 일이 아니다. 지금 같아서는 백구가 내 앞에 있다면 냅다 걸어차 버리거나 꼬챙이로 콕 찔러 버리고 싶을 뿐이다.

순경이라고 하셨소? 오메, 그걸 어찌케 아셨소? 송가가 그랍디여, 지가 순경 노릇 했다고? 말이 나왔응께 말이지라우. 상처했다등만 뻘건 대낮부터 그 짓 허구서 깨댕이 벗고 있는디 사람들이 벼락같이 들이닥쳐 붑디다. 누가 알았겄소, 머리끄댕이 잡던 년이 그 화상 여편넨줄. 딸자석 둘까장 있단 이약을 내 그때서야 처음 들었당께요. 순경이면 뭐할 것이요. 그 질로 내뺐지라우. 백구를 찾으러 나갈까 말까 망설이고 있을 때 쪼까네는 가슴을 더듬고 있는 나를 밀쳐 내며 놀란 목소리로 그렇게 말했다. 쪼까네와 어머니가 나를 학교도 다니지 않는 조무래기 취급을 할 때면 욕을 하고 싶어진다. 내가 욕을 할 때만큼은 지나가던 어른들도 나를 힐끔힐끔 쳐다보는 것이다. 어머니와 쪼까네가 주고받는 얘기를 잘 알아들을 수는 없지만 모르는 게 있어서 물어보면 그저 몰라도 된다고 할 것이 틀림없기 때문에 나는 잠자코 있었다. 그러나 송씨 아저씨가 순경이었다는 이야기는 들어 본 적이 없었다. 그란디 말이요. 뭐 땀시 조광지처허고 자석들을 뗑게 불고 숭한 생각을 혔드냐고 물응께 방 땜시 그랬다고 엄한 소릴 안 허요. 못헐 말이제만 송가가 이, 물건은 좋아라. 밤이면 반 죽음시케 붕께로. 금메, 살던 집이 방이 하나였던 갑소. 자석들이 방을 차지해 붕께 하고 잡은 그 짓을 뽀딱하게 헐 수가 없었을 것이제. 인자사 생각해 봉께 그때부텀 딴생각이 난 모냥이라고 히죽히죽 웃더랑께요. 오메, 웃으시요? 그란디 고향에 있는 자석들이 보고 잡어 그랑가 늘 말이 없등만 염병할 놈이 애기가 배 속에 선께 펄쩍 뜀서 저 난리여라. 송씨 아저씨가 날마다 행패를 부리는 것은 알고 있었으나 그것이 애기 때문이라는 것은 몰랐었다. 알 수 없는 일이었다. 갓난애가 얼마나 귀여운지 송씨 아저씨는 정말 모른단 말인가.

갑자기 개 짖는 소리가 들린다. 걸음을 멈추고 드넓은 쓰레기 벌판을 둘러보았으나 백구는 눈에 띄지 않는다. 매축장 사람들은 오전 내내 주워 담은 물건들을 종류에 따라 마대에 넣고 묶는 다대 작업에 열중하고 있다. 벌써 다대 작업이 끝난 마대들이 즐비하다. 고철이나 구리, 그리고 유리 종류는 마대에 가득 담겨 묵직하게 배를 내밀고 있다. '물랭이'가 가득 담긴 마대의 주둥이에는 요구르트병 하나가 아슬아슬하게 삐져나와 있다. 우리 매축장 사람들은 어떤 때는 요구르트병 하나를 서로 차지하려고 쇠스랑을 휘두르며 싸우기도 한다. 물랭이는 외지 사람들이 플라스틱이라고 부른다지만 값이 많이 나가 인기가 높다. 하기사 우리 매축장 사람들에게는 쓰레기 하나하나가 모두 돈이다. 그러고 보니 내일은 열흘에 한 번씩 돌아오는 계근하는 날이다. 파지가 담긴 마대를 지나가다가 보니 구멍이 난 부분에 표지가 다 떨어져 나간 성경책이 꽂혀 있다. 반석교회가 떠오르자 입가에서 괜히 웃음이 나온다.

반석교회는 판자를 세우고 바닥에 장판을 깐 것이 전부인 한심한 교회다. 꼭대기에 세운 십자가도 나무로 만든 것이어서 별 볼일 없었다. 그러나 교회 앞마당에 만들어 놓은 그네나 시소, 그리고 뺑뺑이는 우리 초등학교의 것보다 훨씬 좋았다. 한번은 내 또래의 여자 아이가 뺑뺑이에 올라타더니 나에게 돌려달라고 졸랐었다. 우리 학교에서도 내가 돌리는 뺑뺑이는 나보다 학년이 높은 아이들도 감히 올라타지 못할 정도로 자신이 있었다. 나는 마음껏 실력을 발휘했다. 나에게 뺑뺑이를 돌려달라고 부탁한 여자 아이가 튕겨져 나와 엎어지더니 코피까지 흘리고 말았다. 계집애가 죽겠다고 울어 댄 것은 당연했으리라. 그때 교회의 전도사가 달려왔었다. 낄낄거리고 웃을 수만도 없었다. 코피가 흘러 불쌍하고 미안한 일이긴 했으나 계집애가 무턱대고 나에게 죄를 덮어씌웠다. 뭐라고 말도 못하게 빽빽거리며 울어 대는 그 여자 아이를 바라보며 나는 잠자코 있을 수밖에 없었다. 그러나 나는 어려운 순간을 이기는 방법을 잘 알고 있었다. 이 씨이발 년아, 니가 돌리라고 했잖아! 나는 소리를 꽥 질렀다. 그런데 이상한 일이 벌어졌다. 옆에서 지켜보고 있던 전도사가 나의 뺨을 후려친 것이었다. 나는 잠시 망설였다. 빠져나갈 방법을 찾기 위해서. 니 에미 좆이라고 해라아. 놀라서 눈이 휘둥그레지는 전도사를 뒤로하고 나는 달아났다. 물론 그 이후로 반석교회 근처에는 가지 않았다.

분명, 개 소리가 들린다. 제3매축장 진입로를 막 벗어나려던 참이다. 나는 발걸음을 빠르게 옮긴다. 희고 날카로운 이를 드러내며 짖어 대는 백구가 눈에 선하자 어금니에 바짝 힘이 간다. 개를 발견한 곳은 제2매축장 언덕배기에서다. 싯누런 똥개 두 마리다. 그곳에는 아이들도 여럿 있다. 역시 백구는 아니다. 어찌 된 것인지 두 마리의 개는 꽁무니가 연결되어 있다. 아이들은 개들 주위에 서서 깔깔거린다. 개들은 개들대로 속으로 기어 들어가는 신음을 낸다. 나도 모르게 머리를 천천히 끄덕거린다.

「이놈의 새끼덜 맛 좀 봐라.」

한 아이가 돌멩이를 던진다. 다행히 맞지는 않았으나 빗나간 돌멩이는 비탈길 저쪽으로 굴러 내려간다. 한데 엉긴 개들은 낑낑거리며 서로 떨어져서 달아나려고 애쓰지만 잘되지 않는 모양이다.

「야, 가만 둬!」

나는 소리를 친다.

「니가 뭔데 참견이야?」

다시 돌멩이를 집어 든 그 아이가 노려보며 말을 건네 온다. 나보다 몸이 더 큰 다른 아이가 막대기를 들고 나를 노려보고 있는 것이 보인다.

「아니, 그냥……. 불쌍하잖아.」

내 말은 듣지도 않고 아이들은 개에게 다시 돌을 던진다. 개들은 여전히 꽁무니가 붙은 채 아이들의 눈치를 보고 있다. 가만히 쳐다보고 있자니 좀 미안한 느낌이 든다. 어느새 하늘에는 구름이 몰려와 매축장 곳곳에 제법 넓은 그늘이 번져 있다. 나는 돌아서서 매축장 언덕을 내려가기 시작한다.

「씨발 새끼딜, 퉤퉤.」

「야, 너 지금 뭐라고 그랬어?」

내가 중얼거리며 침을 뱉자 아이들 중에 하나가 어떻게 들었는지 소리를 친다.

「아냐, 느네들보고 그런 게 아냐. 개새끼덜이 더럽잖아.」

나는 얼른 변명을 하고 뒷걸음을 친다. 하여간 오늘은 백구 때문에 재수가 없는 날이다. 언덕을 내려왔을 때 마침 빈 트럭이 휑하니 지나가는 바람에 먼지가 거세게 일어난다. 나는 칵 소리가 나게 가래를 돋우어 내뱉는다.

방 때문에 큰일이에요. 애 앞에서 그 짓 하기도 무섭고 방이 두 개는 있어야겠어요. 게다가 튼튼한 콘크리트로 된 방을 좀 얻어야지 옆방에서 코 고는 소리도 다 들리니 이거 불편해서 살겠어요? 그렇게 말하던 어머니의 말이 생각난다. 훔쳐 먹는 떡이 더 맛있는 법이여, 안 그려? 어머니의 목을 조르며 그렇게 말하던 아버지의 모습도 떠오른다. 간밤에 아버지가 어머니의 목을 물어뜯어도 나는 별로 걱정을 하지 않는다. 죽은 줄로만 알았던 어머니가 아침이면 멀쩡하게 돌아다니는 것을 본 것이 한두 번이 아니다.

「애, 성호야! 일루 와 봐!」

제2매축장 입구를 벗어나려는데 누군가 뒤에서 부른다. 순미 년이다. 순미년한테는 꼭 우리 담임 선생님처럼 이래라저래라 명령하는 버릇이 있다. 순미년은 보자기로 싼 도시락을 들고 있다.

「니넨 이사 간대니?」

「몰라.」

「우리 폐차에 가서 놀래? 여기 맛있는 것도 있어.」

순미년은 도시락을 내보이며 말한다. 주택촌에서 그리 멀지 않은 곳에 고물이 된 버스가 있다. 그 버스 안에는 유리창이나 의자가 하나도 남아 있지 않았고 주변에는 사람들이 싼 똥이 많아 우리 매축장 아이들도 잘 접근하지 않는 곳이다. 그런데 순미년이 그곳에 가자는 것이다.

「맛있는 게 뭔데?」

배가 고파 죽을 지경인데 잘됐다 싶어 내가 묻는다. 대답도 하지 않고 순미년은 앞장선다. 순미년에게 이끌려 버스가 있는 곳에 갔을 때는 심하게 때가 묻은 겨울용 이불이 펼쳐져 있었다. 주변에는 여전히 오래된 똥도 있고, 간밤에 누군가가 쏟아 놓은 물똥도 있어 영 기분이 좋지 않다.

「글쎄, 이 이불 속으로 들어와 보란 말이야.」

「더워 죽겠는데 뭐하러 이불 속에 들어가!」

「재미있는 거 보여 줄 테니까 빨리 하라는 대로 해.」

순미년은 나보다 나이가 많아 누나였지만 우리 매축장 아이들과는 달리 얼굴이 이쁘고 입고 다니는 옷이 깨끗해서 늘 같이 놀러 다니고 싶은 계집아이 중에 하나다. 하는 수 없이 나는 이불 속으로 기어든다.

「아까 똥개들이 하는 거 봤지?」

매축장에서 개들이 꽁무니가 서로 붙어 있었던 것을 순미년도 지켜본 것이다. 나는 가슴이 덜컹했다. 순미년이 내게 팬티를 까내리라고 말했던 것이다. 나는 가슴이 뛰는 걸 참으며 시키는 대로 하고 만다. 마주 보고 모로 누워 있던 순미년이 치마를 걷어 올리고는 자신의 꽃무늬 팬티도 까내린다. 얼른 눈을 감아 버린 나는 가슴이 쿵쾅거리는 것을 느낀다. 순미년은 도대체 어쩌자는 것인지 제 고추를 내 고추에 바짝 붙여 놓고는 무엇인가를 기다리는 듯 가만히 있는다. 이윽고 눈을 뜨고 아래를 내려다본 나는 깜짝 놀란다. 순미년의 고추는 나처럼 볼록 튀어나온 것이 아니라 아기의 살결처럼 만질만질하다. 엄마야! 나는 이불을 젖히고 벌떡 일어선다. 그런데 순미년은 한술 더 뜬다.

「너, 아니? 이러면 아기가 생긴데. 두 개 생기면 하나 너 줄게.」

그러거나 말거나 내 고추를 내려다본 나는 화들짝 놀란다. 고추가 크게 부어올라 있었던 것이다. 나는 고추를 잡아 누르며 집을 향해 달리기 시작한다. 어쩌면 죽을지도 모른다는 생각이 들자 자꾸 눈물이 나온다. 나는 정신없이 달린다.

어디선가 프로펠러 소리가 들린다. 쓰레기가 가득 차 폐쇄된

제7매축장 꼭대기에 섰을 때다. 하늘을 올려다본다. 헬리콥터가 만화영화에서 나오는 공룡새처럼 낮게 날면서 가루약을 뿌려 댄다. 밀가루처럼 부드럽게 내려앉는 살충제는 언제 보아도 보기 좋다. 먹구름이 몰려와 하늘을 덮고 있다. 나는 바지를 내리고 고추를 살펴본다. 다행히 고추는 얌전하다. 그런데 폐쇄된 매축장 안에 사람 서넛이 모여 앉아 있는 것이 무심코 눈에 띈다. 그들은 커다란 솥에 불을 피워 놓고 둘러앉아 있는데 파랗게 피어오른 연기가 하늘로 올라가고 있다. 백구는 지금쯤 집으로 돌아왔을까. 백구가 새끼를 낳을 수만 있다면 그것보다 좋은 일은 없을 것 같다. 분홍색 꽃무늬가 박혀 있던 순미년의 팬티가 또렷하게 떠오른다. 눈앞이 어두워진다. 짧게 한숨이 나온다.

그런데 웬일이었을까. 모닥불 주변에 모여 있던 사람들이 일제히 나를 돌아보고 있다. 소리를 질러야 겨우 얘기가 오고갈 법한 거리이기 때문에 누가 그곳에 있는지 모르겠다. 불 가에 앉아 솥을 살피고 있던 사람 하나가 벌떡 일어난다. 그러더니 나에게 손짓을 하는데 아마 그곳으로 내려오라는 신호인 모양이다. 가만 보니 손짓을 하는 사람은 송씨 아저씨다. 나는 얼굴에 웃음을 지으며 한두 걸음을 내딛는다. 그런데 다른 한 사람이 장대를 길게 세워 놓은 곳으로 걸어가더니 마대에 담긴 물건을 풀어 내리려고 애를 쓰고 있다. 주춤거리며 나는 걸음을 멈춘다. 송씨 아저씨도 그쪽을 한 번 돌아본다. 갑자기 가슴속에서 쿵 소리가 난다. 마대에 담겨 장대의 한쪽 끝에 걸려 있는 것은 분명 백구다.

나에게 눈길을 돌린 송씨 아저씨는 다시 손짓을 몇 번 하더니 나를 향해 달려오기 시작한다. 마음속으로는 도망쳐야 한다고 서두르고 있지만 다리가 움직이지 않는다. 백구를 잡았구나. 빠른 걸음으로 언덕을 올라오는 송씨 아저씨가 눈에 들어오자 돌아서서 달리기 시작한다. 송씨 아저씨가 뒷덜미를 냉큼 잡아당길 것 같다. 마음이 급해지자 다리가 엉켜 넘어지고 만다. 욕쟁이 송씨 아저씨가 달려와 목을 조를 것 같아 벌떡 일어나 온 힘을 다해 달린다. 조금 더 달려가다가 이번에는 무엇인가에 걸려 넘어졌는데 무릎이 시큰거린다. 다시 일어나 악을 쓰며 달린다.

나는 기어이 잡히고 만다. 그러나 나의 어깨를 껴안은 사람은 쪼까네다.

「아가, 어째 그냐?」

눈에는 눈물이 고이고 머리가 어질어질하다. 눈앞의 모든 것이 노랗게 변하더니 나는 또 한 번 몸이 넘어간다.

그날 밤, 나는 무서운 꿈을 꾸었다. 한 마리 검정개와 백구가 서로 꽁무니가 붙은 채 매축장 한복판에서 낑낑거리고 있었다. 아이들이 손가락질을 하며 놀려 댔다. 한 아이가 돌을 집어 들고 백구에게 던지는 것이 보였다. 돌은 백구의 머리에 정통으로 맞았다. 백구의 머리에서는 피가 흘렀다. 나는 돌을 던진 아이에게로 다가갔다. 그러나 입을 움직여 욕을 하려 했으나 말이 나오지 않았다. 가장 심하다고 생각되는 욕들만을 골라 내뱉었으나 마주 대한 아이는 가만히 웃고만 있었다. 모여 있는 모든 아이들이 백구와 검정개에게 돌팔매질을 하기 시작했다. 백구를 살려야 한다는 생각에 나는 몸을 비틀었다. 막대기를 집어 들고 휘두르기도 하고 발로 차면서 으르렁거리기도 했다. 모든 아이들이 갑자기 마네킹처럼 굳어져 버려 나는 주변을 살폈다. 백구와 검정개가 있는 곳을 바라보자 나는 놀라고 말았다. 검정개는 덩치가 무척 컸는데 어떻게 보면 늑대나 이리처럼 보였다. 그런데 그 검정개가 축 늘어진 백구의 목덜미를 꽉 물고 서 있었다.

눈을 뜨자 방 안에는 아무도 없다. 모르긴 해도 소리를 크게 내지른 것 같다. 비 맞은 것처럼 온몸이 축축하다. 방에는 전등이 훤하게 켜져 있는데 어머니와 아버지는 온데간데없다. 밖에서 웅성거리는 소리가 들린다. 나는 밖으로 나가보기로 한다. 주택촌 좁은 길가에는 사람들이 꽤 많이 나와 있다. 손전등을 든 사람도 있고, 솜방망이에 불을 붙여 든 사람도 있다. 나는 부지런히 어머니를 찾아 걸음을 옮긴다. 사람들이 모여 한곳을 쳐다보고 있다. 쪼까네 집이다. 어머니를 찾아내어 등 뒤에 붙어 선다.

「악!」

그때 사람의 소리라고는 믿어지지 않는 비명이 들려온다.

「끝내 일을 치르는구먼.」

「누가 좀 말려야 할 거 아녜요.」

주택촌 사람들이 쪼까네 집 앞으로 하나 둘씩 모이고 있다.

그때 갑자기 누군가 대문을 박차고 나온다. 송씨 아저씨다. 문 앞에 모여 있던 사람들이 놀라 뒤로 물러난다. 송씨 아저씨는 술에 취해 비틀거린다. 죽은 백구가 떠오르자 몸이 오슬오슬 떨리기 시작한다.

「홀몸도 아닌 사람을 그 지경으로 패면 어디 쇠떵인들 성하 겠나, 이 사람아.」

타이르듯 말하는 사람은 순미년의 아버지인 김씨 아저씨다.

「어떤 싸아가지 읎는…… 꺽…… 노무 새끼가 좆통수 불고 자빠졌어. 그라고 봉께, 저 화냥년허고 놀아난 놈이 바로 너제? 나는 말이여, 씨 뿌린 일 없당께.」

송씨 아저씨는 김씨 아저씨의 멱살을 틀어잡더니 홱 밀쳐 낸다. 그 바람에 김씨 아저씨는 힘없이 나동그라진다. 그리고 김씨 아저씨는 일어서려다가 송씨 아저씨의 발길질을 정통으로 얻어맞고 양손으로 얼굴을 감싸며 뒹군다. 아저씨 두 명이 송씨 아저씨를 막아섰으나 그들도 송씨 아저씨가 휘두르는 팔에 귀뺨을 얻어맞고 밀려난다.

「이 새끼 안 되겠구만.」

뺨을 얻어맞은 한 아저씨가 재빠르게 달려들어 송씨 아저씨의 멱살을 잡는다. 다른 아저씨는 등 쪽에서 달려들어 끌어안는다. 힘겨울 것 같은 송씨 아저씨는 어렵지 않게 결박을 풀더니 빠르게 주먹을 날린다. 사람들은 점차 웅성거리며 흥분하기 시작한다. 이상하게도 송씨 아저씨가 싸움을 잘할수록 외치는 소리가 커진다. 한 아저씨가 송씨 아저씨의 주먹을 맞고 보기 좋게 나가떨어진다. 누군가 각목을 집어 들고 나타난다. 송씨 아저씨는 다른 사람들과 싸움을 하고 있었기 때문에 각목을 들고 나타난 사람을 발견하지 못한다. 각목을 든 아저씨는 뒤에서 송씨 아저씨의 등짝을 호되게 내려친다. 송씨 아저씨는 잠시 비틀거리더니 성난 개처럼 으르렁거린다.

몸이 심하게 떨리기 시작한 나는 몸을 가눌 수가 없다. 앞니가 심하게 떨리고 다리의 힘이 쑥 빠져나간다. 사람들은 송씨 아저씨에게 몰매를 주느라 정신이 없다. 어느새 송씨 아저씨는 더 이상 저항을 하지 못하고 고꾸라져 매를 맞고 있다.

그때다. 대문이 슬그머니 열리고 신음 소리를 흘리며 누군가가 엉금엉금 기어 나오고 있다. 사람들의 눈길은 그쪽으로 옮겨진다. 쪼까네다.

「그만 하씨요. 그만 허랑께…….」

바닥을 기어 나오는 쪼까네의 남자용 러닝셔츠는 온통 피로 얼룩져 있다. 고추에서 피가 흘렀는지 허벅지 안쪽으로 핏자국이 불빛을 받아 선명하게 드러난다.

「당신덜이 뭐시간디…… 남의 서방을 잡는다요.」

쪼까네가 숨이 차 겨우겨우 한 말에 사람들은 놀라는 표정을 짓는다. 송씨 아저씨는 죽은 사람처럼 움직이지 않는다. 나는 터지려는 울음을 억지로 참는다. 송씨 아저씨가 꿈틀거린 것은 조금 뒤의 일이다. 송씨 아저씨는 바둥거리며 양팔을 바닥에 세우고 다시 상체를 세우더니 어렵게 일어선다. 그의 눈이 천천히 쪼까네를 향해 옮겨 가더니 빠르게 되돌아온다. 그러고는 비틀대며 사람들을 밀쳐 내면서 주택촌 출입구 쪽으로 걷기 시작한다. 그를 막는 사람은 없다. 그때서야 나는 울음보가 터진다. 어머니가 내 머리를 끌어안고 등을 토닥인다. 나는 춥고 무서워 울음을 참을 수가 없다.

며칠 동안이나 쉬지 않고 굵은 비가 쏟아진다. 비가 오면 쓸 만한 물건들을 더 많이 얻을 수 있기 때문에 우리 매축장 사람들은 더 바빠진다. 라디오에서는 장마가 시작됐다고 한다. 어른들은 몇 십 년 만에 보는 물난리라며 혀를 끌끌 차곤 하지만 매축장에 나가 일하는 것을 거르지는 않는다. 우리들 매축장 아이들은 강가로 몰려가 물구경을 하느라 신이 난다. 철교의 교각 아래까지 차오른 물은 쉴 새 없이 소용돌이치면서 물거품을 일으킨다.

그날 이후로 송씨 아저씨는 돌아오지 않는다. 어른들 말로는 송씨 아저씨가 자살했을 것이라고도 하고, 고향으로 도망갔을 것이라고도 했지만 어느 것도 믿을 수는 없다.

송씨 말이여, 다른 사람들 말이 지난 예비군 훈련 때 우유 한 병 얻어묵고 불알 깠다는구만. 어머나, 그게 정말이에요? 제3매축장 앞벌이 이씨랑 같이 깠다는데, 뭘. 어머, 세상에나. 오늘 새벽에 어머니와 아버지가 하던 말이 떠오른다. 그러나 나는 지금도 어머니와 아버지가 무슨 말을 하는지 알 수가 없다. 그래서 나는 송씨 아저씨가 매축장 사람들에게 맞은 것이 억울해서 돌아오지 않는 것이라고 믿는다. 싸움은 일 대 일로 해야 하는데 매축장 사람들은 한꺼번에 송씨 아저씨에게 덤볐던 것이다. 우리 백구를 잡아먹은 것은 미웠지만 싸움을 잘하는 송씨 아저씨가 그렇게 싫지는 않다.

「저기 봐, 축구공이다!」

누군가 외친다. 정말이다. 검고 하얀 점박이 축구공이 팥죽처럼 끓고 있는 강물 위를 둥둥 떠내려간다. 누군가 옆구리를 쿡 찔러 와 나는 급히 돌아본다. 순미년이다. 폐차 속에서 그 일을 겪은 이후로 순미년을 피해 왔는데 가슴이 철렁 내려앉는 것 같다.

「아팠다면서, 다 나았니?」

아기를 불쑥 내밀 것 같아 걱정인데 순미년은 딴소리다. 나는 순미년의 배를 재빠르게 살핀다. 배는 부르지는 않지만 아기를 낳았는지 어쨌는지는 모르는 일이다. 혹시 아기를 숨겨 놓고 능청을 떨고 있는지도 모른다.

「우리 폐차에 가서 놀자. 거긴 비도 안 맞잖아.」

어쩐지 조용하다 했더니 순미년은 다시 미친 소리를 한다.

「나 돈 있어. 과자 사줄게.」

순미년은 입을 쫑긋거리며 웃는다. 순간 나는 목구멍에서 욕이 나오기는커녕 가슴이 설렌다.

「그래, 가자.」

나는 아이들을 따돌리고 순미년과 폐차를 향해 걷기 시작한다.

「그런데 너 애기 낳았니?」

「아니. 그거 다시 한 번 해야 할까 봐.」

순미년은 시무룩하게 말하더니 앞장서서 걷는다. 추적추적 내리던 비가 다시 소나기로 변해 간다. 무서운 빗줄기다. 아무래도 비는 쉽게 멈추지 않을 모양이다.

연세고시원 전말기

나는 지금 글을 쓰고 있는 것이 아니라 생각하고 있다. 시간
이 많지 않기 때문에 나의 생각은 빨리 진행될 필요가 있다. 그
러니까 나의 생각은 글로 옮겨졌을 경우 현재 시점을 묘사하지
못하고 과거의 생각만 떠올린 내용이 될 것이다. 다시 말해서
설명적 문장으로 가득한, 솔직히 말해서 내가 가장 싫어하는,
소설이 될지도 모른다. 사정이 좀 그렇다. 내가 연세고시원의
모퉁이 끝 방 '시마론'을 선택한 것은 순전히 담배 때문이었다.
아내와 네 군데의 고시원을 들러 방문을 열어 보고 이것저것
살펴보았지만 딱히 이 방이다 싶은 것은 없었다. 그나마 첫 번
째와 두 번째 고시원이 규모가 있고, 한적했다. 첫 번째 고시원
은 50대 후반이거나 60대 초반으로 보이는 부부가 운영하고

있었는데 3층은 여자, 4층은 남자들의 공부방이었다. 그러나 지하에 자리 잡고 있는 단무지 공장에서 코를 파고드는 역한 냄새가 끊임없이 올라왔고, 상대적으로 방 대여비가 쌌다. 두 번째 고시원은 1층 음식점들을 제외하면 2층부터 5층까지 건물 전체를 공부방으로 활용하고 있었다. 심지어 사방이 유리로 된 널따란 옥탑방은 휴게실로 활용되고 있었는데 이곳에서는 음식을 만들어 먹거나 세탁을 할 수 있었고 고급 사양의 컴퓨터와 인터넷 시설까지 갖추고 있었다. 아내와 두 번째 고시원의 2층 사무실에 들어섰을 때 30대 후반이거나 40대 초반으로 보이는 여주인은 마침 붓글씨에 빠져 있었다. 한지 위에 쓴 여주인의 글씨는 제법 모양새가 좋았고, 커다란 벼루 위에는 걸쭉한 먹물이 고여 있었다. 벼루 위에 통이 굵은 털붓을 비스듬히 세우며 우리에게 시선을 주던 여주인의 얼굴에도 어느 정도는 교양미가 있어 보였다. 어떻게 오셨죠? 어떻게 오다니? 걸어오거나 뛰어오거나 버스를 타고 오거나 지하철을 타고 왔을 테지 어떻게 오셨죠,라니. 나는 서예 작품을 내려다보며 좀 불뚝거리는 마음을 다스리고 있는데 아내가 말을 받았다. 방을 좀 보려구요. 있나요? 창가의 방은 얼마나 할까요? 창가의 방을 원했던 것은 당연히 담배 때문이었다. 나는 우리나라 문단계를 뒤집어 놓을 장편 소설에 대한 구성을 이미 마친 상태였고, 아내와 아

이와 전화와 텔레비전과 소음과 그리고 나에게 따라붙는 관심
으로부터 멀어지기 위해 한적한 절과 우울한 본가와 부담스러
운 처가와 잘난 척하는 친구의 별장과 집 근처에 있는 독서실을
생각해 보았으나 결국, 아내와 고시원을 선택하기로 결론을 보
았던 것이다. 아내와 나는 서서히 지쳐 가기 시작했다. 네 군데
의 고시원들은 방의 크기나 책상이나 의자나 간이용 침대나 세
면 시설이나 휴게실, 그리고 난방 상태는 크게 다를 것이 없었
다. 문제는 담배를 피우면서 소설을 쓸 수 있는 환기 시설이었
다, 적어도 나에게는. 사실 첫 번째와 두 번째 고시원을 마음에
두고 있었는데, 첫 번째 고시원은 주인 노부부의 인심이 후덕해
보였으나 환기 시설이 좋지 않았고 두 번째 고시원은 환기 시설
이 좋아 보였으나 교양미가 너무 넘쳐 보이는 젊은 여주인이 인
색해 보였다. 아내는 두 곳에서 내가 전업 작가라고 거침없이
말했고, 실업 작가에 불과했던 나는 두 곳에서 담배를 피우면서
작업을 해야 한다고 거침없이 말했다. 그러나 두 곳 모두의 주
인들은 흡연에 대해서 난색을 표했다. 다시 강조하거니와 시간
이 많지 않기 때문에 나의 생각은 좀 더 빨리 진행될 필요가 있
다. 사정이 좀 있다. 미안하다. 서서히 지쳐 가던 아내와 나는
늦은 점심 식사를 해결할 요량으로 지하철 주변의 상가로 진출
했다. 편의점과 술집과 PC방과 노래방과 각종 음식점들이 가득

들어찬 그곳에는 대낮인데도 사람들이 제법 많았다. CD와 테이프를 파는 가게에서는 빠른 박자의 음악이 흘러나왔고 짜증이 일기 시작한 나는 아내에게 아무 데나 들어가서 밥을 먹자고 졸랐다. 어, 저런 곳에 고시원이 있네? 아내가 손가락으로 가리킨 곳은 스포츠센터가 들어서 있는 건물이었다. 밥이나 먹자니까! 나는 소리를 질렀고 아내는 들은 척도 하지 않고 앞장서 걸었다. 짜증이 발칵 일어났으나 나는 아내를 따라 건물의 끝에서 엘리베이터를 타고 3층으로 올라갔다. 이상하다? 간판에는 분명 3층이었는데? 아내는 고개를 갸웃거렸다. 그곳에는 대형 노래방과 음식점이 있을 뿐 고시원은 없었다. 고시원이 노래방으로 바뀐 모양이었다. 아내와 나는 다시 엘리베이터를 타고 아래층으로 내려왔다. 아내는 그 건물 1층에 자리를 잡고 있는 은행으로 들어가 점심 값 만 원과 두 번째 고시원에서 요구한 방 값 24만 원을 찾았다. 아내와 나는 특별히 대화를 나누지 않았어도 첫 번째 고시원보다 4만 원이 더 비싼 두 번째 고시원을 마음에 두고 있던 셈이었다. 은행 문을 열고 나오자 맞은편에 일식집이 보였다. 유리창에는 음식 값을 적어 놓았는데 '알탕 6천원'이라고 적힌 글자에 나의 눈길이 머물렀다. 알탕 먹자! 나는 힘주어 말했고 아내의 시선도 나와 동일했던지 대답은 즉각적이었다. 안 돼, 2천 원이 모자라. 아내는 다른 곳으로 시선을 옮졌고 나는 주머니 속에 담뱃값 5천 원이 들어 있는 것이 생각나 일식집을 향해 걸음을 옮겼다. 그런데 아내의 말이 불쑥 튀었다. 오빠, 고시원 출입구가 이쪽이야! 근친상간이 아님에도 불구하고 아내는 나를 여전히 오빠라고 불렀고 뒤도 돌아보지 않은 채 은행 옆에 서 있는 고시원 출입구를 향해 걸어갔다. 뚜껑이 열리듯 머리끝까지 화가 치민 나는 담배를 피워 물었다. 사실 나는 예민한 사람이다. 사소한 일에 화를 잘 내고 유머도 없으며, 술을 먹으면 뿌리가 보일 때까지 끝장을 보아야 하며, 집착이 심하고 너그럽지 못하고 따라서 성격이 지랄이다. 특히, 나는 거짓말을 잘하는데 아내와 결혼한 지 6년 만에 승모판폐쇄부전증, 즉 심장판막증 환자라는 것을 고백한 것은 대표적인 사례다. 글을 쓰고 있는 것도 아니고 진술을 하고 있는 것도 아닌 지금의 상태에서, 그저 생각만 하고 있는 지금으로부터 3개월 전, 숨겨 왔던 사실을 말하자 아내는 울었다. 아내는 한참 울더니 갑자기 생각이 났다는 듯 벌떡 일어나 나에게서 담배와 라이터와 재떨이를 빼앗고는 내다 버렸다. 나는 만 이틀 동안 담배를 굶었고 아내와는 대화도 할 수 없었으며, 괴로워서 미칠 지경에 이르렀다. 물론 담배 때문에. 그러나 아내는 이틀 만에 담배와 라이터와 재떨이를 고스란히 내 앞에 내밀었다. 하루에 담배 열 까치 이상은 절대로 안 돼. 내가 매일매일 열 까치씩 배

급을 할 거니까 오빠 손으로 담배를 사면 죽여 버릴 거야, 알겠
어? 그렇게 아내는 악다구니를 쓰고는 다시 울었다. 이것 말고
도 담배에 얽힌 일화는 또 있다. 이 얘기는 아내에게 말한 적이
없다. 대학에 다닐 때였는데 어느 날 나는 술에 취해 강당에 들
어가 강연을 듣고 있었다. 자연히 담배를 피우고 싶었다. 마침
강사가 담배를 피워 물었고, 나 또한 용기를 내어 담배를 피워
물었다. 이윽고 누군가가 다가와 나의 어깨를 몇 번 치며 잠깐
밖으로 나와 달라고 속삭였고 머쓱해진 나는 따라 나갈 수밖에
없었다. 나중에 알고 보니 나를 바깥으로 불러낸 사람은 총학생
회 체육부장이었고, 그는 출입문이 닫히자마자 나의 가슴으로
주먹을 날렸다. 나는 단 한 방에 널브러졌다. 그는 또 널브러진
나를 어깨에 둘러메고 화장실로 가더니 바닥에 팽개쳤다. 이런
씨바알 노미 담배를 피우지 말라고 몇 번이나 주의를 주었는데
도 보란 듯이 세 대나 꼬실러. 나는 결단코 담배를 한 대만 피우
다가 걸렸고, 그것을 설명하기 위해, 무릎을 꿇은 채 오른손으
로는 가슴을 부여잡고 왼손으로는 집게손가락 하나를 치켜세웠
다. 말이 입 밖으로 나오지 않아 그런 행동을 한 것이었지만 생
각해 보면 한 번만 봐달라고 부탁하는 꼴로 보였을 것 같다, 적
어도 그 새끼한테는. 어쨌거나 그런 행동이 효과를 보았는지 당
장 죽일 것처럼 으르렁대던 그는 잠잠했다. 친절하게 몸을 일으

116

켜 세워 주기까지 했다. 나의 왼쪽 귀가 너덜거리면서 피가 쏟아지고 있다는 것은 더 나중에야 알았다. 때문에 담배를 피우는 나를 말릴 사람은 아무도 없다. 아내도 자식도 부모님도 장인 장모님도 스승도 선후배도 친구도 그 누구도, 그리고 그 어느 날의 그 새끼까지도. 그 후로 한 달 만에 나는 담배를 하루에 한 갑을 피울 수 있게 되었다. 원래 두 갑 정도는 피웠지만 서로 양보를 해야 세상은 원만해지는 것이다. 신문에서 담뱃값을 올려서 금연을 유도해야 한다고 주장하는 기사를 본 적이 있는데 나에게는 정말 터무니없는 말로 들린다. 가격이 싼 담배로 기호를 바꿀 수는 있어도 끊을 수는 없다고 본다, 적어도 애연가는. 담뱃값을 올려서 금연을 유도한다는 것은 다른 흉계가 숨어 있다고 믿는 쪽이다, 적어도 나는. 손가락으로 담뱃불의 끄트머리를 튕기고 필터를 주머니에 넣은 다음 나는 고시원 출입구를 향해 걸음을 옮겼다. 계단을 따라서 3층까지 올라간 나는 고시원의 출입문을 열려다가 유리문에 붙어 있는 게시물을 보았다. '연세고시원은 세월이 멈춘 곳에서 고생은 하지만 시간을 탓하지 않고 원대한 꿈을 키우는 사람들의 작지만 소중한 공간입니다.' 순간 나는 실소를 금할 수 없었다. 유치하다는 생각과 썰렁하다는 느낌이 동시에 든 것은 그 이후였다. 웃는 낯으로 출입문을 열자 아내와 인터폰 송수화기를 들고 있던 30대 중반이거나

30대 후반으로 보이는 여자는 내가 이 고시원에 만족한다는 뜻으로 이해한 모양이었다. 두 여자의 시선이 그렇게 보였다. 원래 오해가 오해를 불러오는 법이다. 나는 중학교 때 수업 시간에 실없이 웃다가 선생에게 귀빰을 맞은 적이 있다. 생물 시간이었는데 거구의 남자 선생이 설명을 하면서 칠판에 분필로 글씨를 쓰다가 공교롭게도 분필이 부러졌는데 그 모양이 웃겨 나는 가만히 미소를 지었다. 단지 미소만. 그런데 정말 공교롭게도 그 선생과 나는 시선이 마주쳤다. 선생은 소리를 질렀다. 거기 웃고 떠드는 놈 나와! 나는 가만히 앉아 있었고, 선생은 달려와 나의 귀빰을 날리며 말했다. 이 새끼가 어디 선생 앞에서 거짓말이야. 생각해 보면 나는 소설에서 귀빰을 맞거나 때리는 장면을 자주 묘사하는 편인데 모르긴 해도 그때 받은 상처 때문인 듯하다. 지상에서 남의 빰을 때리면서 모욕을 주는 동물이 과연 있을까. 빰을 때리거나 맞는 것, 그것은 어느 정도 교양이 있으면서도 가장 치욕스러운 물리적 행위라고 생각한다, 적어도 나는. 아내가 실장님이라고 부르는 것으로 보아 실장인 듯한 30대 중반에서 30대 후반으로 보이는 여자는 송수화기를 내려놓고 앞장서 실내 쪽으로 아내와 나를 안내했다. 실내는 전체적으로 직사각형 모양을 하고 있었는데 출입문을 열고 들어서면 사무실이고, 사무실을 따라 공부방이 죽 늘어서 있고, 벽면을 따라 공부방이 붙어 있는 셈인데 실내의 정 중앙에는 휴게실이 차지하고 있었다. 다시 말해서 직사각형을 가로로 눕혀 놓은 모양일 때 오른쪽 끝의 아래는 출입문이고 위는 사무실이며, 벽면을 따라 위쪽은 창문이 있는 방들이고 아래는 창문이 없는 공부방들이었다. 창문이 있는 방들은 남자들이 차지하고 있었고, 창문이 없는 방들은 여자들이 차지하고 있었는데 모르긴 해도 담배와 관련이 있는 듯이 보였다. 그리고 가로로 누운 직사각형의 왼쪽 끝의 아래는 샤워실과 화장실, 그리고 노래방으로 연결된 비상구가 있으며, 눕혀 놓은 직사각형의 왼쪽 끝 중앙에는 보일러실이 있고, 그 위쪽으로 결국 내가 차지하게 된 모퉁이 끝 방 '시마론'이 있었다. 실장이 처음부터 나에게 모퉁이 끝 방을 소개한 것은 아니었다. 열쇠 뭉치를 들고 앞장서던 실장은 실내의 중간 지점에 멈추더니 문을 열었고, 초등학생, 혹은 중학교 1학년으로 보이는 소년 하나가 마침 밖으로 나오려다가 움찔거렸다. 소년이 밖으로 나온 뒤 실장은 실내등을 켠 다음 책상 위에 놓인 스탠드의 불을 켰고, 나는 간이용 침대에 걸터앉았으며, 아내는 이중으로 된 창문을 열어 보았다. 겨울 날씨였지만 반팔 셔츠나 반바지를 입어도 될 만큼 실내는 따뜻했다. 방을 나와 실장이 휴게실의 문을 열었을 때는 초등학생, 혹은 중학교 1학년으로 보이는 그 소년이 식탁에 엎드려 있다가 허리를 곧추세웠다. 냉온 음료수대가 한 대, 속이 보이는 미닫이 문으로 된 냉장고가 두 대, 냉장고 위에는 텔레비전이 한 대, 한쪽 식탁에는 중형 전기밥통이 두 대, 그리고 요리를 해먹을 수 있는 가스레인지와 각종 식기들이 갖춰져 있었다. 잠시 주저하는 듯한 표정을 짓더니 실장은 소프라노 톤으로 말했다. 저쪽 방도 보실래요? 재삼 강조하거니와 시간이 많지 않기 때문에 나의 생각은 더더욱 빨리 진행될 필요가 있다. 죄송하다. 아내와 내가 안내된 방은 생각보다 추웠다. 나중에 안 사실이지만 연세고시원에서 가장 추운 방이었다. 나는 더운 것보다는 추운 것이 오히려 낫다는 주의여서 크게 문제될 것은 없었다. 아내와 나, 그리고 실장은 사무실로 자리를 옮겼는데, 실장은 웬일인지 문을 닫으면서 손잡이의 배꼽을 꾹 눌렀다. 아내가 어떤 느낌을 받았는지는 모르겠으나 나는 몸이 경직되기 시작했다. 방에서 담배를 피워도 괜찮을까요? 아내는 조심스레 물었고 실장은 미소를 지으며 접수 카드를 내밀었다. 글이 잘 안 써질 때는 술, 담배, 커피만이 해결책이에요, 끝 방을 쓰시죠. 실장은 다 안다는 듯이 고개를 주억거렸다. 맞는 말이었다. 글이 잘 안 써질 때 커피 대신 녹차를 즐겼지만 술과 담배 외에 위로를 주는 기호 식품을 나는 알지 못했다. 얼만데요? 27만 원이요. 어머나! 동의를 구하듯 아내는 나에게 눈길을 보내왔고 나는 인상을 구김으로써 동감을 표시했다. 얼마를 예상하셨는데요? 24만 원이요. 해결을 보겠다는 것인지 아내는 정확히 24만 원이 든 봉투를 꺼내어 접수 카드가 놓인 책상 위에 나란히 놓았다. 잠깐만요. 실장은 난처하다는 표정을 짓더니 전화기의 송수화기를 들었다. 원장님, 전데요. 시마론 아시죠? 아니 제가…… 전에 작업실로 쓰겠다고 했던 방이요. 네네. 그 방을 24만 원에 쓰시겠다는데…… 네, 24……. 네, 알겠습니다. 통화를 끝낸 실장은 봉투를 냉큼 집어 들더니 돈을 세기 시작했다. 스물넉 장을 확인한 실장은 볼펜을 내밀면서 덧붙였다. 그럼, 5천 원만 더 주시지요. 원래 성질 급한 놈이 술값을 치르는 법이다. 아내는 더 버텨 볼 요량으로 미동도 하지 않는데 나는 뒤질세라 주머니 속에서 만지작거리던 담뱃값 5천 원을 얼른 내밀었다. 아내보다는 내가 성질이 더 급한 셈이었다. 접수 카드의 직업 난에 '실업 작가'라고 적은 후 나는 일어섰다. 그리고 돌아서는 아내와 나에게 실장은 위협하듯 또 한 마디를 덧붙였다. 아시겠지만 환불은 안 됩니다. 연세고시원을 빠져나오면서 아내와 나는 곧 후회하기 시작했다. 뭔가 속은 기분을 떨쳐 버릴 수가 없었던 것이다. 유흥가의 한복판에 고시원이 자리 잡고 있다는 것도 어울리지 않았고, 신중하지 못했다는 자책이 따라붙었다. 오빠, 그러고 보니 영수증도 못 받았잖아. 저쪽에서 오리발을 내밀면 어떡해. 사람을 그렇게 못 믿어서 세상을 어떻게 사냐, 저쪽에서 오리발을 내밀면 내가 가만히 있을 놈으로 보여? 응. 이게 까불고 있어. 식사도 거르고 25분을 걸어서 집 근처에 왔을 때 아내는 살 게 있다며 슈퍼로 쏙 들어갔다. 나는 아들이 좋아하는 1.5리터짜리 코카콜라 병을 집어 들었고, 아내는 나에게서 병을 빼앗아 제자리에 놓은 후 다섯 봉지를 테이프로 묶어 놓은 라면 세트 하나를 집어 들고 계산대로 향했다. 눈만 깜박이던 나는 은근히 부아가 치밀었고 코카콜라 병을 집어 들고 계산을 하거나 말거나 계산대를 통과해 버렸다. 늦은 점심을 먹고서도 아내와 나는 불안감을 떨칠 수가 없었다. 실장이라는 사람이 왠지 이상해 보이던데, 방이 너무 추워 보이던데, 좀 더 깎아 보는 건데, 두 번째 혹은 첫 번째 고시원으로 가는 건데, 그런 생각들이 꼬리에 꼬리를 물었다. 유흥가 한복판에 고시원이 있다는 게 말이 되냐, 영수증을 안 받았다는 게 말이 되냐, 환불해 달라고 싸워야 하는 거 아니냐, 세상을 너무 어수룩하게 사는 거 아니냐, 인생을 너무 양보만 하면서 사는 거 아니냐, 그런 자책들이 꼬리에 꼬리를 물었다. 다음 날 오전 11시쯤 아침과 점심을 겸한 '아점'을 먹고 있는데 고시원 실장에게서 전화가 왔다. 오후 1시에 오시기로 하셨죠? 네, 그런데요? 총무가 서랍을 잠그고 퇴근해 버리는 바람에 열쇠가 없거든요, 3시에 오시면 어떨까요? 그러죠.

가끔 가다가 사람들은 나에게 왜 소설을 쓰느냐고 묻는다. 내년이면 내 나이가 사십이다. 흔히 사십은 불혹(不惑)이라고 한다. 그런데 이 말은 새빨간 거짓말이다. 나이 사십은 불혹이 아니라 유혹(誘惑)이다. 유혹의 나이에 뭘 해야 할지, 다시 직장을 다닐 수 있을지 왜 걱정이 없었겠는가. 고정적인 수입은 아내의 마지막 희망이요, 실직은 내 가족의 안정과 생존을 위협하는 문제였다. 그걸 포기하자니 얼마나 기분이 더러웠겠는가. 그러다가 눈을 들어 생각해 보니 내가 소설가라는 사실을 문득 깨달았다. 소설 쓰는 일 말고는 다른 대안이 없구먼, 그런 생각이 들었던 것이다. 그렇다. 나는 다행히 소설가였다. 내가 소설을 쓰는 이유는 인생에 대한 보상 심리 때문이다. 난 사실 직장 생활을 오래한 편이다. 가장 최근에 다녔던 직장은 편집 대행 회사였다. 우리는 등을 토닥이며 칭찬 몇 마디만 해주면 열심히 일한다. 실제로 나도 그랬다. 어느 날 직원들과의 술자리에서 제작팀의 대리와 편집팀장인 내가 월급이 같다는 사실을 알게 되었다. 나는 전문대학 문예창작과를 나왔고 그 대리는 4년제 대학교 기계공학과를 나왔지만 나는 그 대리보다 나이가 다섯 살이나 많았으며, 경력도 훨씬 많았다. 열이 받았던 나는 다음 날 대한민국에서 제일 좋은 대학교 심리학과를 나온 젊은 사장에게 따졌다. 사장은 미안하다고 말했고 조정을 하려고 했는데 시기를 놓쳤다며 양해를 구했다. 나는 참았고 다음 월급날을 기다렸다. 월급은 그대로였고 나는 다시 사장에게 달려가 따졌다. 대한민국에서 가장 좋은 대학교를 나온 젊은 사장은 내가 언제 월급을 조정해 주겠다고 말했느냐고 언성을 높였고, 기다려 달라고만 했다. 나는 다시 기다렸다. 그 다음 달에 수당을 올려 월급이 10만 원 올랐는데 직원들의 기본급에서 5만 원이 전체적으로 깎였으며, 결국 나만 월급이 5만 원 오른 셈이었다. 다시 말해서 다른 직원들은 수당이 오르긴 했는데 기본급이 5만 원씩 일률적으로 깎여 월급이 그대로였다. 조삼모사라고 판단한 나는 그 후로 사장과 언쟁을 벌이는 것을 마다하지 않았다. 거래처에 가서 나는 사장에 대한 평가를 깎아내리기 시작했고, 거래처 여직원이 우리 사장에게 일러바친 줄도 모르고 나에게 감정적으로 대하는 사장을 미워했다. 관계가 악화되어 석 달 후 퇴직을 한 나는 최근 3개월 기본급으로만 정산한 퇴직금을 받아 들고 대한민국에서 가장 좋은 대학교를 나온 젊은 사장에 대해서 혀를 내두를 수밖에 없었다. 그렇다고 대한민국에서 가장 좋은 대학교를 나온 젊은 사장을 원망하자는 것이 아니다. 사적인 감정을 가지고 소설을 쓰겠다는 생각 자체가 유치하지 않은가. 되레 대한민국에서 가장 좋은 대학교를 나온 그 젊은 사장이 고맙다는 생각이 든다. 오기를 발동시켜 주고 그동안 가슴에 맺혔던

허다한 일에 대해 다시 눈을 돌리게 해준 것이다. 짐을 바리바리 싸들고 연세고시원에 입주한 후 우려는 현실로 드러나고 말았다. 내가 차지한 방의 이름은 생각(결코 나는 지금 진술하고 있는 것이 아니다)한 바 있듯이 시마론이었다. 무슨 뜻인지 나는 아직 모른다. 1931년 웨슬리 러글스 감독이 연출한 서부 영화 〈시마론〉을 말하는 것인지, 유러피언 캐주얼 시마론을 말하는 것인지, 태풍 시마론을 말하는 것인지 잘 모르겠다. 짐작으로는 서부 영화 시마론을 의미하는 것 같은데 방이 추운 것으로 봐서는 태풍 시마론이 맞는 것 같다. 어쨌거나 우려는 현실로 드러나고 말았는데, 시마론에 대한 장점과 단점을 생각하겠다. 먼저 단점을 간략하게 정리하면 춥다는 것과 시끄럽다는 것이다. 그리고 장점은 방에서 담배를 피울 수 있다는 것이 유일했다. 추운 것은 그런대로 참을 수 있었지만 소음은 참을성의 한계로 치달았다. 같은 건물, 같은 층에서 입구만 다를 뿐 벽을 사이에 두고 노래방과 고시원이 동시에 존재한다는 것 자체가 난센스였다. 여러 개의 밀폐된 공간으로 구성되어 있다는 점에서는 같았지만 사람들이 밀폐된 공간으로 들어가 소음을 내며 노래를 부른다는 것과 소음을 피해 공부를 하고 싶다는 욕망에서 서로 달랐다. 더욱이 내가 차지한 시마론은 소음이 특히 심했다. 노래방과 맞붙어 있는 유일한 방이기도 했지만 제대로 방음이 되지 않아 초저녁에는 미칠 지경이었다. 더군다나, 희한하게도, 노래방의 반주는 들리지도 않고 마이크 소리만 들려와 신경을 들쑤셨다. 어때, 견딜 만해? 그렇게 사흘을 버티다가 후회가 절망으로 변했을 무렵 아내는 나에게 물었다. 글쎄……. 매사에 그게 뭐야. 기면 기다, 아니면 아니다로 확실히 말해야지. 모르겠다니까. 어떻게든 고시원을 빠져나왔으면 좋겠다는 생각과 어떻게든 버텨 봐야겠다는 생각이 서로 싸웠다. 오빠, 우리 아파트에 싸움을 잘하는 아줌마가 있는데 데리고 가서 한판 붙고 환불해 달라고 할까? 웃기지 좀 마, 붙으면 내가 붙지 왜 다른 사람을 끌어들이냐? 심하게 흥분할 때도 있지만 마음이 약하다는 점에서 아내와 나는 한가지였다. 오빠, 우리가 너무 손해 보고 사는 거 아닐까? 가만히 좀 있어 봐, 이게 내 운명인가 보지. 소설만 잘 쓰면 되는 거 아냐. 나는 일주일이 지나서야 마음의 안정을 되찾고 소설을 쓰기 시작했다. 내 방과 맞붙은 노래방에 손님이 들지 않으면 소음도 심하지 않았고, 초저녁에는 두고 볼 것도 없이 낮잠을 잤다. 때문에 소음이 전혀 없는 새벽 1시에서 아침 8시까지 집중적으로 소설을 썼고 오후에는 독서로 일관했다. 사실, 연세고시원이 장점이 없는 것도 아니었다. 세끼 식사는 무료였고, 매주 일요일마다 삼계탕을 비롯한 특식을 마련해 줬으며, 신분에 대한 비밀 보장이 믿을 만했다. 특히, 방의 명칭

126

은 익명성을 띠면서 사람들의 관심을 효과적으로 차단했다. 신발장의 수를 세어 본 결과 방은 총 서른네 개였는데 내 방의 명칭인 시마론을 비롯하여 비빈카, 할롱, 필립, 마르시아스 등 의미를 쉽게 알 수 없는 것들이 많았고 리츨, 하르낙, 바르트, 불트만 등의 명칭도 있었다. 다시 말해서 숫자를 버리고 방의 명칭을 외우기 어렵게 고유 명사화함으로써 사람들의 기억을 분산시킨 셈이었다. 내 방이 1호실이라면 '1호실 아저씨'로 누군가의 기억에 쉽게 남을 수 있었지만, 내 방이 시마론이었기 때문에 '시마론 아저씨'로 남들에게 쉽게 기억될 수 없었다. 이 점은 나를 단번에 매료시켰다. 그리고 복도에 두 개, 휴게실에 한 개, 그리고 샤워실 및 화장실 입구에 설치되어 있는 한 개의 감시 카메라는 사무실의 모니터에 연결되어 있어 각기 도난 방지에 힘이 되고 있었다. 방에서 노트북을 사용하고 있던 나로서는 안심이 되었다. 그러나 불편은 상존했다. 화장실만 해도 그랬다. 화장실은 보일러실과 연결되어 있었는데 문을 열면 왼쪽 벽을 따라 여자 샤워실, 남자 샤워실, 남자 화장실, 여자 화장실의 순서로 붙어 있었으며, 막다른 곳에는 노래방으로 난 비상구가 있었다. 때문에 남자든 여자든 누군가 한 사람이 그곳에 들어서면 세 군데는 누구도 사용할 수 없었다. 휴게실도 마찬가지였다. 남자들과 여자들이 사용하는 문이 따로 있었고, 나는 휴게실에

남자가 들어가든 여자가 들어가든 누군가가 휴게실에 들어가기
만 하면 볼일이 있다가도 돌아섰다. 인기척이 사라진 후에야 휴
게실로 들어가 밥을 먹거나 라면을 끓여 먹거나, 그리고 뜨겁거
나 차가운 물을 떠다 마시곤 했다. 나와 생각이 비슷했던지 다
른 사람들도 화장실이나 휴게실에 한 사람이라도 들면 출입을
꺼렸다. 복도에서 우연히 마주치면 서로 깜짝 놀라기 일쑤였고,
동성이든 이성이든 서로 시선을 피했다. 첫 번째 맞이한 일요일
에는 하는 수 없이 휴게실에서 남자 넷이 모여, 그들의 방 이름
을 알 수 없었기 때문에 털보, 하관이 빤 사람, 맨다리 등으로
기억할 수밖에 없는데, 여자 원장이 직접 끓여 준 삼계탕을 먹
은 적이 있었다. 이때도 서로 시선을 피하느라 급급했다. 닭 한
마리씩 해치우고 일어나 각자의 방으로 돌아갈 때까지 그 누구
도 말을 하지 않았다. 나는 서서히 연세고시원이 맘에 들기 시
작했다. 누구와도 대화할 수 없었지만 누구와도 대화하고 싶지
않았다. 방에서 끊임없이 담배를 피울 수 있었고, 더러 술을 먹
고 들어와 잠을 청했다. 그리고 술을 마시는 빈도수가 늘기 시
작했는데 인근 식당에서 저녁을 겸해 소주 한 병을 비웠다. 특
히, 알탕보다 저렴한 안줏감을 찾아냈는데 그게 바로 뼈 해장국
이었다. 두 덩어리의 뼈에 붙어 있는 고기를 발라 먹으면서 소
주 다섯 잔을 들이켠 후 국물에 밥을 말아 먹으면서 나머지 술

을 삼키는 것이 정해진 순서였다. 유흥가의 중심에 있어서 그런지 뼈 해장국집은 24시간 동안 영업을 했다. 주변의 상황이 나쁘게만 느껴지지 않았고, 건물 지하에 있는 수영장도 이용해 볼까 하고 심각하게 고려했었다. 더러 새벽에 나가 혼자 술을 마시기도 했지만 주로 초저녁에 반주 삼아 술을 마신 다음 방에 들어가 잠을 잤다. 잠을 자고 새벽 1시에 일어나 아침까지 소설을 썼는데 속도가 빨라지기 시작했다. 가끔 사람들은 나에게 무슨 소설을 쓰느냐고 묻는다. 그러면 대학 동기이자 유명 시인인 J에 대한 일화를 슬쩍 늘어놓는다. 내가 직접 본 것은 아니고 현장에 있었던 동기들의 말에 의하면 사건의 전모는 이렇다. 술에 취한 J는 오줌을 누다가 3층 건물에서 몸이 앞으로 기울었다는데 결국 건물 위에서 떨어지기 시작했다는 것이다. 그는 건물에서 떨어지면서 생각하기를 바닥으로 떨어져 몸이 흐트러져 있을 때 중요한 부분이 노출된다면 낭패다 싶어 걱정을 했다고 한다. 그는 바지의 지퍼가 반쯤 열려 있었는데 마저 잠그기 위해 손을 뻗어 지퍼의 손잡이를 잡고 바닥 쪽으로 걸어 올렸어야 했는데 하늘 쪽으로 내렸다는 것이다. 결국, 자신의 몸이 거꾸로 떨어지고 있는 것을 간과한 나머지 지퍼를 밑으로 내려 버려 나쁜 결과를 초래했다는 것이다. 남의 아픔과 고통을 무시하고 희화적인 태도로 얘기하는 것이 미안하지만 그 후 나는 이 일화를 떠올릴 때마다 막연하게나마 진실과 거짓말 사이에 놓인 허구에 대해 생각해 보았다. 그리고 어떤 소설을 쓸 것인가에 대한 화두로 삼고 있다. J가 건물에서 떨어져 병원에서 뇌 수술을 받고 이후로 고통의 나날을 보낸 것은 진실이지만 술을 마신 사람이 바닥으로 떨어지면서 바지의 지퍼를 올리느냐 마느냐로 고민했다는 것은 아무리 생각해도 거짓말이다. 문제는 그 사이에 놓여 있는 허구를 누가 만들었느냐는 것이다. J? 아니면 사건 현장에 있었던 동기들? 그것도 아니면 그 사건을 나중에 전해 들은 그 누군가? 난 사실 그것을 확인해 보지도 않았고 확인할 생각도 하지 않았다. 그저 나는 허구의 세계를 꿈꾸며 하늘을 향해 지퍼를 올리겠다고 다짐할 뿐이었다. 하늘을 향해 지퍼를 올린다고 하니까 이상하게 생각할지 모르겠는데 내가 생각한 의미는 이렇다. 세상을 거꾸로 보고 행동하면 모든 것이 달라 보일 수 있다는 것이다. 서 있는 세상에서 거꾸로 떨어질 때 반쯤 열린 지퍼를 하늘을 향해 올리는 행위는 결과적으로 하나의 파격이 아니겠는가. 이러한 파격은 술을 마시고 바닥에 떨어져 있는 사람의 현실을 극명하게 보여 줄 거라는 게 나의 신념이다. 결론적으로 말해서 실험적, 혹은 전위적 소설을 보여 주겠다는 심사인데, 소설가가 무슨 말이 필요하겠는가, 어쨌든 새로 완성될 나의 장편 소설을 보면 알게 된다. 아아, 그러나…… 나는 지금 소설을 쓰고 있는 것도 아니며, 더더구나 진술을 하고 있는 것도 아니다. 그저 생각을 하고 있을 따름이다. 때문에 나의 생각은 좀 더 빨리 진행될 필요가 있다. 내가 소설이 잘 풀리고 있다는 말을 하니까 아내는 무척 기뻐했다. 아내는 동네 아이들을 집에다 불러 놓고 '종이접기'를 가르치면서 생활비를 벌고 있었는데 소문이 좋게 났는지 며칠 전에는 한꺼번에 세 명이나 늘었다며 좋아했다. 직장을 그만두겠다고 했을 때 보인 히스테리에 비하면 놀라운 변화였다. 일이 힘들어서가 아니라 사람이 싫어서 그런다니까. 언젠가 나는 아내에게 직장을 관두겠다며 그렇게 말했다. 따로따로 만나서 대화를 해봐, 사장이든, 김 대리든, 장 대리든. 대화를 하려고 시도를 안 해봤겠냐, 그들은 대화 자체를 싫어한다구. 오빠를 싫어하는 이유가 있을 거 아냐, 오빠도 그들이 싫은 이유가 있을 거고. 서로 싫어하는 데는 이유가 있는 게 아니라 이해가 안 되거나 오해하고 있는 거야. 우린 서로를 오해도 하고 있고 이해도 할 수 없어서 내가 직장을 그만두어야 한다니까. 그런 어려운 소리는 집어치워. 아무튼 오빠가 직장을 그만두면 내가 죽거나 오빠가 이혼을 당하거나 둘 중의 하나야, 알겠어? 혀라도 깨물 것처럼 기세가 등등했던 아내는 막상 내가 직장을 그만두자 침묵으로 일관했다. 하여 나는 몇 달 남지 않은 문학상 공모 스크랩과 그동안 직장을 다니면서 구상한 신작 소설 리스트 스물한 편을 보여 주었다. 아내는 냉랭한 태도를 버리고 문화센터에서 강좌를 듣는가 싶더니 이내 아이들을 가르치겠다고 나섰다. 마음의 안정을 찾은 나는 연세고시원의 시마론에 틀어박혀 태풍의 위력에 견줄 만한 장편 소설 쓰기에 빠질 수 있었다. 나에게 감정적이었던 사장을 용서할 수 있었고, 지적 허영과 지나친 이기심에 빠진 김 대리도 이해할 수 있었으며, 모난 성격이라고 터부시했던 장 대리에 대한 오해도 풀 수 있었는데, 그들과 대화를 해보지 않고도 대화를 한 것처럼 편해졌다. 또한 늘 나에게 후의를 베풀었던 선배 소설가의 출판 기념회에도 빠졌고, 절친했던 동기와의 술자리도 거절했으며, 맏사위이면서도 장인어른의 생일잔치에도 과감하게 빠졌는데, 그들과의 교류를 고의적으로 차단했으면서도 아무런 거리낌이 없었다. 더군다나 반주 삼아 마시던 술도 끊었고, 식사를 하거나 물을 마시거나 화장실을 가는 횟수도 줄였으며, 그러면서도 담배만은 하루에 두 갑씩 작살을 내고 있었는데, 장편 소설은 예정된 시간에 끝낼 수 있을 것 같았다. 나는 지금 글을 쓰고 있는 것이 아니라 생각하고 있다. 시간이 많지 않기 때문에 나의 생각은 더욱 빨리 진행될 필요가 있다. 그러니까 나의 생각은 지금까지, 여기까지, 오는 동안 글로 옮겨질 경우 현재 시점을 묘사하지 못하고 과거의 생각만 옮겨 놓은 내용일 것이다. 다시 말해서 구성도 치밀하지 못하고 문장도 엉망인, 솔직히 말해서 내가 가장 싫어하는, 소설이 될지도 모른다. 사정이 좀 그렇다. 그러면…… 이제…… 오늘 새벽에 있었던 일을 생각할 차례가 온 것 같다. 나는 연세고시원의 시마론에 처박혀 하루해가 어떻게 지나가고 있는지도 모르고 있었다. 한 시간인가, 두 시간인가, 혹은 30분인가를 잠자고 있다가 눈을 떴다. 시계는 어디에 박혀 있는지 알 수도 없었다. 간이용 침대에서 일어나 가만히 생각해 보니 거의 일주일을 아내와 전화 통화도 하지 못했다. 집이 궁금하다는 생각이 삐쭉거렸지만 나는 담배를 피워 물었다. 전화를 걸어 볼까? 그러고 보니 지금은 새벽이라는 데 생각이 미쳤다. 그동안 아내는 왜 한 번도 전화를 안 한 걸까? 그러고 보니 무소식은 희소식이라고 서로 다짐했었다. 밀폐된 공간에서 서서히 떠다니는 담배 연기를 보자 어이없게도 시장기가 한꺼번에 몰려왔다. 책장에 꽂힌 비닐봉지에 눈길이 갔다. 나는 담배를 재떨이에 비벼 끄고 일어서서 봉지를 열어 보았다. 라면이 두 개나 있었다. 라면 하나를 들고 나는 방을 나왔다. 휴게실 앞에 이르자 인기척이 있었다. 나는 돌아섰다. 두 걸음을 옮겼다가 다시 돌아섰다. 휴게실의 문을 열고 들어서자 털보가 식탁 앞에 앉아 텔레비전을 보고 있었다. 그는 뒷모습이었기 때문에 다행히 시선은 피할 수 있었다. 벽에 걸린 시계를 보니 4시 5분이었다. 멈칫거리다가 나는 그를 지나쳐서 가스레인지 앞으로 다가갔다. 문득 술 냄새가 풍겼다. 그리운 술 냄새. 나는 냄비를 찾아 들고 물을 담은 후 가스레인지 위에 올리고서 불을 켰다. 그러는 동안에도 털보는 밖으로 나갈 생각을 하지 않고 베실베실 웃음을 흘리며 텔레비전에서 흘러나오는 오락 프로그램에 시선을 박고 있었다. 새벽이지만 집에 가볼까? 한 달에 한 번 하는 거 있잖아? 목욕? 집에 무슨 일이 생긴 것은 아닐까? 아니, 아니, 너는 한 달에 한 번 목욕하니? 그럼 뭐? 아이가 아픈 것일까? 다섯 글자! 아, 민방위훈련? 띵동! 나는 냉장고에서 김치가 든 반찬통을 꺼내어 식탁 위에 올려놓았다. 이렇게…… 생긴 것을 뭐라고 그래, 세 글자? 냉장고 위에 놓인 대접도 집어서 식탁 위에 놓았다. 원숭이? 띵동! 라면이 다 끓자 나는 가스레인지의 불을 끄고 냄비를 들고서 탁자 위에 놓인 대접에 내용물을 모두 쏟아 부었다. 그때 갑자기 털보가 일어섰다. 그리고 텔레비전을 켜둔 채 남자들의 출입문을 향해 걸어가기 시작했다. 의자에 앉아 젓가락을 집어 든 나는 대접 속의 면발에 깊숙이 찔러 넣었다. 아저씨! 그때 손잡이를 잡고 문을 반쯤 연 채 등을 보이고 서 있던 털보의 말이 엄습했다. 놀란 눈으로 나는 털보를 바라보았다. 수고하쇼! 털보의 말에 히죽 웃으며 나는 시선을 얼른 거둬들였다. 젓가락으로 면발을 들어 올려 입에 한 입 베어 물었는데도 털보는 그 자리에 그대로 있었다. 그제서야 나는 털보의 눈과 정면으로 마주했다. 나는 다시 히죽 웃었는데 놀랍게도 털보의 눈가에는 노여움이 번지고 있었다. 그다음부터는 모든 것이 순간적이었다. 털보가 느닷없이 달려와 나의 어깨를 붙잡고 배 속에 무엇인가를 집어넣었다가 빼고는 다시 집어넣었다. 그리고 그 무엇인가는 지금 내 등에 꽂혀 있다. 때문에 지금 나는 아무 소리도 지르지 못한 채 어둠 속에서 휴게실의 바닥에 엎드려 있다. 털보는 휴게실의 불까지 꺼버리고 사라졌던 것이다. 여러 번 강조했지만 나는 지금 글을 쓰고 있는 것이 아니라 생각하고 있다. 시간이 많지 않고 나의 생각은 점점 힘을 잃어 가고 있다. 그러니까 나의 생각은 지금까지, 여기까지, 오는 동안 글로 옮겨질 경우 현재 시점을 묘사하지 못하고 과거의 생각만 옮겨 놓은 내용일 것이다. 다시 말해서 구성도 치밀하지 못하고 문장도 엉망인, 솔직히 말해서 내가 가장 싫어하는, 소설이 될지도 모른다. 사정이 이렇다. 지금까지 내가 생각한 것은 모두 거짓말이 아니다. 그런데 정말 너무하다. 왜 아무도 나타나지 않는 걸까?

광화문 그 사내

1.

제복을 입은 경찰은 핸드백을 열고 철제 책상 위에 내용물을 쏟아 낸다. 핸드백을 뒤져도 좋다고 허락을 했지만 막상 경찰이 핸드백에 들어 있는 모든 것을 책상 위에 쏟아 낼 줄은 몰랐었던지 찰진 생머리의 여자는 눈이 휘둥그레진다. 이내 울상이 된 여자 대신 짙은 눈썹의 사내가 목소리를 높인다. 지, 지금 뭐하는 겁니까? 당황스럽기는 나와 후배 김도 마찬가지다. 반지에 다리가 달린 것도 아니고 확실히 뒤져 보자 이거죠. 어디 보자……. 경찰의 태도에 어이가 없었던지 짙은 눈썹과 찰진 생머리는 벌린 입을 다물지 못한다.

전세는 역전된 셈이다. 경찰은 먼저 나와 후배의 온몸을 뒤졌고, 거침없는 그의 손길 때문에 술기운도 일시에 달아났으며 모멸감마저 느낀 우리는 누구라도 붙잡고 주먹이라도 날리고 싶었던 것이 솔직한 심정이다.

짙은 눈썹과 찰진 생머리의 우려는 금방 현실로 드러나고 만다. 경찰이 쏟아 낸 물건 중에는 표면이 감색인 콤팩트도 있었고, 그와 닮은 손바닥 반 정도 크기의 휴대폰도 있었으며, 립스틱, 아이브라우 펜슬, 소형 수첩, 선홍색 물질이 담긴 조그만 매니큐어 병, 심지어 생리대도 눈에 들어온다. 조그만 핸드백에 그렇게 많은 물건을 담을 수 있으리라고는 상상도 못했던 바다. 특히, 후배와 나의 눈길을 끈 것은 라면 수프 크기의 비닐 제품이다. 때마침 후배와 나는 눈길이 마주쳤는데 우리는 한눈에 알아보고 동시에 피식 웃고는 서로를 외면한다. 콘돔이 분명하다.

아, 씨발! 쎈타를 까도 분수가 있지. 이거 정말 너무하는 거 아뇨? 짙은 눈썹은 분을 삭이기가 힘들었던지 고함을 지른다. 그때서야 경찰이 물건을 살피다 말고 고개를 들고는 짙은 눈썹과 찰진 생머리를 번갈아 쳐다본다. 이 양반이 어디다 대고 욕지거리야. 경찰은 눈을 부라린다. 짙은 눈썹은 천성적으로 경찰이라면 가까이 할 수 없었을 것이라는 생각이 내 머리를 문득 스친다. 짙은 눈썹은 술집에서 후배의 멱살을 잡으며 윽박지를 때와는 달리 유순해진다. 어쨌든 범인을 잡아야 할 거 아닙니까? 협조 좀 하쇼! 경찰은 다시 쏟아 낸 물건을 살피는 일에 열중한다. 그러나 어디에서도 반지는 눈에 띄지 않는다. 어느덧 시간은 새벽으로 치닫고 있다.

2.

가정용 저울 위에 올라서자 숫자판이 좌우로 흔들린다. 이내 멈춘 숫자판의 바늘은 65를 가리키고 있다. 특별히 병이 생긴 것도 아닌데 석 달 전보다 7킬로그램이 빠진 셈이다. 집에서 놀고먹는데 왜 살이 빠지느냔 말이야. 안 봐도 안다는 듯 아내의 목소리가 귓속을 파고든다. 그리고 당신…… 달라고 하면 되지 왜 말도 없이 남의 지갑에서 돈을 빼 가느냐고. 기분 나쁘게. '남의 지갑'이라는 아내의 말이 목에 걸린다. 대답 대신 나는 한숨을 길게 뽑는다. 술기운이 남아 있어서 그런지 뒷머리가 저려 온다. 저울에서 내려와 화장실로 향하면서 나는 속옷을 하나씩 벗기 시작한다.

3월 13일이고, 토요일이다. 막상 광화문으로 나가자니 도둑놈 후려 팰 몽둥이도 없는 형편이면서 남의 일에 무슨 염불인가 싶기는 하다. 대책 없이 직장을 그만둔 탓이었고, 마지막 월급과 아르바이트로 윤문을 해주고 받은 돈이 적잖은 힘이 되어 주리라 오판한 탓이기도 하다. 뿐이랴. 입사를 권유하는 몇몇 출판사는 오너가 파쇼로 소문난 곳이거나, 인생 막장이라는 소문으로 이름난 곳이다. 마음에 두었던 월간지를 재창간하겠다는 곳에서는 며칠 밤을 새워 만들어 준 복간 상세 기획안을 보내 주었지만 묵묵부답이다.

어쨌든 광화문에는 가야 한다. 분노가 끓었고, 분노가 끓어 넘친다는 것을 그들에게 보여 주어야 한다. 국회의원들이 대통령을 탄핵한 것에 대한 반대 촛불 시위에 참가하러 가겠다고 말을 꺼내자 아내는 좋아했고, 아들은 싫어했다. 아내는 시위가 끝난 후에 오랜만에 저녁을 같이 먹으며 스트레스를 풀자는 생각이었는지 반가워했고, 아들은 당장 친구들과 축구를 하러 가야 했기 때문에 인상을 구겼다. 새벽에 나는 소설가 동인들이 만든 인터넷 사이트 게시판에 글을 남겼다.

나는 13일 집사람과 우리 아들과 오후 6시까지 광화문으로 간다. 호헌철폐 때 나는 호텔 뽀이였기 때문에 광화문으로 가지 못했다. 2002년 월드컵 때 나는 출판사 부장이었기에 광화문으로 가지 못했다. 부끄럽고 먹고살기 바빠서 광화문에 가지 못했다. 내가 아니라도 그들이 있었기에 광화문에 가지 않아도 됐다. 어제 나는 주머니에 짱돌을 하나 숨겨 두고 여의도로 가는 대신에 집사람의 지갑에서 만 원짜리 하나를 훔쳐 내어 술을 먹었다. 세상은 이렇게 사는 것이 아니다. 주머니에 짱돌을 담는 대신에, 옆구리에 술병을 차는 대신에, 집사람과 아들의 손을 잡고 이제 부끄럽기에 촛불 세 개를 준비해서 광화문으로 갈 것이다. 세상이 이렇게 흘러가서는 안 된다는 것을 집사람과 아들에게 보여 줄 것이다. 세상이여 안녕하기를.

간단히 샤워만 하려다가 욕조에 찬물과 뜨거운 물을 틀어 놓고 길게 눕는다. 아무래도 아파트는 팔아야 할 모양이다. 아내의 말처럼 노는 기간이 길어짐에 따라 살림 재정은 말이 아니다. 직장을 다닐 때도 빚은 있었고, 목돈이 생기자 갚아 버린 것은 좋았지만 앞으로 쓸 돈이 없는 셈이다. 아내는 환란 위기 때에도 내놓지 않았던 아들의 반지들을 처분한 모양이지만 나는 모르는 척할 뿐이다.

배까지 물이 차오른다. 물이 다소 뜨겁다는 생각이 들었지만 술기운을 걷어 내려면 참아야 한다. 술을 먹은 다음 날이면 어김없이 뜨거운 물속에 들어갔다 나와야 직성이 풀리는 습관 때문이기도 하다. 남편이 집에 눌러앉아 있으면 아내에게 잔소리가 늘게 마련이다. 개수통에 쌓이는 설거지할 그릇들이며, 아들이 늘어놓은 장난감이나 동화책들, 그리고 방과 마루와 화장실을 쓸고 닦고 치우면서도 나 또한 아내에게는 잔소리를 하지 말자고 얼마나 다짐했던가. 세상의 모든 직장은 부조리하듯이 세상의 모든 실업 가장들도 부조리하다는 것을 스스로 체험하고 있는 셈이다.

욕조에서 내처 한 시간을 넘게 잠을 잔 모양이다. 아내는 목욕탕의 문을 열고 동맥을 끊고 죽으려는 사람을 발견한 듯이 호들갑을 떨었고, 되레 놀란 나는 허둥거리다가 욕조까지 차고 넘치던 물이 입으로 흘러들다가 기관지로 넘어가는 바람에 사레가 들고 말았던 것이다. 아내의 잔소리는 꼬리에 꼬리를 물었고, 남편이 집에 눌러앉아 있으면 아내들도 덩달아 잔소리가 늘게 마련이라는 것을 새삼스럽게 곱씹는다.

광화문으로 출발을 하려고 미적거리는데 휴대폰이 진동한다. 후배 작가 김이다. 선배도 정말로 광화문에 갈 거예요? 아무래도 나는 단어에 너무 민감해진 모양이다. 후배가 '선배도' 광화문에 갈 거냐고 물었을 때 '선배' 다음에 붙는 '도'라는 조사가 목에 걸린다. 진의야 모르겠지만 '너 같은 사람도'라는 말이 연상되기 때문이다. 선배, 정말 갈 거냐고요? 잠시 뜸을 들이자 후배의 말이 튄다. 그럼, 가야지. 안 가면 되나. 그러면 광화문에서 만나 술이나 한잔 하죠. 이따 거기서 전화할게요. 김은 전화를 끊었고, 눈으로 무슨 일인가를 묻는 아내에게는 아무 말도 하지 않는다. 옷을 차려입고 집을 나서려는데 또다시 휴대폰이 진동한다. 다른 후배 작가다. 같은 말이 반복된다. 통화가 끝나자 아내는 참지 못하고 묻는다. 왜, 그쪽으로 몰려들 오겠대?

3.

선배, 저 아무래도 그만둘까 봐요. 아니, 그만두겠어요. 왜? 그건 말하기 곤란해요. 직장을 때려치울 건데 이유는 말할 수 없다? 그래요. 난감하군. ……. ……. ……. 하나만 물어보자. 사람 때문이야, 일 때문이야? ……. 그것마저도 말해 줄 수 없다? 사람 때문이에요. 그럼, 나 때문이군. 아니에요. 뭐가 아냐, 선배를 부하 직원으로 써 먹으려니까 싫은 게지. 선배랍시고 고분고분하지도 않고. 그런 게 아니라니까요. 사람 때문이라며? 맞아요. 그럼, 나 때문이잖아. 불만이 있으면 직접 얘기하지, 왜 이런 식으로 스트레스를 주냐고. 선배는 저랑 겪어 보시고도 아직도 저를 그렇게 모르세요? 위아래 없이 치고받는 당신 성격 내가 왜 몰라. 그래서 사장이 당신을 신뢰하는 거고. 제가 그랬나요? 그래, 나라고 불만이 없었겠냐고. 할 말이 없군요. 당신 그만두면 나야 좋지. 이제 편집국장 할 사람은 나밖에 없을 테니까. 그러니 에둘러서 말할 것 없고 나더러 다른 직장을 알아보라는 것인지, 아니면 다른 얘기를 하고 싶은 건지 정확히 말해 봐. 죄송하지만 저는 선배님이 여길 그만두시거나 말거나 관심 없어요. 참, 환장하겠네. 말을 꺼냈으면 말을 하든가, 이유를 설명할 수 없으면 말을 꺼내지 말든가. 뭐하자는 속셈인지 모르겠네. ……. 어, 울어? 울면 어쩌자는 거야? 내가 뭘 어쨌다고. 그럼…… 말씀드릴게요. 사장 때문에 더 이상 다닐 수가 없어요. 그 노인네 성질 더러운 거 어제오늘 얘기야? 한 달쯤 전에 제가 무단결근한 거 아시죠? 왜 몰라. 나도 전에 무단결근 한 번 했다가 시말서를 썼는데 당신은 월차로 처리한 것도 다 알아. 그날 사장이 제 가슴을 만졌어요. 뭐, 뭐라고? 오늘은 강제로 키스를 해오더군요. 서, 설마. 그동안 등을 더듬고, 다리를 만진 것이 한두 번이 아니에요. 여비서도 노크 없이 사장실로 들어왔다가 두 번이나 봤어요. 운전사 김 계장도 한 번은 본 것 같고요. 생각해 보면 그때그때 비명을 질렀어야 했는데 그러질 못했어요. 악몽을 꿀 때처럼 소리도 지르지 못했고, 반항도 못했고, 깊은 곳으로 떨어지는 느낌만 들었어요. 칠십이 넘은 노인네가 제게 그럴 줄은 정말 몰랐거든요. 참 이상하죠? 이혼한 남편이 제게 처음 뺨을 때렸을 때 저는 맞받아쳤었거든요. 자꾸자꾸 엄마 생각만 나는 거 있죠. 어? 선배…… 지금 우시는 거예요? 아, 씨발. 뭐라구요? 야, 박혜란! 왜요?

짐 싸라. ……. 이건 사랑도 좆도 개 좆도 아냐. 같은 남자로서
정말…… 쪽 팔린다.

4.

지하철로 광화문 역에 도착하자마자 휴대폰의 폴더를 열어
보니 막 7시가 넘어서고 있다. 아빠, 어디 가는 거야? 계단을
오르면서 아들이 묻는다. 데모하러. 데모가 뭐야? 아빠한테 애
기할 때는 존댓말 쓰라고 했지? 아내의 목소리가 끼어든다. 가
보면 알아. 그리고 아빠 손 꼭 잡고 있어야 한다. 왜요? 아빠하
고 엄마 손을 놓으면 집에도 못 가고 고아가 되는 거야. 주위를
둘러보니 시위에 참가하려는 사람들로 붐빌 것으로 예상했으
나 그렇지도 않다. 오가는 사람도 별반 없고, 괜한 걸음을 했나
싶어서 서서히 걱정이 앞선다.
　지하도에서 빠져나오자 북소리와 함께 함성이 들린다. 그러
나 특별한 감정은 일어나지 않는다. 그때 휴대폰이 진동을 한
다. 처음 전화를 건 후배 작가 김이다. 여보세요? 어디에 계세
요? 당신은 어딘데? 세종문화회관 뒤편에 있는 술집인데요,
이쪽으로 오시면 어때요? 잠시 말을 잇지 못하자 모든 것을 짐
작했는지 집사람의 표정이 굳어진다. 아내의 심정은 이해하고

도 남음이 있다. 술과 관련된 나의 전과 때문이다. 술을 먹고 휴대폰을 잃어버린 것이 한 번, 가방을 잃어버린 것이 두세 번, 안경을 깨먹거나 잃어버린 것이 대여섯 번을 상회했던 것이다. 눈치로만 따지자면 아내는 프로 바둑 기사의 기력을 앞지른다는 말을 입버릇처럼 해오던 터다. 그런 아내와 10년을 살았기 때문에 나는 단호한 태도를 보여야 한다. 뭐야, 우리가 여기 놀러 나온 줄 알아? 만나고 싶으면 시위 현장으로 오셔. 김은 잠시 머뭇거린다. 선배님, 제가 조금 있다가 다시 전화를 드릴게요. 나는 휴대폰의 폴더를 거칠게 닫았고, 그런 나의 행동을 보면서 아내의 표정이 밝아지는 것이 역력하다. 때로는 사람이 단호해야 하는 것이다.

유혹을 분연히 떨치고 우리 식구는 시위 현장으로 걷기 시작한다. 나와 아내와 아들은 손에 손을 잡고 광화문에는 왔으되 촛불을 준비하지 못했다는 것을 그제서야 알아차린다. 다행히 길거리에서는 자원 봉사자들이 양초와 앞뒤로 '탄핵무효', '민주수호'라고 적힌 카드를 무료로 나누어 주고 있다. 주는 것들을 다 받아 챙겼을 때, 모금함이 눈에 들어왔으나 나는 애써 외면한다.

나와 아내와 아들은 부쩍 늘어난 인파를 헤치고 종로 쪽으로 가려고 이동했으나 닭장차가 정면을 가로막고 있다. 우리는 동아일보 건물을 끼고 돌아 시위대의 옆구리로 접근한다. 사람들이 많지 않은 것 같아 걱정도 했으나 한낱 기우였다는 것을 깨달을 수밖에 없다. 그러나 서 있는 사람들이 너무 많아 앞을 가려 우리는 시위대의 정황을 알 수 없었고, 종각 쪽으로 걸음을 옮기면서도 시위대의 중심으로 들어가려고 이동했으나 역부족이다. 다행히 스피커의 소리는 잘 들려 상황은 짐작이 갔고, 어찌하다 보니 도로와 차도가 만나는 지점 어귀에 자리를 잡고 앉는다.

텔레비전에서 더러 보았던 남자 배우와 특이한 이름의 여성이 무대에서 행사를 진행하고 있다. 나는 잠시 일어나 종각 방향으로 고개를 돌린다. 끝이 보이지 않는다. 인산인해고, 촛불의 바다다. 촛불을 든 팔을 들었다가 내리는 파도타기가 반복되기 시작한다. 연사들의 연설이 이어지고, '탄핵무효'와 '민주수호'라는 구호가 반복된다. 어느덧 아내는 표정이 밝아졌고, 아들은 촛불을 흔들고 소리를 지르는 것이 흥겨워 죽을 지경이다. 잠시 후 아들은 두리번거리기 시작한다. 왜 그러니? 아빠! 나, 테레비에 나오는 거야? 아들은 텔레비전 카메라를 찾고 있었던 모양이다. 그럴 수도 있지.

여자 이름치고는 꽤 특이했는데 최광기라는 여성은 사람들을, 아니 시위대를 가지고 놀 줄 아는 것 같다. 그 방면에 전문가가 따로 있다는 생각도 든다. 시위 현장에서는 근엄하고 경직된, 그리하여 적을 타도하겠다는 목소리만 장황할 줄 알았는데 그게 아니다. 축제였고, 흥겨움의 한마당이다. 민주당과 한나라당을 박살 내자고 소리를 지르면서 흥겹게 연호할 수 있다니 나로서는 새로운 경험이다.

시위에 익숙하지 못한 나로서는 밀려드는 소외감도 있다. 연신 흘러나오는 민중가요 중에서 태반이 모르는 곡이다. 촛불을 흔들면서 박자를 맞추기가 쉽지 않다. 스피커를 통해 흘러나오는 민중가요 속에는 간헐적으로 개가 짖는 소리가 섞여 있다. 노래는 반복되었고, 촛불을 흔드는 요령에도 점차 익숙해진다.

9시가 가까울 무렵, 뒷주머니에 넣어 두었던 휴대폰이 진동한다. 후배 작가 김이다. 만나자는 거였고, 나는 흠칫 아내의 표정을 살폈고, 애써 외면하는 아내를 보면서 은근히 화가 치밀기 시작한다. 나는 김에게 광화문 우체국 정문 앞으로 오라는 말을 하고서 휴대폰을 끊는다. 시위는 한창 무르익었고, 내가 가장 좋아하는 후배 작가를 만나는 것에 대해 뚱한 표정을 짓는 아내의 태도 때문에 치밀어 오르는 화도 가중된다.

10여 분 후, 휴대폰이 다시 진동한다. 어김없이 김이다. 우체국 정문 앞에서 잠시만 기다리라는 말을 남기고 휴대폰을 끊는다. 더 이상 지체할 수는 없다. 김 작가가 와 있는데 같이 식사라도 하자. 아내는 들은 척도 하지 않는다. 불안을 감출 수 없는 아들의 눈길만이 덤벼올 뿐이다. 나는 치밀어 오르는 분노를 참을 수 없어 벌떡 일어선다. 허리를 숙이고 사람들 사이를 헤집는다. 시위대에서 벗어나 좁다란 공간에 이르러서야 걸음을 멈춘다. 나는 망설이다가 돌아선다. 어쨌거나 지금은 나의 감정을 앞세울 일이 아니다. 아내의 휴대폰으로 전화를 건다. 술 따위는 먹지 않겠다고 말할 참이다. 아내는 휴대폰을 받지 않는다. 네다섯 번을 더 걸었으나 여전히 받지 않는다. 휴대폰을 바닥에 팽개치고 싶은 충동이 불쑥 일어난다. 어디선가 개 짖는 소리가 들려온다.

5.

그동안 뭐했어? 그냥 놀았어요. 책도 보고, 비디오도 보고, 얼마 전에는 여행을 갔다 왔어요. 동해안으로 일주일 동안요. 그래, 얼굴은 좀 수척해 보이지만 편안해 보이는군. 맥주라도 시킬까? 아니요, 그냥 녹차가 좋네요. 나는 맥주라도 좀 마셔야지 안 되겠다. 여기요! 맥주 한 병만 주세요. 여전하시군요, 맥주 좋아하는 거. 나야, 그렇지, 뭐. 회사 분위기는 어때요? 엉망이지, 뭐. 사장은 너의 소재를 알아내라고 매일 난리굿이다. 사장한테 연락이 오던? 하루에 서너 번씩 와요. 그만둔 지 보름이 됐으니까 한 60통은 온 것 같아요. 고역이겠구나. 포기할 법도 한데 집요하더라, 그놈의 노인네. 얼마 전에는 엄마한테도 중요한 일로 통화를 해야 한다고 전화를 걸어왔대요. 어머님께서도 이 일을 아셔? 아직 모르세요. 엄마한테 약점을 보이는 것은 죽기보다 싫거든요. 잠깐만. 여기요! 여기 맥주 한 병 달라니까요! 그러나저러나 내 입장도 좀 어려워. 왜요? 그 노인네가 나한테 편집국장이랑 연락이 되면서 일부러 피하는 거 아니냐고 윽박지르더라고. 그래서요? 연락이 안 된다고 잡아뗐어. 얼마 전에는 휴대폰을 쳤는데 받지 않던데? 아, 여행 갔을 때 전화를 하셨나 봐요. 스승님 별장에 머물렀는데 실제로 휴대폰이 안 되더라고요. 스승님? 누구? 소설가 이정희 선생님이요. 이번 일을 이 선생도 알아? 네, 고민하다가 말씀을 드렸어요. 그, 그래? 이 선생은 뭐라고 하셔? 병이 도졌대요. 병이 도져? 이번 일이 처음이 아니래요, 문단에는 소문이 파다하대요. 돌아 버리겠군. 물어볼 게 있어요. 뭐? 선배…… 사장님 지시로 저를 찾아오신 건가요? 뭐, 뭐라고? 이 인간이 나를 뭘로 보고……. 죄송해요. 아, 아냐. 이해해, 이해한다고. 그래, 본론을 얘기하지. 싫으나 좋으나 우리는 지성인이라고 생각해. 불의를 보면 참아서도 안 되고. 아까 이 선생이 말씀하셨다고 했듯이 그 노인네 상습범이고, 병이 도졌다며. 그래서요? 그래서 말인데 느티나무 카페에 가서 기자 회견을 해버리면 어떨까? 나도 더 이상 이 직장에는 미련도 없고. 그 생각도 해봤어요. 저, 정말로? 그런데 그러면 우리만 다쳐요. 이 선생님도 말리시고요. 증인이 있다며? 그 비서하고 운전사가 있잖아? 그 사람들이 지금 직장을 다니고 있는데 증언을 하겠어요? 아, 그렇지. 그리고 결정적인 약점이 저한테 있어요. 그게 뭔데? 사장이 나에게 성희롱을 할 때 거부 의사를 분명히 밝히지 못했어요. 미치겠군. 이 선생은 어떻게 하면 좋겠대? 다시는 그곳에 들어가지 말래요. 이걸로 끝내래요. 내가 그 증인인 비서하고 운전사를 만나 설득해 보면 어떨까? 무모해요. 무슨 방법이 없을까? 시대가 어떤 시대인데 이런 문제를 그냥 넘어가느냔 말이야. 정말 열 받네. 신경을 써주셔서 고마워요. 아니야, 나야말로 미안하지. 그동안 도와준 것도 별로 없고. 선배님만 믿어요. 뭘? 부조리하지 않은 직장 없고, 부조리하지 않은 직장 오너도 없다고 늘 그러셨잖아요. 선배라도 거기 계시니 다른 후배들이 그나마 안심이 될 거예요. 내가…… 그런 말도 했었나?

6.

　소주를 마신 것이 화근인 모양이다. 술에 약한 탓도 있겠으나 아내에 대한 화풀이로 연거푸 소주를 들이켠 탓에 정신을 차릴 수가 없다. 김은 나를 보자마자 혼자 나타난 것이 의외라는 표정이 역력했던 것을 기억한다. 김은 출판사에 다니고 있으니 겸업 작가인 셈이고, 나는 최근까지 직장을 다니다 그만두었으니 실업 작가인 셈이다. 김과 함께 ‘사막’이라는 이름의 카페에 들어선 것을 기억한다. 나는 소주를 달라고 했고, 여주인은 소주는 팔지 않는다고 했던 것도 기억한다. 아울러 나는 꼭 소주를 마셔야 한다고 우겼고, 소주를 사다 달라고 우겼고, 잠시 후 소주를 받아 들고 안주도 없이 연거푸 잔을 들이켰고, 김의 불안한 시선이 다가오던 것도 기억한다. 이윽고 나는 맥주를 마시기 시작했고, ‘탄핵반대’나 ‘민주수호’도 필요가 없어졌고, 그렇게 고개를 끄덕이며 한참을 졸았던 모양이다.

　형님은 대학을 다니셨겠지요? 잠결이었는지 누군가 대뜸 묻는다. 때문에 나는 눈을 뜨고 고개를 흔들어 본다. 저는 초등학교도 못 다녔거든요. 상황을 보니 후배 작가 김은 내 옆에 앉아 있고, 그 앞에 앉은 청년과 대화를 하고 있다. 청년은 20대 중반으로 보였는데 눈썹이 짙고 배우처럼 잘생겼는데 같은 남자가 봐도 한 번쯤 다시 시선이 갈 정도다. 그 옆에는 찰진 생머리를 한 역시 배우처럼 미인인 여자가 앉아 있다. 같은 여자가 봐도 한 번쯤 더 눈길이 가게 될 용모다. 내가 잠에 빠져들자 무료해진 김은 옆자리에 앉은 사람과 대화를 시작했던 모양이었고 이내 합석을 해버린 것이다. 주로 짙은 눈썹이 얘기를 했고, 김과 짙은 눈썹의 애인인 듯한 찰진 생머리는 잠자코 듣고만 있다.

저는 사람들이 많이 모이는 곳에서는 공포를 느껴요. 월드컵 때도 집에서만 텔레비전을 봤지 거리로 한 번도 나가지 않았거든요. 오늘도 이 친구가 광화문에 가자고 해서 나오기는 했지만 시위에 참가할 수 없었어요. 솔직히 말하죠. 전, 일곱 살 때 엄마를 잃어버렸습니다. 그곳이 어디인지 지금도 생각이 나질 않아요. 무슨 대공원 같기도 했고, 박람회 같기도 했죠. 온통 사람들로 북적거렸고, 몇 발자국 내딛기도 어려울 정도로 사람들이 많았습니다. 그때 엄마는 나한테 쉬야를 하고 올 테니 꼼짝 말고 있으라고 했어요. 몇 발자국 걸음을 옮기던 엄마는 안심이 안 되었던지 다시 돌아왔어요. 그러곤 말했죠. 안 되겠다. 저기 빨간 풍선을 파는 아저씨가 보이지? 저 아저씨 자전거 옆에 꼼짝 말고 서 있어야 해. 사람들이 많으니까 엄마는 저 풍선을 보고 찾아올 테니 기다려. 알았지?

청년은 말을 멈추고 맥주를 들이켰고, 술이 깬 나는 청년의

말에 귀를 기울인다. 마주 앉은 여자의 얼굴도 몰래몰래 훔쳐
본다. 술기운 때문인지는 몰라도 다시 보아도 찰진 생머리는
상당한 미인이다.

　엄마를 기다리고 있는데 갑자기 풍선을 파는 아저씨가 자전
거를 몰고 자리를 이동하기 시작했어요. 당황한 저는 그 아저
씨를 따라 걷기 시작했죠. 입에서는 울음이 터져 나오기 시작
했어요. 우리 엄마가 올 텐데……. 우리 엄마가 쉬야를 하고
곧 올 텐데……. 풍선을 보고 찾아온다고 했는데.

　청년은 다시 말을 멈추고 술을 마셨고, 나는 찰진 생머리의
눈에서 눈물이 흐르는 것을 똑똑히 본다. 술을 들이켠 짙은 눈
썹의 눈에도 눈물이 그렁그렁하다. 마음이 울적해지기 시작한
다. 술기운이 확 달아나는 것 같다. 후배 김도 같은 마음이었는
지 눈을 감고 연신 고개를 끄덕인다.

　한참을 걷다가 풍선을 팔던 아저씨는 울면서 쫓아오던 저를
흘깃흘깃 돌아보더니 자전거에 훌쩍 올라타고 멀리 가버렸습
니다. 그 후로 저는 엄마를 영영 잃어버렸습니다. 지금도 잘 모
르겠어요. 엄마가 나를 버린 것인지, 아니면 풍선을 파는 아저
씨를 따라가지 말고 그 자리에 그대로 서 있어야 했었는지 판
단이 서질 않아요. 형님이라면 어떻게 하셨겠습니까?

　나는 가슴이 먹먹하여 병을 들어 잔에 맥주를 따른다. 그러

고는 잔을 들어 단숨에 들이켠다. 여자도 술을 들이켰고, 김도 대답 대신 술을 들이켠다.

세상에는 참 안타까운 일들이 많이 있습니다. 순간의 선택 때문에 인생이 송두리째 흔들리고 마니까요. 그동안 제가 살아온 얘기를 글로 쓰자면 소설책 몇 권은 될 겁니다. 그러다 이 친구를 만났죠. 아직 어리지만 우린 곧 결혼할 겁니다. 얘네 집에서 반대를 하고 있지만 우리는 반드시 결혼하고 말 거예요.

청년의 말에 우울했던 마음은 서서히 걷히기 시작한다. 여자가 고개를 숙일 때마다 살짝살짝 보이던 젖무덤을 흘끔거렸던 것이 미안할 정도다. 유쾌해진 나는 다시 맥주를 목구멍으로 한껏 넘긴다.

기쁠 때나 슬플 때나, 검은 머리 파뿌리가 되도록 우리를 위로해 주는 것은 바로 술이 아니겠습니까. 안 그렇습니까, 형님?

그러다가 청년의 말이 튄다.

어, 여기 있던 금반지 어디 갔어? 미희야, 아까 내가 선물한 금반지 어디 갔냐? 어머, 어디 갔지? 분명 여기 있었는데. 너, 손가락에 끼고 있는 거 아냐? 아니라니까. 봐, 안 끼고 있잖아. 그게 얼마짜린데 잃어버려. 야, 씨발아! 니들이 가져갔지?

7.

정 부장님, 기분 나쁘시겠지만 시말서를 한 장 제출해 주세요. 시말서? 네. 왜? 누군가 책임은 져야 할 거 아녜요. 그래서 나보고 책임을 지란 얘기야? 그럼, 디자인 팀장이 문책을 받는 걸 원하세요? 좋아, 그럼. 그런데 사장이 시말서를 받아 내라고 하던? 그건, 아니에요. 사장도 가만히 있는데 왜 나더러 시말서를 쓰라는 거야? 제가 다시 온 이상 앞으로 책임 소재를 확실히 하겠어요. 너, 지금 나한테 시비 거는 거냐? 그리고 부장님께 부탁이 있어요. 뭔데? 저한테 반말하지 마세요. 여긴 직장이에요, 직장. 뭐, 뭐라고? 저, 정말 돌아 버리겠네. 좋아, 이것도 좋아. 아이고, 편집국장님! 아, 이사님으로 승진하셨죠? 박 이사님! 다시 돌아오셔서 매우 감축드립니다. 비꼬지 마시고요. 네, 그러죠. 다시 돌아오신 걸 진심으로 환영합니다. 박 이사님께서 휴직하신 25일 동안 저는요 정말로 좆뺑이를 치느라 힘들었습니다. 잡지, 단행본 관리하느라 날밤을 새운 게 하루 이틀이 아닙니다. 얘기를 들어보니까 25일 동안 쉬고 오셨는데 무단결근이 아니라 휴직 처리가 되었고, 며칠 더 나오셨기 때문에 정상적으로 한 달치 월급도 타셨다는 말씀도 들었습니다. 참, 어이가 없더군요. 출판사가 이렇게 혼란스러워진 것은 제가 보기엔 저 때문이 아니라 전적으로 이사님 덕분이 아닌가 싶습니다. 시말서요? 시말서는 제가 보기에는 이사님이 쓰셔야 할 것 같은데요. 선배님, 비열하시군요. 비열? 비열하다는 말은 이럴 때 쓰는 건가? 저도 힘들어요. 좋아, 그럼. 사장이 쓰란 말도 안 했는데 왜 당신이 나서서 시말서를 쓰라고 하느냐고. 공과 사를 구분하고 싶어요. 책임을 질 것은 책임지고, 요구할 것은 요구하겠어요. 누구한테 뭘 요구해? 사장님한테 책임질 일은 책임을 지고 편집권을 받아 내겠어요. 사장한테 편집권을 받아 내겠다고? 네. 말도 안 되는 소리야. 사장이 출판사를 엎어 버리면 엎어 버리지 편집권을 주겠어? 사실, 저한테 편집권을 넘기겠다고 했어요. 그래서 제게 맡겨 달라는 거예요. 내가 시말서를 쓰면 공과 사가 구분이 되나? 어쨌든 잡지에 사진이 왜곡되어 나간 건 심각한 문제라고요. 디자인 팀장이 선배님께 사진을 보였고, 허락을 맡았다고 하던데요? 그걸 외면하면 직무 유기죠. 무슨 소리야, 그 컬러 면 꼭지는 사장님 전결 사항이었어. 재교, 삼교가 나오는 동안 그 사진 난 한 번도 보지 못했어. 디자인 팀장이 사장님께 직접 보고했고, 그리고 수정했단 말이야. 최종 오케이를 할 때 나한테 괜찮으냐고 물어보더라고. 괜찮으니 넘기라고 했어. 내 전결 사항이 아니니까. 그런데 디자인 팀장이 그 사진을 임의로 수정했을 줄은 내가 꿈엔들 알았겠느냐고. 사장님 전결 사항이고, 사장님 친

구 사진이고, 사장님이 이번에 등단시키는 신인 작가 사진이
고, 함량 미달의 그 인간을 작가가 되도록 못 말린 게 나한테는
직무 유기지 왜 이 문제가 직무 유기냐고. 선배님! 왜? 저 좀
도와주세요. 뭘? 지금 상황에서는 누군가 책임을 져야 해요.
정말…… 너무하는군. 좋아, 그러면 쓰지. 고마워요. 고마워할
건 없어. 왜요? 사표를 쓸 거니까. 선배님! 나도 참을 만큼 참
았어. 속 편하던 호텔 뽀이 시절이 그리워. 선배님, 가정을 생
각하셔야죠? 그나저나 당신 참 무서운 사람이야. ……. 다시
돌아온단 소리를 듣고 설마 했거든. 당신은 사장하고 즐긴 꼬
락서니가 돼 버렸고. 당신이 다시 돌아온 건…… 정말 직무 유
기야.

8.

반지는 어디로 사라진 것일까. 짙은 눈썹과 찰진 생머리, 그
리고 나와 김의 소지품에서는 반지가 나오지 않았고, 사건은
미궁에 빠진 셈이다. 경찰서에 끌려온 이후 새벽에 이르기까지
아내로부터 전화 한 통이 없다는 생각이 문득 스친다. 촛불을
들고 평화적으로 하는 시위라 할지라도 아내와 아들을 시위 현
장에 버려 두고 왔다는 자책이 들기 시작한다.

긴 의자에 나란히 앉은 짙은 눈썹과 찰진 생머리는 서로 기
댄 채 졸고 있다. 그 반지…… 보기는 봤어? 내가 작은 소리로
묻자 김의 눈동자가 잠시 커진다. 네, 술집에서 보기는 봤어요.
김의 품성을 아는 나로서는 의심할 여지는 없다. 나는 잠들어
있었기 때문에 반지는 보지도 못했고, 설령 김이 반지를 훔쳤
다 해도 지금 상황에서는 꺼내 놓을 수도 없는 입장이다.

전 직장의 후배로부터, 편집권을 받아 내겠다던 박 이사가 결
국 출판사를 그만뒀다는 얘기를 전해 듣고 뒷맛이 썼던 걸 상
기한다. 어찌 된 영문인지 박 이사가 곧 재혼한다는 얘기도 함
께 날아왔고, 실제로 그녀의 청첩장이 집으로 도착한 것을 분
명히 기억한다. 직장을 그만두고 한 달 만의 일이다.

저기요! 짙은 눈썹이 말문을 연다. 뭐요? 경찰이 퉁명스럽게
대답한다. 화장실을 좀 가도 되겠습니까? 나는 눈을 번뜩이며
말한다. 저도 화장실을 좀 갔으면 좋겠는데요. 마뜩찮은 표정
을 짓던 경찰은 벌떡 일어선다. 경찰은 몇 발자국 걸음을 옮기
더니 멈춰 서서 팔을 들어 빨리 나오라는 손짓을 한다. 짙은 눈
썹과 내가 일어서서 걸음을 옮겨 경찰을 지나치자 경찰은 우리
의 뒤를 바짝 따른다.

경찰서의 화장실은 비교적 깔끔하다. 짙은 눈썹과 나는 변기
에 나란히 붙어 서서 오줌을 누기 시작한다. 분명 우연이었을

것이다. 나는 짙은 눈썹과 오줌을 누면서 고개를 왼쪽으로 꺾었는데, 벽에 붙어 있던 유리를 통해 청년이 무엇인가를 변기에 버리는 것을 목격했던 것이다. 틀림없이 반지였을 것이다. 멀쩡히 서 있던 경찰은 보지 못한 모양이다. 너무나 순간적이었기 때문이다. 고자질을 하려다가 순간 나는 망설인다. 아마 빨간 풍선이 떠올랐던 것 같다. 자전거에 매달려 끌려가는 빨간 풍선. 저 자식을 불행에 빠트린 빨간 풍선.

제자리로 돌아오자 짙은 눈썹은 그냥 없었던 일로 하자고 했고, 일은 순조롭게 풀린다. 물론 짙은 눈썹이 끝까지 우겼다면 나라고 가만히 있을 리는 없다. 새벽이 밝아 오는 거리로 나와 우리 네 명은 악수를 하고 헤어진다. 나는 아무 말도 하지 않는다. 물론 떠나가는 후배 김에게도 나는 아무 말도 하지 않는다.

눈을 들어 하늘을 본다. 붉은빛이 눈에 띄게 번지고 있다. 아내는 왜 전화를 하지 않았을까. 길가를 따라 걸으면서 나는 휴대폰의 폴더를 열고 숫자판의 '1' 자를 길게 누른다. 한적하고 텅 빈 거리다. 신호음이 울리지만 아내는 전화를 받지 않는다. 열 번의 신호음이 울렸을 때 덜컥하는 소리가 들린다. 여보, 나야! 저쪽에서는 아무 말도 없다. 갑자기 서럽다는 생각이 든다. 눈자위가 뜨거워진다. 여보, 나라니까. 가만 보니 수화기 저쪽에서는 자동 응답기가 돌아가고 있다. 술기운이 남아 있었던 모양이다. 볼을 타고 눈물이 흐른다. 여보, 나야. 나 좀…… 데려가 줘! 나 좀 데려가 달라니까! 소리를 지르고 휴대폰의 폴더를 닫아 버린다. 그리고 나는 걸으면서 엉엉 소리를 내어 울기 시작한다.

동일유치원 자모회장님 귀하

언니가 자모회장이 됐다고? 그런데 자모회장이 뭐야? 나 무식한 줄 이제 알았어? 아, 유치원이나 초등학교에서 아동들의 엄마들로 구성된 모임의 회장이라고? 그럼, 언니가 학부형들 중에서 회장이 됐다는 얘기야? 어, 이상하다. 우람이는 일곱 살이니까 내년에 초등학교에 들어가잖아, 1년 당겨서 들어갔어? 유치원에 들어갔다고? 난 또. 집 근처의 유치원에 넣은 거야? 그러면? 아파트 단지 안에 있는 병설 유치원? 동…… 뭐라고? 동일초등학교 병설 유치원이라고? 병설 유치원은 입학 경쟁률이 높다고 그러던데 아니야? 높았어? 얼마나? 뭐야, 사대 일이나? 왜 그렇게 높데? 비용이 싸? 얼마나? 한 달에 3만 원 꼴이라고? 어머, 싸네. 그래서 애들이 병설 유치원으로 몰리는구나. 뽑을 때는 어떻게 뽑아? 선착순이야? 그러면? 미리 접수를 하고 나중에 뽑기를 한다고? 그러면 우람이도 뽑기로 뽑힌 거야? 누가 뽑았는데? 언니가? 그래서? 바로 앞에서 뽑던 우람이 친구는 지가 뽑다가 떨어졌다고? 어머, 안됐다. 떨어지더라도 엄마들이 뽑아야지 왜 그랬데. 울고불고 난리가 났어? 애도 울고 엄마도 울고? 어머나, 세상에. 그런데 우람이는 언니가 뽑았는데 합격이 되었단 말이지? 어머나, 얼마나 다행이야. 언니, 정말 잘했다. 잔치? 무슨 잔치? 우리 현우 돌잔치? 두 달 남았어. 글쎄, 아직 결정은 안 했는데 뷔페에서 해야지, 뭐. 두 달이나 남았는데 예약을 해야 한단 말이야? 좋은 데는 두세 달 전부터 예약을 받는다고? 어머, 그러면 내일 당장 알아봐야겠다. 뭐? 현우는 뭐하냐고? 지금 자. 자는 게 일이지, 뭐. 우람이는 뭐하는데? 친구 집에 놀러 갔어? 걔는 노는 게 일이라고? 학원 같은 데라도 보내야 하는 거 아냐? 배워? 뭐 뭐 배우는데? 수영하고, 씽크빅 국어하고, 한솔 영어나라, 그리고 문화센터? 도대체 몇 개나 배우는데? 다 합해서 열 가지나 된다고? 어머머, 미쳤다 미쳤어. 뭐야, 열 개나 배우는데도 친구들 중에서는 우람이가 제일 적게 하는 거라고? 형부가 성질을 부려서 그나마 세 개를 줄였어? 형부는 서너 개만 하는 줄로만 알고 있고? 어머머, 말도 안 돼. 애 잡을 일 있어? 일곱 살짜리를 왜 그렇게 혹사를 시켜? 남들이 한다고 다 해? 우리 때를 생각해 봐. 우린 시골에서 자라서 유치원도 못 다녔고, 중고등학교 때는 학원도 다녀 본 적이 없잖아. 세상이 바뀌어도 그렇지 정말 너무했다. 그럼, 우람이한테 한 달에 돈이 얼마나 들어가? 계산? 나야 계산은 잘하지. 학교 다닐 때 수학은 잘했잖아. 유치원이 한 달에 3만 원, 수영은 일주일에 세 번 가는데 한 달에 3만 2천 원, 씽크빅 국어가 한 달에 2만 7천 원, 한솔 영어나라가 일주일에 한 번씩 한 달에 4만 원이니까 합하면 12만 9천 원이네. 문화센터에서는 줄리어드 유리드믹스 음악교실, 신나는 과학실험교실, 체험 수학 패턴블럭, 빙글빙글 재미있는 도예교실 네 가지를 듣는데 3개월에 16만 원이고 이것을 3으로 나누면 5만 3천3백 원인데 5만 4천 원으로 잡으면 총 18만 3천 원이네. 또 있어? 뭐? 빨간펜 프리스쿨? 그게 뭔데? 종합학습지? 1년에 28만 9천 원이면 이걸 12로 나누면 얼마가 되나…… 대략 잡아도 2만 4천 원쯤 되나? 그러니까 다 합하면 총 20만 7천 원쯤 되겠는데? 또 있어? 뭐? 구연동화, 종이접기, 미술이 있는데 이건 돈이 안 들어? 왜? 엄마들이 돌아가면서 아이들을 가르쳐? 언니는 뭘 가르치는데? 종이접기? 그러면 서로 품앗이하는 거네. 뭐라고? 그러고 보니까 열두 개를 가르치고 있다고? 미쳤어 미쳤어. 중요한 게 빠졌다고? 뭐가? 옷값, 장난감, 군것질값, 그리고 병원비까지? 아, 몰라 몰라. 그거 생각하면 우리 현우도 정말 걱정된다. 아무튼 자모회장이 되었다니, 축하해. 언니, 솔직히 말해 봐. 초등학교 5학년 때 부반장 해보고 장 자 들어가는 거 처음 해보지, 그치? 내 그럴 줄 알았다니까. 그러나저러나 우람이가 그 동일유치원을 나오면 병설이니까 그 초등학교로 들어가겠네. 언니가 자모회장이 되었으니 우람이는 뭔가 혜택이 있지 않을까? 언니, 정말 축하해. 어머, 이게 무슨 냄새야. 난 몰라, 밥이 타고 있네. 언니, 나중에 전화할게 끊어.

엄마! 그런데…… 그런데…… 자모회장이 뭐야? 그러면 엄마들 중에서 반장이야? 반장 엄마보다 더 높아? 그럼 엄마들 중에서 짱이야? 와, 신 난다. 그러면 디지몬 백과사전 5탄 사줄 거야? 아직 안 나왔어? 왜? 그럼 언제 나와? 왜 몰라? 그럼 나오면 사줄 거야? 와, 신 난다. 엄마! 그런데…… 그런데…… 뿔몬이 진화하면 뭐가 되는 줄 알아? 몰라? 파피몬이 되는 거야, 엄만 그것도 몰라? 그러면 파피몬이 진화하면 뭐가 되는 줄 알아? 몰라, 알아? 가루몬이 되는 거야. 그러면 가루몬이 진화하면 뭐가 되는 줄 알아? 워가루몬이 되는 거야. 그러면 워가루몬이 초진화하면 뭐가 되는 줄 알아? 메탈가루몬이 되는 거야. 엄마는 아무것도 모르네, 뭐. 엄마, 내가 해볼 테니까 잘 봐. 디지몬 어드벤처! 뿔몬 진화, 파피몬! 파피몬 진화, 가루몬! 가루몬 진화, 위가루몬! 위가루몬 초진화, 메탈가루몬! 이제 알겠어? 메탈가루몬은 더 진화 안 하냐고? 안 해. 왜 안 하냐고? 원래 그래. 엄마! 그런데…… 그런데…… 유치원에서 민영이랑 놀다가 넘어졌어. 그래서…… 그래서…… 졸라 아팠어. 엄만 왜 소리를 지르고 그래. 아빠한테 이른다. 무슨 말을 하지 마? 졸라? 친구들도 다 하는데, 뭐. 그래도 하지 마? 알았어. 엄마! 그런데…… 그런데…… 토코몬이 진화하면 뭐가 되는 줄 알아? 파닥몬이 되는 거야. 파닥몬이 진화하면 뭐가 되는 줄 알아? 엔젤몬이 되는 거야. 엔젤몬이 초진화하면 뭐가 되는 줄 알아? 홀리엔젤몬이 되는 거야. 엄마는 그것도 몰라. 뭐라고? 누구랑 결혼할 거냐고? 은솔이랑. 엄마! 그런데…… 그런데…… 은솔이 미워. 은솔이는 준호랑 결혼한대. 토코몬 진화, 파닥몬! 파닥몬 진화, 엔젤몬! 엔젤몬 초진화, 홀리엔젤몬! 엄마 엄마, 그런데…… 그런데…… 컴퓨터로 재미나라 게임하고 싶은데 하면 안 돼? 하지 마? 아이, 하고 싶은데. 엄마 엄마, 그런데…… 그런데…… 디지몬 백과사전 5탄 언제 사줄 거야?

뭐, 니가 자모회장이 됐다고? 그러면 유치원 운영회장이 됐다는 얘기야? 모르긴 왜 몰라, 이년아. 언젠가 우리 기수 놈 중에서 자기 마누라가 유치원 운영회장이 됐다고 술을 한턱 내더라. 내 세상에 태어나서 그런 미친놈 처음 봤다니까. 지 마누라가 치맛바람 일으키고 설치고 다닌다는데 쌍수를 들고 환영하는 놈이 어디 있냐? 뭐가 개방적인 사람이야. 그래서 내가 그랬다. 인간아, 우리 차장 왜 이혼한 줄 모르냐? 마누라가 아들 놈 고등학교 육성회 부회장을 맡아 설치고 다니다가 육성회장하고 춤 바람이 나가지고 러브호텔에서 붙잡혀서 작살났잖아. 내가 그렇게 말하니까 그 동기 놈이 자기 마누라는 절대 안 그럴 거래. 그래서 한 마디 더 해줬지. 마누라 내돌리면 가정이 작살나는 거야, 이 중생아. 그랬더니 그놈 표정이 가관이더라. 나중에는 자꾸 고개를 갸웃거리더니 어영부영 술값도 안 내고 튀었다니까, 그 새끼가. 자모회장, 운영회장, 육성회장이라는 말들은 애들 학년이 다를 뿐이지 학부모로서는 다 똑같은 말이거든. 뭐? 여자도 사회 활동을 해야 한다고? 누구 엄마? 성욱이 엄마가 왜? 적금을 깨서 운전면허 학원을 등록해? 그걸 남편이 허락했다고? 머리 깨지는 소리 하고 있네, 정말로. 쌍년들을 잡아다가 확 물고문을 시켜 버릴까 보다. 여자가 사회 활동을 하는 거하고 운전면허 따는 거하고 무슨 상관이 있냐, 이년아? 도대체 여자들이 집안 살림하면서 운전할 일이 뭐가 있어? 백화점에 차를 몰고 가서 폼 나게 물건을 사자고 좁은 땅덩어리에서 여편네들이 승용차를 굴려? 여기가 무슨 아메리카 본토냐, 읍내가 10킬로 정도 떨어진 촌구석이냐. 자전거 사줬잖아? 그거 타고 댕겨, 건강에도 좋고 얼마나 좋아. 그것도 폼으로 샀냐? 뭐? 자전거 타는 게 어렵다고? 그것도 못 타면 자동차는 더 어려워, 이년아. 천천히 망하려면 마약을 하고 한꺼번에 망하려면 자동차를 사란 말도 모르냐? 무슨 말을 하다가…… 아, 그렇지. 여자들이 사회 활동을 하는 거? 웃기지 말라고 그래. 그런 거는 시간적으로 경제적으로 여유가 있는 여자들이나 하는 거지, 일반 사람들한테 가당키나 한 일이냐? 여자가 결혼을 했으면 사회 생활은 포기한 거고 자기가 속해 있는 곳, 다시 말해 가정에서 맡은 바 임무를 충실히 하여 밥하고 빨래하고 청소하고 애들 잘 가르치고, 그래야 하는 거 알잖아? 21세기가 왔다고 해도 아시아권에서는 당분간 힘들어. 여성 단체니 뭐니 해서 여자들이 너무 설쳐서 문제라니까. 뉴스에 나오는 거 봤냐, 못 봤냐? 오죽했으면 여자들도 병역 의무를 마쳐야 한다고 헌법소원을 내는 옹졸한 남자 새끼들이 나왔겠어. 보자 보자 하니까 여편네들이 군기가 빠져서 벌건 대낮에 백화점 몰려다니면서 돈 쓸 궁리만 하고 있네, 정말로. 안 쓰면 돈을 버는 건데 세일 때 2, 30프로 디시 받았다고 돈을 번 거냐,

그게? 가만 보면 이 동네 백화점들은 365일 세일이야. 이 새끼들 세무 조사를 해봐야 한다니까. 아이엠에프가 왜 터진 줄 아직도 몰라? 그게 다 마누라들이 돈 쓰느라 정신들이 없고, 그런 마누라와 이혼하기 싫어서 남편들이 무리를 하는 바람에 아이엠에프가 터진 거야, 알아? 남편들이 나라를 위해 얼마나 애쓰는 줄도 모르고 확 그냥……. 남편들이 뼈 빠지게 벌어다 준 돈으로 적금 붓고 저축해서 나중에 큰 집으로 이사 가면 어디가 불어 터진대? 나중에 생활이 안정되면 그때 가서 문화 생활, 사회 생활을 하란 말이야, 건설적으로다가. 좁아 터진 19평짜리 주공아파트에 살면서 무슨 얼어 죽을 놈의 자모회장이고, 어디서 자동차를 굴리면서 백화점 쇼핑을 하느냐고. 내일 당장 유치원에 가서 못한다고 해. 그거 하면 돈이 얼마나 깨지는지 알기나 해? 제발 사람들 앞에 나서지 좀 마, 이년아. 빨리 밥상이나 차려, 배고파 죽겠어.

자모회장이 돼 부렀다고? 그거시 뭐시다냐? 아, 학부형 회장이라고야? 오메오메 잘해 부렀다. 그라제, 잘해 부렀제. 느그 아부지도 이장을 여즉까정 20년째 하고 있냐, 안. 아닐 거이다. 2, 30년은 될 거이다. 여보, 여즉시 이장을 몇 년째 허요? 뭔 소리를 그라고 질렀쌌소, 귀청 떨어지겠구마는. 이녁 딸자석이 뭔 회장이 되야 부렀단디 좋제, 그라믄 싫다요? 뭐라고라? 전화가 왔응께 받았제 나가 했다요? 오랜만에 딸년이 전화를 해온께 좋구마는 뭐 땀시 소락떼기를 질렀쌌소? 호랭이 물어 가겄네, 참말로. 아야, 느그 아부지가 전화쎄 많이 나온께 언능 끊으라고 그래쌌다. 이장을 허면 뭣 헐 것이여. 마이크에다 대고 써준 것도 멍충이맨키로 못 읽음서. 국민핵교는 옆문으로 나왔능가 으쨌능가. 아야, 느그 아부지 삐쳐서 나가 부렀다. 속창시가 밴댕이 콧구멍맨키로 좁아 갖고 뭔 말만 허면 삐쳐 부러. 나가 요샌 이란 재미로 살어야. 뭐시야? 느그 아부지를 뭐 땀시 골레 묵냐구야? 그랄 만헌께 그라지 어차굿냐. 나가 이날 여태까정 아들놈 못 난 죄로다가 얼매나 설움 받고 살었냐. 돌아가신 느그 할무니가 날로 갈아 묵어 불라고 생 개병을 했당께. 뜯어 눕혀 부렀당께는. 참말이어야. 아들 못 나면 동네 사람들도 시피 봐부러. 그란디 결혼혀 갖고 니가 꼬추 나불고 둘째 지숙이가 또 꼬추를 나불고 나가 얼매나 오졌는지 암도 모를 것이다. 그땐 호강에 초 쳐 부렀응께. 뭐라고야? 느그 아부지 건강이 괜찮으냐고야? 그라제, 암시랑토 안 혀. 사람이 멍충이맨키로 눈치가 읎어서 그라제 느그 아부지 여즉시도 쌀가메 들고 뛰어댕게. 뭔 눈치? 어제가 장날이었는디 느그 아부지가 뜬금없는 짓을 해부러 갖고 웃도 못해. 뭐라고야? 뭔 이약을 하라고 그랬샀냐? 뭔 일이 있었냐고? 장날 내다 폴 노물이랑 마늘이랑 들고 새벽부터 나섰는디 느그 아부지가 뜬금없이 경운기를 끌고 나오더라. 기냥 걸어가믄 되는디 뭣 헐라고 그놈을 끌고 오요, 그랬제. 편허게 가세, 그러드란마다. 그라고 읍내까장 온 건 좋았제. 그란디 느그 아부지가 뜬금없이 큰질을 버려 불고 읍내 골목질로 경운기를 몰고 들어가드란마다. 글혀서 뭣 헐라고 골목질로 간다요, 했제. 근께는 느그 아부지가 일로 가믄 빠른께 굿이나 보고 떡이나 먹으소, 그러드란마다. 그란디 골목질이 점점 좁아져 불드마는 여영 경운기를 멈춰 불드라. 뭔 일인가 이라고 본께는 좁아 터진 골목질에 한 열댓 명이나 되는 할무니들이 벽 쪽으로 붙어 앉아 펄세부터 자리를 잡고 있드랑께. 질이 좁은께 경운기가 지나갈라믄 열댓 명이나 되는 그 할무니들이 다 인나서 비케 주어야 되는디 우짤 것이냐, 뒤로 빼야제. 그란디 느그 아부지가 뭔 맘을 먹었는가 장승모냥 움직이덜 안 해야. 그래 갖고 나가 그랬제. 지영 아부지, 언능 뒤로 빼시오. 귓구멍이 콱 맥케 부렀는가 느그 아부지는 듣는 시늉도 안 하드란마다. 가만 본께 느그 아부지는 쬐깜만 가믄 사거리가 나온께는 영 아쉬웠는갑드라. 오도 가도 안 한께는 어떤 할무니 하나가 뽈칵 인남서 한마디를 하드랑께. 아따, 언능 인나서 비케 주잔께요, 저 씨버럴 놈 지나가게. 그랑께는 다른 할무니들도 질바닥에 내려놓은 것들을 다 걷어들고 골목질을 빠져나가드랑께. 느그 아부지는 우째 그랑가 몰르것드라잉. 그라고 눈치가 없응께 욕을 자장가맨키로 묵고 살제. 아야, 이 서방은 아픈 디는 없디야? 심쓰는 디는 괴기밖엔 없어야. 서방은 하늘이여, 큰일 허는 사람인께 꼭꼭 챙겨야 쓴다잉. 아야, 우리 우람이는 밥은 잘 묵고? 설에는 왔다 갈랑가 모가지가 빠져라 지달렸는디 오도 가도 안 해부냐, 우리 손주 보고 잖어 죽겄는디. 아야, 그나저나 니가 회장이 되야 부렀으면 생긴 것도 많다냐? 그것이 뭔 소리다냐? 그것이 돈 퍼 쓰는 일이여? 우째? 느그 아부지 이장함서 본께 수고비도 쬐깜씩 주고 선거 때는 선물까정 주는디. 일도 해주고 이녁 돈도 써부러? 그라믄 누가 그걸 미친년모냥 헬라고 환장한다냐? 썩을 년아, 그라믄 그 짓거리를 뭣 헐라고 혀. 객지선 돈이 심이여. 돈 쓰지 말고 살어야 쓴다. 우린 느그들 갈칠 때 돈 안 들었어야. 느그들이 공부를 잘헜는디도 대학 못 보내서 가심에 못이 백히드라만은 우짤 것이냐, 시골서 가시내들이 고등핵교만 나와도 괜찮제. 아야, 이 서방 뼛골 빠져 분께 내 말 명심허고 돈 쓰지 말고 살어야 쓴다잉. 객지선 돈이 심이여. 오메, 느그 아부지 들어오신다, 전화 끊차잉.

우람이 엄마? 나 쌍둥이 엄마예요. 자모회장이 됐다면서요? 어떻게 알았느냐고? 준영 엄마가 전화를 했더라고. 축하를 해야 할지 위로를 해야 할지 정말 모르겠네. 저요? 어머, 내가 자모회장이 된 걸 어떻게 알았어요? 지혜 엄마가 전화를 했구나? 그런데 나 회장 그만뒀어요. 왜긴 우리 남편이 펄펄 뛰더라고. 그 성깔을 누가 이겨. 우리 남편이 명색이 형사잖아요. 남편이 경찰서에 있다니까 유치원 원장이 적극적으로 추천을 했던 모양이에요. 처음에는 자모위원을 하라고 하기에 그냥 그러겠다고 했는데 덜컥 회장이 될지 누가 알았겠어요? 그냥 하라구요? 어머, 그럴 수 있는 입장이 아니라니까요. 우린 은솔이하고 인범이하고 쌍둥이잖아요. 우리 애들은 사설 유치원에 넣었거든요. 둘이라 유치원비만 한 달에 꼬박 40만 원이 들어간다니까. 그것만 들어가나 은솔이 피아노 학원에 가지, 인범이 태권도 학원에 넣었지 정말 돈 때문에 미치겠다니까. 농담 삼아 한 집에서 애를 둘이나 보냈으니 유치원비를 깎아 줄 수 없느냐고 하니까 원장이 죽겠다고 웃더라구요, 정말 농담을 잘한다면서. 그런데 사실 나는 농담 반, 진담 반이었거든요. 그러니 자모회장을 맡았다가는 행사 때마다 돈도 내야 하고, 자모위원 엄마들한테도 밥도 사야 하고 살림이 거덜 나겠더라구요. 사설 유치원이라 돈이 너무 많이 들어요. 참, 그나저나 모임에는 왜 안 나왔어요? 무슨 모임요? 우리 애들이 다녔던 유아 스포츠단 펭귄반이 정기적으로 모이기로 했잖아요? 피자헛에서 반장했던 엄마가 한판 쐈거든요. 겨울 동안 애들이 많이 크고 의젓해졌더라구요. 연락이 안 왔어요? 아니, 왜? 그래서 안 나오셨구나. 그리고 보니 2호차 타고 다녔던 아이들이 한 명도 안 온 것 같네요. 필립이, 준영이, 상호, 지혜, 산울이, 성욱이, 그리고 우람이까지 모두 빠져 버렸네. 이상하다, 그 여편네가 왜 연락을 안 했지? 어머, 괜히 이상한 소리를 해서 서로 싸움을 붙인 것 같네요. 너무 기분 나빠하지 말아요. 모임을 정기적으로 갖기로 한 건 알고 있었죠? 거 봐요. 알고 있을 텐데 일부러 전화를 안 할 리가 있겠어요? 아무튼 내가 한 번 물어볼게요. 생각해 보면 애들이 유아 스포츠단에 다닐 때가 참 좋았어요. 지은 지 얼마 안 돼서 건물도 새것이었고 시에서 하는 거니까 비용도 많이 안 들었잖아요. 그때는 선착순이었으니까 날밤을 새우고 접수를 시켰잖아요. 전날 밤 9시에 도착해서 줄을 섰다구요? 어머, 그랬어요? 나는 저녁 7시에 도착했었어요. 그런데 차를 주차하고 남편이랑 건물 앞에 가보니까 한 사람도 없는 거예요. 남편은 극성맞은 여편네라고 야단치지 날씨는 춥지 화가 치밀더라구요. 혹시나 하고 건물 안으로 들어가 보니까, 세상에 아줌마들이 두 줄로 늘어서 있는 거예요. 우람이 엄마도 그랬다구요? 맞아요. 원래는 둘 다 물개반에 들여보내려고 했는데 인범이는 접수를 했지만 은솔이 앞에서 잘려 버렸지 뭐예요. 하는 수 없이 펭귄반에 배정된 아이와 인범이를 바꿨다니까요. 그래서 인범이와 은솔이가 같이 다닐 수가 있었죠. 네? 은솔이가 준호랑 결혼한다고 그랬다구요? 아, 준호랑 같은 반이 됐거든요. 네? 우람이는 아직도 은솔이랑 결혼하겠대요? 어머, 은솔이가 밉대요? 어린 나이에 상처 받았구나. 호호호. 네? 갈비를 사주신다구요? 왜요? 그 대신 은솔이를 며느리로 보내라구요? 호호호. 어머, 농담도 잘하셔. 아무튼 유아 스포츠단 출신들이 어딜 가나 한가락씩은 하나 봐요. 뭐라구요? 자모회장을 어떻게 그만두었느냐구요? 어떻게 하긴요. 못하겠다고 하니까 원장이 순순히 받아들이던걸요. 어머, 농담도 못해요? 그랬겠어요? 안 된다고 하기에 남편 핑계를 댔죠. 남편이 경찰이라 여름에는 지방으로 발령이 날지도 모른다고 했죠. 뭐라고 하기는요. 안색이 금방 변하면서 쌩콩해지더라구요, 그 원장이. 그걸로 끝이 났어요. 그냥 자모위원은 하기로 했어요. 참, 우리 남편이 우람이 아빠하고 언제 술 한잔 하자고 전하랬어요. 전에 도와줘서 고맙대요. 그나저나 우람이 엄마가 자모회장이 된 걸 축하를 해야 하나 위로를 해야 하나 정말 모르겠네요. 네? 누가 왔다구요? 그래요. 또 전화할게요. 안녕히 계세요.

지영이구나? 그래, 작은엄마다. 웬일이니, 니가 전화를 다 하고. 개학을 해서 바쁘냐고? 그렇긴 하지. 학기 초라 학생들 이름 왜우랴, 수업 준비하랴, 더러 잡일도 좀 있고. 고민? 무슨 고민인데? 이틀간 잠을 제대로 못 잤다고? 왜? 너…… 이 서방 모르게 돈 떼였구나, 그렇지? 아냐? 그럼, 무슨 일로 잠을 못 자? 뭐? 자모회장이 됐다고? 우람이 유치원에서? 니가 벌써 학부형이 됐구나. 그런데 왜 잠을 못 자? 이 서방이 반대를 해? 왜 그런다니? 학부형들끼리 행사도 준비하고 애들 교육에도 참여하는 건데 왜 반대를 해? 잘 설득을 해봐. 나더러 전화를 좀 해달라고? 이 서방 요즘도 바쁘다니? 그래, 나중에 통화를 하지 뭐. 뭐? 우리나라 교육계에 대해서 한마디 해달라고? 골치 아픈 소리 그만해라. 나도 선생 노릇은 하고 있다만 답답한 노릇이야. 왜냐고? 신문하고 방송 안 보니? 이민을 가는 사람들이 점점 늘어나고 그들은 한결같이 애들 교육 때문에 떠난다고 말하잖아. 사교육비가 너무 많이 든다는 것은 어제오늘의 얘기도 아니고. 교육 정책이 잘못됐다는 말들도 많지만 애들도 문제가 많아. 나는 요새 중학교 2학년 남학생들을 맡고 있는데 말을 안 들어서 정말 미치겠어. 그런 얘기 들어봤니? 중학교 2학년 놈들은 무서운 개고기들이다,라는 말? 프랑스의 장 콕도라는 작가가 소설에서 사용한 말이라는데 정말 동감이 가는 말이야. 프랑스 사람들은 개를 무척 아끼잖아. 그러니 중학교 2학년 애들을 개고기에 비유를 한 건 최대의 욕이라고 봐야겠지. 우리나라에서야 개고기를 먹는 게 이상하지 않지만. 그런데 며칠 전에는 수업을 하고 있는데 한 녀석이 쉴 새 없이 떠드는 거야. 그래서 수업 중이니 조용히 해라, 그렇게 내가 말했어. 그랬더니 그 녀석이 들은 척도 않고 계속 떠들어 대잖아. 난 원래 체벌주의자는 아닌데 학기 초에는 기선을 잡기 위해서 한 번 정도는 애들을 다그칠 필요가 있거든. 그래서 그 녀석을 나오라고 해서 교탁을 잡고 엎드리게 했어. 그리고 몽둥이로 엉덩이를 몇 대 후려쳤지. 그런데 그 녀석이 마음대로 해보란 듯이 몽둥이를 맞을 때마다 조금도 아픈 기색을 보이지 않는 거야. 화가 머리끝까지 치밀어 올라 인정사정 볼 것 없이 한 스무 대가 넘게 내리 후려쳤어. 내가 좀 이성을 잃은 셈이었지. 아마 그 녀석은 그 후로 의자에 제대로 앉지도 못했을 거야. 그런데 오늘 오전에 수업을 끝내고 교무실로 내려가는데 계단에서 그 녀석을 만났지 뭐야. 어째 가슴 한쪽이 서늘해지더라. 요즘 애들 키도 크고 몸집도 좋잖니. 그 녀석이 계단을 올라오는데 다리를 절고 있었어. 나와 눈이 마주치자 깜짝 놀라더라고. 물론 나도 가슴이 좀 뜨끔했었고. 요즘 애들이 선생을 폭행했다는 보도도 있었고, 학부모가 선생을 폭행했다는 방송도 있었잖아. 그래서 내가 그랬다.

괜찮니? 그랬더니 그 녀석이 단박에 괜찮아요,라며 샐쭉 웃더라. 나도 얼굴에 미소를 지으며 계단을 내려가는데 그 녀석이 선생님, 하고 나를 부르더라. 그래서 돌아보았더니 그 녀석이 저 선생님 좋아해요,라고 큰소리로 말하더니 얼굴이 빨개지더라니까. 중학교 2학년 놈들은 개고기라는 말, 나는 못 믿겠어. 공부를 잘하고 못하고를 떠나서 어린 제자들의 눈동자를 보면 힘들어서 그만두고 싶다가도 마음을 다잡게 되더라고. 무슨 말을 하다가 이렇게 옆길로 샜지? 아, 니가 자모회장이 됐다고 했지? 학부모들이 식사를 대접하겠다고 해서 몇 번 참석해 봤는데 그럴 필요 없어. 애들을 잘 봐달라고 부탁을 하는 모양인데 애가 우선 잘해야지. 너는 나서기 좋아하니까 스트레스 풀려면 그런 활동을 하는 것도 좋지. 유치원이면 행사가 많을 거 아냐? 가서 선생님들도 돕고 학부모들이랑……. 뭐? 이 서방이 사회 활동을 반대해? 보기보다는 사람이 고지식하네. 뭐? 여자는 빨래나 하고 청소나 하란다고? 요즘 젊은 사람들 안 그렇던데 이상하다. 뭐? 나 운전하느냐고? 그럼, 요즘 시대에 여자들도 운전은 필수지. 학교가 멀어서 차가 없으면 안 돼. 뭐? 여자들이 차 몰고 백화점 가는 꼴을 못 보겠대? 차를 몰고 백화점만 가니? 애가 아프면 병원도 가야 하고, 휴가 때면 놀러도 가고, 애들 키울 때는 자동차가 얼마나 편리한데 그런 덜떨어진 소리를 한다니? 이 서방 언제 한번 혼 좀 내야겠다. 뭐? 육성회장을 하면 돈이 많이 드느냐고? 글쎄, 돈이 들기는 들겠지. 그러고 보니까 우리 친정아버지 회갑 때도 육성회장이 대형 화환을 보내온 것 같다. 그런 일이 다른 선생들한테도 없으리란 법도 없고. 글쎄, 그냥 자모위원으로 일한다면 모를까 회장은 좀 부담스럽겠는걸. 당장 그만두래, 이 서방이? 글쎄, 그 말은 일리가 있는 것 같은데. 우리나라에서는 하여간 장 자 들어가는 것은 안 하는 게 좋지. 뭐? 어떡하면 좋겠느냐고? 글쎄다. 뭐하러 그걸 맡았니? 에라, 나도 모르겠다. 알아서 해. 그래그래. 언제 한번 만나자. 전화 끊는다.

이렇게 다 모인 게 얼마 만이야? 그러게요. 필립이 엄마하고 지혜 엄마만 빠졌네. 대신 쌍둥이 엄마가 있잖아요. 아 참, 은솔 엄마! 저번에 유아 스포츠단 펭귄반 애들하고 엄마들이 다 모였다면서요? 네. 그런데 2호차 타고 다녔던 애들은 연락을 안 했다면서요? 아, 내가 물어봤는데 연락을 안 한 게 아니고 연락을 한 줄로만 알았대요. 착각을 했다는 거야? 그래요. 난 연락이 없어서 일부러 안 할 줄로만 알았지. 나도 반장 엄마가 우리한테 무슨 감정이 있나 했어. 참, 산울이는 지금 어느 유치원에 넣었어요? 우리 애는 지금 기독교 선교원에서 운영하는 유치원에 다녀요. 종교 단체에서 운영하면 무료야? 무슨 소리예요, 한 달에 20만 원은 넘게 들어가는데. 쌍둥이네는 어디 다녀요? 샛별유치원이요. 아, 거기는 시설이 좋다면서요? 좋기는 한데 애가 둘이라 돈이 너무 많이 들어가요. 상호는 어디 다니죠? 우리 애는 작년처럼 유아 스포츠단에 넣었어요. 아, 그래요. 양창국 선생님 잘 계시죠? 그럼요. 참, 준영이하고 우람이는 동일초등학교 병설 유치원에 합격했다면서요? 경쟁률이 대단했다면서? 30명을 뽑는데 128명이 몰렸어요. 어머나, 그러면 사 대 일이 넘었네. 왜 그렇게 몰렸대요? 싸잖아요. 한 달에 얼마나 내는데? 한 달에 3만 원 꼴이에요. 어머, 그렇게 싸? 왜 그렇게 싸대? 정부에서 지원을 한다죠, 아마. 그런데 우람이 엄마는 오늘 왜 시무룩하게 앉아서 한마디도 안 해? 우람이 엄마는 지금 자모회장님이 되셔서 걱정이래요. 자모회장님이 되셨다고? 어머, 축하해. 축하할 일이 아니에요. 왜? 돈 들어갈 생각 때문에 걱정이 태산이래요. 참, 쌍둥이 엄마도 자모회장이 됐다면서? 그만뒀어요. 왜? 남편도 말리고 돈도 많이 들까 봐서요. 우람이 엄마도 자모회장을 못하겠다고 말을 해야겠다는데 차마 입이 떨어지지 않는대요. 우람이 엄마, 정말 그래? 그러면 오늘 모인 김에 그 애기를 좀 해봅시다. 자모회장이 되면 뭐가 좋은데? 우리 애들이 유치원 졸업하면 모두 동일초등학교에 들어갈 거잖아요? 그거야 그렇지. 미리 학교 분위기도 경험할 수 있고 쉽게 적응할 수 있겠죠. 자모회장이 되면 구청 행사에 여기저기 불려다닌다는 말도 있던데요? 연설도 하고? 그래요, 우람이 엄마? 그러면 지역 유지가 되는 거네요. 하기야 요즘에 아줌마부대를 무시할 수는 없겠지, 뭐. 자모회장 애라면 선생님들도 더 신경을 써주겠죠. 그래 남편은 뭐래? 뭐라구요? 여자는 집에서 밥이나 하고 빨래나 하래요? 어머, 우람이 아빠 너무 권위적이다. 맞아요. 그래서 우람이 엄마는 뭐라고 했는데? 그랬더니요? 어머, 말도 안 돼. 승용차 몰고 백화점에 가는 마누라들을 못 보겠다구요? 남자만 운전하라는 법이 어디 있어요. 자전거 타고 백화점을 다니래? 어머, 세상에. 어머, 너무했다. 아이엠에프가 왜 왔고? 우람이 아빠가 그렇게 말해? 어머, 세상에 그럴 수가. 여자들도 군대에 가라고요? 어머, 우람이 아빠가 그랬단 말이에요? 어머머, 어머머. 21세기의 마지막 희귀 동물이다, 우람이 아빠. 남자들 생각이 다 비슷하겠지요, 뭐. 요즘에는 남자들이 여자들한테 얼마나 잘하는데 그런 소리를 해요? 맞아, 주말마다 같이 청소하고 빨래하고 가사 분담을 같이하는 남편들이 얼마나 많은데요. 우람이네는 애가 하나잖아? 유치원도 병설로 들어가서 부담도 덜하겠네, 뭐. 그 정도면 자모회장도 할 수 있는 거지 왜 반대를 해, 우람이 아빠는? 여자들이 나서지 않으면

되는 일이 뭐가 있어요? 맞아요, 우리 같은 아줌마부대가 이제
는 21세기의 주역이라구요. 아니, 남자들이 돈 벌어 오면 여자
들은 그 돈을 어떻게 쓰고, 어떻게 저금을 하는지 제대로 알기
나 한대? 맞아요, 나는 지금까지 결혼한 후로 백화점에서 옷 한
벌 사본 적이 없어요. 나도 그래요, 백화점에서 옷을 산 적은 있
지만 전부 남편하고 애들 옷만 샀지 내 옷은 사본 적이 없다니
까요. 나도 마찬가지야. 맨날 시부모 옷에 시누이, 도련님 옷이
나 사주었지 내 자신을 위해 뭘 사보질 못했다니까. 그리고 여
자들이 운전하면 왜 안 돼요? 전에 텔레비전에서 보니까 여성
운전자들의 교통사고율은 거의 없다시피 하더래요. 뭐, 여자들
보고 군대에 가라고? 그러면 남자들보고 애 좀 낳아 보라고 그
래. 그래요. 여자들더러 맨날 돈만 쓴다고 하지만 남자들은 술
먹으면서 돈 안 쓰나? 전에 우리 남편은 술값으로 하루저녁에
백만 원을 날렸잖아요. 그때 아주 이혼을 해버리려고 했다니까
요. 이번 기회에 우람이 엄마도 우람이 아빠의 정신 상태를 고
쳐 놔야 돼. 그렇게 살면 평생 쥐여 산다니까. 맞아요. 여자들도
이제는 따질 것 따지고 할 것도 하고 살아야 한다니까요. 뭐라
고? 내가 무슨 말을 심하게 해? 아니, 우람이 아빠한테만 하는
소리는 아니지. 뭐라고? 아니, 말이 그렇잖아. 남자들이 원래
권위적이고 독선적이고 그러니까…… . 우람이 엄마, 하는 말이

듣기가 좀 거북스럽네. 뭐? 나도 권위적이라고? 내가 언제? 내가 그렇게 말한 건 당신 남편의 정신 상태에 문제가 있으니까 고치는 게 좋겠다고 한 말이지, 그걸 오해하면 어떻게 해? 뭐? 내 말투가 어째서? 나 반말하는 거 어디 하루 이틀 보나? 나이는 갑자기 왜 물어? 그러는 당신은 몇 살이야? 뭐? 서른셋? 어디 나이도 어린 게 까불고 있어? 난 서른다섯이다, 왜? 뭐야? 내가 고등학교 중퇴했다고 누가 그래? 뭐? 내가 무식하다고? 너 이년, 일루 와봐. 나 고등학교 중퇴할 때 보태 준 거 있어? 이년아, 너는 도대체 얼마나 똑똑해서 나한테 무식하다는 말을 해. 씨발 년, 지 주제에 자모회장 좋아하네. 오늘 죽을 줄 알아. 쌍년이 어딜 도망가. 너 일루 안 와? 너, 일루 안 와!

뭐? 이사를 가자고? 이년이 정신이 있나, 없나. 뭐? 자모회장 건 때문에 산울이네 집에 모였었다고? 그런데? 성욱이 엄마하고 싸워? 왜? 나 때문에 싸워? 왜? 그 여편네가 내 욕을 해? 왜? 내가 먼저 무슨 욕을 해? 적금 깨서 운전면허 학원을 등록했다고? 내가 언제 그 여자 욕을 했어, 욕을 했다면 그걸 허락한 남편 새끼를 욕했겠지. 뭐? 그래서? 하여간 씨발 년들이 모여서 할 일들이 없으니까 남편들 흉이나 보고 한심하다 한심해. 야, 그런 데서 그렇게 얘기를 하면 나는 뭐가 되냐? 너한테 들으라고 한 소리지 동네 여편네들 다 모아 놓고 그렇게 떠들어 버리면 나더러 어떡하란 거냐? 뭐? 무슨 이사를 가. 도 망간다고 일이 해결이 되냐, 이년아? 자모회장이 무슨 벼슬이 나 된다고 그걸 가지고 아직까지 지지고 뭉개냐? 그만둔다고 얘기하면 되잖아? 자존심? 자존심 같은 소리 하고 자빠졌네. 까짓것, 그러면 해버려. 그거 한다고 수억 들겠냐. 기왕 자모회 장을 할 거면 너만의 특성을 살리면 되잖아? 어떻게? 예를 들 면 역대 자모회장 중에서 가장 돈을 안 쓰는 회장이 되면 되지, 뭐. 돈은 먹고 죽으래도 없고 남는 건 시간하고 힘밖에 없다고 해. 너는 이년아, 몸을 털면 떨어지는 게 시간이고 힘을 썼다 하면 옹녀는 저리 가라잖아? 아니, 욕을 하는 게 아니라 그렇게 가벼운 마음으로 하라는 거지. 뭐? 그때는 집안일도 제대로 못 하면서 나서서 설치는 것 같아 그랬지, 이년아. 뭐라고? 그래 서? 내가 언제 새 옷 사달라고 했냐? 뭐? 내가 언제 옷 사 입지 말래? 뭐? 이년이 이상한 사람을 만드려고 하네. 내가 언제 여 자들을 무시했다고 그래? 뭐? 그러면 주부가 밥하고 빨래하고 청소해야지 그럼 내가 하리? 뭐? 가사 분담을 같이하자고? 야, 지금 나라가 이 모양 이 꼴인데 일찍 퇴근해서 집안일을 돌보 라고? 제발 허파에 바람 들어가는 소리 좀 작작 해라. 작은엄 마가 나를 왜 가만히 안 둔대? 운전 못하게 한다고? 도대체 너는 무슨 말을 어떻게 하고 다니는데 사방팔방에다가 나를 죽일 놈이라고 소문을 내고 자빠졌냐? 뭐? 말조심하라고? 세상 많이 좋아졌다. 이젠 여편네가 상투 잡고 놀자고 하네. 뭐? 이 집이 절반이 왜 니 꺼냐? 뭐라고? 장인어른이 이 집을 살 때 절반을 댄 건 사실이지만 왜 니 꺼 내 꺼를 따지느냐고? 소 팔고 논 팔아서 댄 거라고? 누가 아니래? 누가 안 갚는데? 자모회장이 되더니 위세가 당당하네, 쌍년. 아주 협박을 하는구만. 뭐? 맘대로 해. 이혼을 하든지 자모회장을 해서 집을 말아먹든지 알아서 해. 난 몰라. 난 모른다니까!

새로 뽑힌 자모회장님이시라구요? 아, 그러세요. 축하합니다. 그런데 무슨 일로 저한테 전화를 하셨어요? 네. 그렇죠. 작년에 제가 자모회장을 했었죠. 돈이 많이 드느냐구요? 아, 걱정이 되신다구요? 사실 저도 처음에는 걱정을 많이 했었는데 그럴 필요 없어요. 다른 유치원은 모르겠지만 우리 동일초등학교 병설 유치원은 달라요. 입학식 때 교장선생님하고 원감님 보셨어요? 깐깐하게 생겼죠? 맞아요. 작년 스승의 날 때 선생님들한테 선물을 사서 보냈는데 전부 애들 편에 돌려보냈더라구요. 행사가 있을 때는 학부형들끼리 일손을 도우면 되고 돈을 모을 때는 만 원 이상 모은 기억도 없어요. 그리고 여기는 참 좋은

186

게 인성 교육을 시키더라구요. 예? 예를 들면 어른들한테 인사를 하고 도장을 받아 오라고 한다던가, 엄마를 도와주고 도장을 받아 오라고 한다던가……. 하여간 자모회장을 맡았다고 너무 겁먹지 말아요. 참, 애 이름이 뭐예요? 우람이? 성은요? 아, 이우람? 아, 이름이 너무 씩씩하다. 그런데 바깥 분은 뭐하는 분이세요? 네? 비밀이라구요? 그러면 무슨 국정원에 다니시나 보죠? 네? 어떻게 알았느냐구요? 거기에…… 다니신다구요? 아, 네. 그러신 것 같았어요. 우리 언제 한번 만날까요? 같은 자모회장끼리요. 그래요, 우리 한번 만나요. 꼭이요, 꼭.

르호봇의 뱀

남자가 혓바닥으로 여자의 성기를 핥기 시작했는데 누군가가 발칵 방문을 연다. 열린 방문 사이로 달려들어 온 찬바람은 우리들의 발목부터 휘감는다. 때문에 우리들은 펄쩍 뛸듯이 놀라 허둥거리기 시작한다. 비디오의 전원을 끄고 저마다 입에 물고 있던 담배를 숨기느라 정신이 없다. 차디찬 바람은 희부옇고 농밀하게 들어찬 방 안의 담배 연기를 이리저리 휘저어 놓는다. 되레 놀랐다는 표정으로 방문의 손잡이를 잡고 서 있는 사람은 야곱이다. 확, 된장을 발라 버릴까 보다. 개 상놈의 새끼, 놀랐잖아! 빨리, 문 안 닫아! 여기저기서 욕설이 튀어나온다. 입춘이라고는 하지만 찬바람의 기운이 좀처럼 꺾이지 않던 그날 오후, 우리들은 좁은 방구석에 모여 앉아 어른들 모르게 포르노 비디오를 보며 담배를 뻐끔거리고 있었던 것이다. 방 안으로 들어선 야곱은 바닥에 앉지도 않은 채 한 아이에게서 담배를 빼앗아 한 모금 깊게 빨아들인다. 그러고는 한숨 섞어 연기를 길게 내뱉으며 몸서리를 친다. 배, 뱀들이 얼마나 우글거리는지 아냐? 그렇게 많은 뱀들을 본 건 평생 처음이다. 우리들은 야곱이 무슨 말을 하는지 도무지 이해할 수가 없다. 이런 한겨울에 뱀을 봤다니 도대체 무슨 말인가. 설사 야곱이 뱀 굴에 빠졌다가 나왔다 해도 별로 놀랄 일이 아니다. 어디선가 뱀이 튀어나왔다면 가만히 보고만 있을 우리들이 아니기 때문이다. 다투어 뱀을 잡으려고 한바탕 소란을 피웠을 것이 뻔하다. 개새끼, 어떤 년 종아리를 보고 보지 봤다고 하는 거 아냐? 야곱이 옮긴 말은 대강 이렇다. 야곱의 아버지 이삭은 늦은 점심을 먹고 대파 밭으로 가기 위해 온통 눈으로 덮인 르호봇 골짜기를 올랐다고 한다. 르호봇에는 상수리나무나 느릅나무, 소나무 등 키가 큰 나무들이 빽빽하다. 이삭은 르호봇을 오르다가 상수리나무 밑 돌무덤에서 구멍을 하나 발견했는데 그구멍의 주위에만 잔 얼음이 엉겨 있었다. 뱀 굴의 숨구멍이라는 것을 알아차린 그는 삽을 구해 언 땅을 파헤쳤다. 구덩이에서는 동면 중이던 수십 마리의 뱀들이 뭉텅이로 엉켜 꿈틀거렸다. 놀라운 것은 정부미 포대에 뱀을 쓸어 담다가 희끗한 것이

언뜻 눈에 띄었는데 몸체가 눈부시게 하얀 뱀 한 마리가 무리
에 섞여 있었다. 그런데 그 하얀 뱀은 자세히 보니 내장을 볼
수 있을 정도로 속이 내비치는 뱀이었다. 그 뱀은 다른 것들에
게 호위라도 받듯이 뱀 뭉텅이 가운데에 끼어서 쉽게 빠지지
않더라고 야곱은 직접 목격한 사람처럼 말했다. 너도 그 하얀
뱀을 봤니? 아니. 왜? 아버지가 안 보여 주더라. 난 뱀 뭉텅이
만 봤다. 야곱은 힘없이 말하고는 다시 진저리를 친다. 야곱은
곧 빌린 고물 오토바이를 몰고 밧단아람면(面)에 있는 외삼촌
가게에 간다며 서둘러 떠난다. 야곱의 외삼촌 라반은 번화가인
면사무소 앞 삼거리에서 버젓이 뱀탕집을 하고 있다. 누군가가
포르노 비디오를 다시 튼다. 우리들은 투명하다는 뱀에 대해
호기심이 당기는 것을 서로의 눈초리를 통해 대번에 알 수 있
다. 한 여자와 두 남자가 벌이는 오입질. 그러나 비디오는 우리
의 관심 밖으로 밀려난다. 우리들은 포르노 비디오를 최소한
스무 번씩은 넘게 반복해서 보았고, 모든 장면을 자세히 기억
하고 있을 뿐만 아니라 실제로 재현할 수 있는데 그럴 수 없어
서 몸이 근질근질할 정도다. 똑같은 여자와 남자, 똑같은 체위
에 질려 있던 우리들에게는 투명한 뱀의 출현이 대단한 흥밋거
리가 아닐 수 없다. 포르노 비디오를 처음 마주했을 때처럼 가
슴이 설레면서 오줌보에 힘이 차오른다. 하얀 뱀을 백사라고

하던가? 맞다! 백사는 보약으로 최고라고 하더라. 백사가 아니라 속이 투명하다잖아. 그러니까 투명 뱀이겠지. 아무튼 투명 뱀이 잡혔으리라는 추측은 호기심이 주체할 수 없이 불어난 우리들에게는 날카로운 바늘 끝이나 마찬가지다. 어렸을 적에 청사가 잡혀 구경거리가 된 적은 있지만 우리들이 사는 그랄 마을에 백사가 나타났다는 말은 들어 본 적이 없다. 하물며 투명한 뱀이 출현했다니 도대체 무슨 말인가. 그 새끼, 사기 치는 거 아냐? 그러게 말이야, 세상에 속이 들여다보이는 뱀이 어디 있냐? 호기심을 뒤로 미룬 채 어둡고 텁텁한 방구석에 가만히 앉아 꽁초만 없애고 있을 우리들이 아니다. 우리들은 포르노 비디오가 끝나자마자 눈빛을 번득이며 야곱네 집으로 몰려간다. 우리들이 투명 뱀을 잠깐만 보여 달라고 부탁하자 이삭은 손을 내저으며 단호하게 거절한다. 그는 소문낼 일이 아니라면서 우리들을 마루 끝에 앉지도 못하게 밀쳐 낸다. 뱀 무더기라도 보게 해달라고 졸라도 막무가내다. 그렇다고 쉽게 포기할 우리들이 아니다. 커다란 항아리에 담긴 뱀들이 모두 독사들일 거라는 이삭의 말에도 우리들은 좀처럼 물러서지 않는다. 오래된 주간지를 넘겨 보다가 듬성듬성 찢겨 나간 부분들이 오히려 엉뚱한 상상과 호기심을 더욱 불러일으키듯 우리들은 당장 볼 수 없는 투명 뱀에 대한 궁금증이 빳빳하게 고개를 쳐드는 것을 느낄 수 있다. 괜스레 부아가 치민다. 요란한 엔진 소리가 들린 것은 그때다. 오토바이 한 대가 멈칫거리며 좁은 마당 안으로 들어서고 있다. 야곱의 외삼촌 라반이다. 야곱이 고물 오토바이를 몰고 면으로 떠난 지가 얼마 되지 않았는데 라반이 도착하는 걸 보니 길이 서로 어긋난 모양이다. 야곱이 타고 간 오토바이는 라반의 것과는 상대가 되지 않는다. 광택을 내어 번질번질한 라반의 오토바이는 무엇보다 힘찬 엔진 소리가 압도적이다. 검정색 바탕에 노란색 번개무늬가 새겨진 헬멧은 뒤집어쓰고 일부러 벽을 부딪쳐 보고 싶도록 매력적이다. 무슨 뱀인가? 방 안에서 흘러나온 이삭의 목소리에는 흥분한 기색이 역력하다. 방문을 안에서 잠가 버렸기 때문에 우리들은 안을 들여다볼 수가 없다. 글쎄요. 백사 같기는 한데…… 이런 놈은 나도 처음이오. 예삿놈은 아니지? 예. 백사는 원래 구렁이가 변한 것이라고들 하던데, 이놈은 몸빛이 허연 데다가 속이 훤히 보이기까지 하니 정말 희한한 일이네요. 우리들은 이삭과 라반의 조심스러운 대화를 엿듣고는 흥분하기 시작한다. 잘못 들은 게 아니라면 뱀은 정말로 속이 다 보이는 투명 뱀이라는 얘기다. 우리 그랄 마을에서 잡히는 특별한 뱀이라야 까치 독사나 살모사 정도가 고작이다. 그런 놈들이 당장 발밑에 도사리고 있다 해도 우리들에게는 별로 문제가 될 게 없다. 손으로 재빨리 대가리를 움켜쥐는 것도 예사고 사정이 여의치 않으면 돌로 냉큼 찍어 버리면 그만이다. 어쨌거나 우리들로서는 물이나 유리처럼 내장을 속속들이 들여다볼 수 있는 뱀이 있다는 말은 들어 본 적도 없고, 믿어지지도 않는다. 라반은 오토바이를 몰고 신작로 위에 불빛을 쏘아 대며 떠나간다. 오랫동안 얘기가 오갔지만 이삭과 라반은 뱀이 예사롭지 않다는 말만 되풀이했을 뿐이다. 그들은 투명 뱀에 대한 가격도 가늠해 보는 눈치였으나 누구도 섣부르게 단정하지는 못했던 것이다.

커다란 항아리에 담긴 뱀들은 몇 마리인지 헤아릴 수조차 없다. 2, 30마리는 족히 되어 보이는데 모두들 똬리를 틀고 있어서 그런지 실제보다 많게 느껴지는지도 모른다. 놈들은 가끔씩 갈라진 혀를 날름거릴 뿐 그야말로 서리 맞은 구렁이 꼴이다. 뱀들은 대개 엷은 회색빛을 띠고 있는데 곳곳에 아로새겨진 동전 모양의 회색 점무늬는 묘하게도 우리들로 하여금 소름이 오슬오슬 돋게 한다. 입춘이라고는 하지만 찬바람의 위세가 만만치 않아 놈들은 얼마 후면 모두 죽어 나자빠질 것이 분명하다. 야곱의 어머니 리브가는 아까부터 어둡고 좁은 부엌에서 흡사 항아리에 들어 있는 뱀처럼 꼼지락거리며 구경에 열을 올리는 우리들이 영 못마땅하다는 눈치다. 야곱의 아버지 이삭은 날이

밝자마자 서울을 향해 떠나고 집에 없다. 투명 뱀의 시세를 알 아보기 위해서라는데 뱀탕집 주인인 야곱의 외삼촌이 영 못 미 더운 탓이라고도 한다. 야곱의 형인 에서가 게거품을 물고 나 자빠진 것은 바로 어제저녁 무렵이었다. 처음엔 에서가 뱀에 물린 것이 아닌가 해서 모여 있던 사람들이 무척 놀란 모양이 었지만 그렇지는 않았다. 우리들은 옆에서 지켜보지 않았어도 에서의 발작을 손쉽게 머릿속에 그려 낼 수 있었다. 몸이 뻣뻣 이 굳으면서 의식을 잃고 쓰러졌을 것이고, 쥐약 먹고 죽어 가 는 개처럼 사지를 부들부들 떨었을 것이 틀림없었다. 에서는 간질을 앓고 있었던 것이다. 그런데 마침 이삭이 뱀을 잡은 날 밤에 에서의 간질 증세가 재발된 것이었다. 그러나 야곱의 주 장은 다르다. 간질은 무슨…… 그 새끼 투명 뱀을 처먹으려고 수작 부리는 거야. 야곱은 볼멘소리로 그렇게 말하고는 부엌을 나선다. 우리들은 덩달아 부엌에서 몰려나오면서 야곱의 표정 을 살폈으나 누구도 말을 걸지는 않는다. 야곱은 형인 에서를 뱀이나 전갈을 보듯 한다. 물론 에서의 입장에서도 상황은 마 찬가지일 터다. 하여간 에서는 밧단아람면에서도 이름만 대면 사람들이 머리를 설레설레 저을 정도로 소문이 파다한 깡패다. 에서는 교도소에도 몇 번씩이나 들락거렸고, 그로 인해 이삭이 소중히 여기던 배추 밭도 남의 손에 넘어갔다는 사실은 너무나 많이 알려진 애기다. 야곱네는 집만 겨우 남았을 뿐 모든 재산을 축내 버렸던 것이다. 더구나 그 이후로 실성기가 있었던 야곱의 고모가 목을 매고 자살을 하는 바람에 온 동네가 발칵 뒤집어진 일은 아직도 기억에 생생하다. 야곱의 고모가 르호봇 골짜기에 있는 느릅나무 가지에 목을 끈으로 묶고 죽은 모습을 본 사람이 우리들 중에서도 둘이나 된다. 사람들은 마을이 전에 없이 시끄러워지고 야곱네가 끊임없이 불행에 시달리는 원인이 에서 때문이라고 입을 모았으나 달리 어쩔 도리는 없다. 정작 에서는 죄의식을 느끼지 않았을뿐더러 오히려 자신이 피해자인 양 집안 식구들이나 우리 그랄 마을 사람들에게 으르렁거리기가 일쑤다. 우리나 마을 사람들은 이삭의 태도를 도무지 이해할 수가 없다. 이삭은 배추 밭을 팔아 버린 일 이후로 하루가 멀다 하고 르호봇 골짜기를 슬픔에 젖어 오르내리면서도 행여 에서를 원망하는 기색이 없었던 것이다. 투명 뱀을 지가 처먹겠다고? 어림없는 소리. 재떨이에 담뱃불을 비벼 끄며 야곱은 중얼거린다. 채 죽지 않은 담배의 불씨 위에 가래를 돋우어 뱉고서 그는 발랑 드러눕는다. 우리들은 야곱의 방에서 어른들 모르게 담배를 빨거나 색 바랜 주간지를 뒤적이며 허다한 시간을 죽여 대고 있느라 죽을 지경이다. 권태를 느끼면서 우리들은 서서히 지쳐 가기 시작한다. 산골, 그것도 겨울 산골에서 우리가 할 일은 공상에 빠지는 것 외에는 아무것도 없다. 어떻게 하면 밧단아람면에 새로 생긴 나이트클럽에 들어가 신 나게 놀 것인가, 혹은 어떻게 하면 계집애들을 여관으로 꾀어 내 따먹을 것인가, 이런 두 가지 공상에 대해서는 한 가지 조건이 뱀처럼 똬리를 틀고 있었기 때문에 우리들은 꿈틀거릴 수밖에 없다. 조건이란 다름 아닌 돈이다. 나이트클럽이나 여관에 들어가는 일이야 어려울 게 없으나 돈을 구할 방법이 없으니 문제다. 어른들의 담뱃갑에서 한두 개비씩 슬쩍 훔쳐 내어 흡연을 즐기는 우리들의 형편으로는 돈이야말로 버젓이 알고 있는 공식이면서도 도저히 풀 수 없는 수학 문제와 별다를 게 없다. 우리들의 친구 야곱이 에서를 사갈시하는 것을 우리들은 충분히 이해하고도 남는다. 에서는 야곱보다 나이가 열한 살이나 위고, 장남에게 쏟는 열정이 남다른 이삭이 이것저것 지성으로 해먹인 보약이 효과를 보았는지, 건장한 체구에다 힘이 좋다. 그러나 야곱은 허약한 체질에 계집아이처럼 예쁘장했으나 머리가 좋아 공부를 잘하고 어머니 리브가의 사랑이 또한 별난 데가 있다. 야곱으로서는 가산을 탕진해 대는 형이 밉기도 하겠지만 아버지 이삭의 편애가 못마땅한 것도 부인할 수 없는 사실이다. 정작 우리들의 눈에는 에서의 지나친 학대가 야곱으로 하여금 형에 대한 증오심을 불러일으키게 하는 것 같다. 언젠가 이런 일도 있었다. 아마, 작년 초여름이었을 것이다. 학교 수업을 끝내고 우리들은 그랄행 버스를 기다리며 정류장에 서 있었다. 우연히 골목 한구석에 야곱과 어떤 사내가 마주 서 있는 장면이 눈에 띄었다. 학교 주변에서 불량배들이 돈을 뜯어 간다는 얘기가 심심찮게 들려오던 터라 우리들은 바짝 긴장했다. 그러곤 모두들 야곱을 구해 내기 위해 돌멩이를 하나씩 움켜쥐고 쫓아갔다. 처음에는 누구인지 알아보지 못했으나 사내는 분명 에서였다. 사람을 두들겨 패고 교도소에 끌려갔다더니 빡빡머리를 하고서 에서는 그렇게 불쑥 나타난 것이었다. 귓구멍에 당나귀 좆을 박았냐, 씨발 놈아! 빨리 안 해? 무슨 영문인지 에서는 야곱을 앞에 세워 두고 윽박질렀다. 게다가 그는 대낮부터 술을 마셨는지 목 부위에서 얼굴까지 시뻘겋게 주독이 올라 있었고, 건드리면 쓰러질 것처럼 비틀거렸다. 고등학생치고는 키가 작은 편인 야곱은 어깨를 움츠리며 뭔가 망설이는 표정을 지었다. 그러다가 야곱은 에서의 재촉에 못 이겨 허리띠를 풀더니 바지를 훌렁 까 내렸다. 흰색 팬티가 우리들의 눈에도 선명하게 들어왔다. 우리가 깜짝 놀랐던 것은 그다음이었다. 망설이던 끝에 야곱은 팬티마저 벗어 내렸던 것이다. 형편없이 작은 성기가 드러나 버렸고 거뭇거뭇한 털도 눈에 띄었다. 골목을 지나가던 몇몇 여학생이 멋모르고 기웃거리다가 비명을 내질렀다. 요놈 봐라, 털이 제법 났네. 에서는 킬킬거리며 야곱의 성기를 손가락 끝으로 톡톡 치기도 하고 성기 주위에 돋아난 털을 잡아당기기도 하면서 장난을 쳤다. 우리들은 야곱의 얼굴이 늦가을 감나무에 달린 홍시처럼 붉게 물드는 것을 똑똑히 보았다. 더군다나 야곱의 눈이 물기에 젖어 증오로 번득이는 것을 알았지만 우리들은 그를 구해 낼 방법이 없어서 가슴만 쳐야 했었다. 요란한 오토바이 엔진 소리가 들려와 우리들은 서둘러 담배를 재떨이에 비벼 끄고 밖으로 향한다. 야곱의 외삼촌인 라반이 오토바이를 몰고 대문을 들어서고 있다. 오토바이에 부착된 확성기에서 흘러나온 시끄러운 뽕짝은 어느덧 어두워진 하늘로 함부로 퍼져 나가고 있다. 라반은 이삭을 만나러 온 모양이다. 그러나 이삭은 어둠이 짙게 깔렸는데도 돌아오지 않는다. 라반은 건강원 주인으로 불리기를 바라는 눈치였으나 눈매부터가 뱀의 그것을 빼박은 땅꾼이다. 더군다나 우리들은 라반이 뱀을 산 채로 잡아먹는 장면을 지켜본 적이 있다. 어느 초여름 날 우리들은 르호봇 골짜기에서 뱀 한 마리를 잡아 흰 이를 번뜩이는 라반을 맞닥뜨렸었다. 그는 우리가 보란 듯이 산 채로 뱀을 먹기 시작했다. 우선 뱀의 대가리를 왼손으로 화투 패를 움켜쥐듯이 엄지를 세워 잡고 이빨로 목 부위를 물어뜯어 대가리를 잘라 냈다. 그러고는 꼬리도 이빨로 능숙하게 잘라 내고는 오른손 엄지를 뱀의 표피 속으로 끼워 넣는가 싶더니 재빠르게 아래로 훑어 내려 창자를 걸러 냈다. 그다음에는 손가락으로 뱀의 껍질을 단 두 번에 걸쳐 벗겨 냈다. 불과 1분도 걸리지 않은 단도리가 끝나자 라반은 잠시 머뭇거렸다. 라반은 다시 한 번 흰 이를 드러내며 미소를 짓더니 입 안으로 뱀을 밀어 넣기 시작했다. 그런데 그의 입속에서 죽은 줄로만 알았던 뱀이 여전히 꿈틀거리고 있어서 우리들은 낯을 찡그렸다. 뱀의 꼬리가 양쪽 볼에 번갈아 달라붙을 때마다 라반은 자신의 뺨을 때리듯 털어 내면서도 쉴 새 없이 입을 우물거렸다. 자네하곤 더 이상 얘기하고 싶지 않네. 밤늦게 서울에서 돌아온 이삭은 라반에게 그렇게 말하곤 입을 굳게 다문다. 날쌔고 재빨라 보이는 라반의 오토바이를 어떻게든 타보고 싶어서 우리들은 자리를 뜰 수가 없다. 큰 걸로 한 장 내리다. 나에게 넘기쇼, 매형. 일없네. 이삭의 태도에는 심상치 않은 기운이 감돈다. 흘러내린 머리칼을 턱없이 과장된 손놀림으로 빗어 넘기는 그의 동작에서도 예사롭지 않은 자신감이 엿보인다. 거 욕심두. 좋시다, 큰 걸로 두 장. 더 이상은 양보 못해요. 양보는 자네 혼자 실컷 하게. 난 관심 없으니까. 태연한 목소리로 이삭은 딴전을 피운다. 은연중에 라반을 비아냥거리는 듯한 말투다. 아무래도 서울에서 알아본 일이 큰 버팀목이 되는 모양

이다. 배추 밭을 잃고 어깨를 늘어뜨린 채 르호봇 골짜기를 서
성대던 예전의 농사꾼 이삭이 아니다. 선친인 아브라함의 여덕
이 이삭에게 함께했으리라는 마을 사람들의 애기가 아니었더
라도, 투명 뱀은 당연히 누려야 할 행운이요 축복일지도 모른
다. 사실, 우리들에겐 만 원만 있어도 음료권을 끊어 나이트클
럽에 두 명이 들어갈 수 있다. 라반의 말대로 큰 거 두 장이라
는 투명 뱀의 값어치가 40명이나 4백 명을 나이트클럽에 입장
시킬 액수라 해도 우리들에겐 관심의 대상이 아니다. 그저 투
명 뱀이 어떻게 생겨 먹은 뱀인가 보기나 했으면 싶다. 이삭이
끝까지 보여 주지 않겠다고 버틴다면 몰래 훔쳐 내서라도 구경
하고 싶었던 게 솔직한 우리들의 심정이다. 개씹에 보리 알 여
럿 끼네, 정말로. 만만한 게 홍어좆이라더니…… 오토바이에
손대지 말라면 손대지 말아, 니기미 씨발 놈들아! 라반은 우리
들 중의 한 명이 오토바이에 올라타려 하자 분풀이하듯 엉덩이
를 걷어차며 악을 쓴다. 라반은 뜻을 이루지 못하고 신작로 위
로 오토바이 불빛을 마구 쏘아 대며 밧단아람으로 돌아간다.
우리들은 방으로 들어가려는 야곱을 붙잡는다. 너도 아직 그
투명 뱀을 못 봤냐? 응. 왜? 몰라, 좆도. 그리고 우리들은 몰라
도 너무 몰라 입이 쩍 벌어졌다. 내장이 훤히 들여다보인다는
그 투명 뱀이 나이트클럽에 사천 명을 입장시킬 수 있는 액수

로 흥정이 오간다는 말을 야곱을 통해 확인했던 것이다. 그랄 마을 사람들이 르호봇 골짜기를 뒤지고 다니기 시작한 것은 그 무렵부터다.

　점심나절, 르호봇 골짜기를 이리저리 뒤지고 다니느라 우리 들은 찬바람이 불어도 추운 줄을 모른다. 스산한 르호봇 골짜 기에는 앙상하게 가지만 남은 굴피나무와 사람주나무들과 겨 우내 녹지 않은 새하얀 눈이 뒤덮고 있다. 하늘은 구름 한 점 없이 새파랗고 깨끗하다. 우리들은 무릎까지 푹푹 빠지는 눈밭 을 건너기도 하고 돌무덤이나 상수리나무 밑을 뒤지며 삽과 자 루를 들고 버겁게 움직이기도 한다. 젊은 사람들은 물론이고 노인네들까지도 뱀을 잡기 위해 때 아닌 법석을 떤다. 그러나 마을 사람들이 며칠 간이나 계곡을 샅샅이 뒤졌어도 누구 하나 뱀을 잡았다는 사람은 없다. 우리들은 지겹기 짝이 없어 아무 데나 주저앉는다. 서울에는 즉석에서 코브라의 목을 가위로 잘 라 피를 받아 마시고 간은 기름에 튀겨 먹는 곳이 있단다. 우리 들 중에서 누군가의 말이 튄다. 에, 거짓말. 빙신 자슥, 정말이 야. 그런 곳이 열 군데도 넘는다더라. 코브라를 먹기 위해 외국 까지 몰려 나가는 사람들도 있다는 말이 이어질 즈음 우리들은 기운이 쑥 빠진다. 슬슬 배도 고파 왔지만 구덩이에 처박혀 꿈

지락거리는 뱀들과 다를 바 없는 우리들의 처지가 못마땅해졌기 때문이다. 심심하다는 것만큼 우리들을 끈질기게 괴롭히는 게 있을까. 차라리 누군가를 물어뜯고, 할퀴고, 실컷 두들겨 팰 수만 있다면 속이 시원할 성싶다. 언제고 이 지겨운 그랄 땅을 벗어나 돈 많고 사람 많은 도시로 진출하여 온갖 자유를 누리며 사는 게 우리들의 소망이자 희망이다. 저기 좀 봐! 저기, 신작로 말이야. 한 아이가 손가락질하는 쪽으로 우리들의 시선은 집중된다. 콘크리트를 깔아 곧게 뻗은 신작로를 따라 오토바이가 앞장을 서고 승용차 두 대가 마을을 향해 달려오고 있다. 한 대는 검정색이고 또 한 대는 쑥색이다. 햇빛이 검정색 승용차의 앞 유리창에 반사되어 번득번득 눈을 찔러 온다. 신작로는 재작년에 새로 시멘트를 깔아 완성한 것으로 마을 사람들에겐 더없이 고마운 길이지만, 그 길을 따라서 한번 떠나간 이웃들은 다시 돌아오지 않는다. 신작로는 사람들이 그랄 마을을 떠나가기에 매우 편리한 길이기도 한 것이다. 어디서 오는 거야? 아무튼 가보자. 계곡을 숨차게 뛰어 내려와 보니 야곱네 집 주위에 승용차가 나란히 세워져 있다. 오토바이를 타고 온 사람은 짐작대로 야곱의 외삼촌 라반이다. 우람하고 말끔한 승용차에 비하면 라반의 오토바이는 또한 별것이 아니다. 일행 중에는 낯익은 사람이 몇몇 있다. 우리 학교 교장선생님과 밧단아람 면장이 그들이다. 처음 보는 사람은 두 명인데 한 사람은 키가 작고 다른 사람은 터무니없이 키가 크다. 벗겨진 이마에 감색 외투를 단정히 걸친 키 작은 사내는 그중 신분이 높았던지 모두들 그에게 굽실거린다. 그동안 야곱네는 밧단아람면에 있는 한약방 사람들과 도시 사람들이 수시로 드나들며 투명 뱀을 팔라고 성화를 부리는 바람에 정신을 차릴 수가 없을 정도다. 이삭은 그때마다 고개를 내저었는데 뱀을 내놓기 아까워서라기보다 값을 얼마나 받아야 할지를 정확히 판단할 수 없어서 선뜻 내놓지 못하는 것 같다는 것이 몇몇 어른들의 주장이다. 어른들 사이에서는 이삭이 몇 해 전에 팔아 버린 배추 밭 값은 받아야 투명 뱀을 내놓을 거라는 애기가 그중 설득력 있게 나돌고 있다. 아버지는 안 계십니다. 손님들을 맞은 사람은 야곱이다. 말투는 또렷하고 어른스러웠으나 야곱은 승용차까지 몰고 온 손님들을 맞이한 맞상대로서는 너무 보잘것없다. 야곱의 어머니 리브가가 놀란 눈을 하고 뛰어나왔으나 그녀 역시 안절부절못한다. 누님, 군수님이십니다. 라반이 키 작은 사내를 소개한다. 얼굴에 웃음을 지어 바르며 군수가 리브가에게 손을 내민다. 리브가는 허리를 깊숙이 숙이면서 손을 내밀었는데 군수는 허리를 꼿꼿이 세운 채 그녀의 손을 잡는 둥 마는 둥 한다. 진귀한 뱀이 있다기에 구경차 왔습니다. 군수는 여전히 웃는 낮이고 말투는 흔히 지체 높은 사람들이 그렇듯 당당하다. 더군다나 그의 어투는 딱히 누구에게랄 것 없이 내뱉은 말이긴 해도 어딘가 모르게 과장된 위엄이 서려 있다. 군수까지 찾아와 구경을 하겠다는 걸 보면 야곱네 투명 뱀은 소문이 크게 난 셈이다. 군수 일행은 야곱네 집으로 들어간다. 우리들은 잔뜩 몰려든 사람들에게 힘없이 밀려난다. 투명 뱀을 볼 수 있는 절호의 기회로 판단한 우리들은 결사적으로 파고들었으나 사람들은 호락호락 자리를 내주지 않는다. 방 안에서 떠들어 대는 사람들의 목소리를 들을 수 있는 것만도 다행이다. 무슨 뱀인가요, 교수님? 군수의 음성이 들린다. 키가 훤칠하게 큰 사람은 대학교수인 모양이다. 백사의 일종인 것 같습니다. 백사는 구렁이가 백화형으로 변종된 것입니다. 사실, 뱀은 어떤 종류에서든 백화형이 나타나거든요. 이놈들은 특히 보호색을 띠지 못하기 때문에 사람 눈에 띄기 십상이지만 흔하지는 않지요. 구렁이의 백화형은 열성유전자, 즉 유전 형질을 나타내는 원인이 되는 것의 강력한 지배를 받습니다. 대학교수의 나긋나긋한 말씨는 모인 사람들의 탄성을 이끌어 낸다. 투명 뱀이 백사에 불과하다는 말에 우리들은 적이 실망이다. 교수의 말은 계속 이어진다. 따라서 이 백사는 구렁이의 근친 교배에 의하여 우성으로 나타나게 되는 것이죠. 우성이라면……. 대립 형질이 서로 다른 두 품종을 교배시켰을 때 잡종 제1세대에 반드시 나타나는 형질을 말합니다. 어렵군요. 어쨌거나 이놈은 근친 교배를 통해서 생긴 것이라니까 사람으로 치자면 근친상간으로 얻은 자식쯤 되겠구면. 일종의 병신 아닌가요? 군수의 말에 사람들이 한바탕 크게 웃어 댄다. 바짝 약이 오른 우리들은 뱀을 보기 위해 사람들을 밀쳤으나 꿈쩍도 하지 않는다. 참으로 놀라운 건 바로 이겁니다. 사람들은 웃음을 딱 그친다. 여기 대가리에서 밑으로 내려가다가 희미하게 보이는 게 있죠? 이게 바로 심장입니다. 이 밑으로 가서 양쪽으로 기다란 이것이 간장과 위고 그 사이에 낀 것이 폐입니다. 요거요, 요거. 보이세요? 잘 보이지는 않습니다만 이 밑으로 쭉 내려가면 난소와 신장이 꼬리 부분까지 좁은 체강으로 이어져 있죠. 어떻게 내장까지 다 보이는 이런 변종의 변종이 생겼는지 모르겠군요. 더 자세한 연구는 저희 대학 실험실로 옮겨서 했으면 좋겠습니다. 탄성이 여기저기서 터져 나오자 우리들은 속이 뒤집어질 것만 같다. 우리들은 참다 못해 사람들의 가랑이 사이로 파고들기 시작한다. 그때다. 어? 이, 이 사람 왜 이래? 배, 뱀에 물렸다! 방안이 술렁거리기 시작한다. 놀란 군수 일행이 서로 먼저 빠져 나오려고 밀치는 바람에 사람들이 차례로 쓰러진다. 그 바쁜 와중에도 우리들은 방으로 기어가려다가 무참하게 바닥에 깔리고 만다. 알고 보니 에서가 갑자기 발작 증세를 보인 것이다. 가까스로 우리들이 방 안까지 기어갔을 때, 투명 뱀은 온데간데없다. 야곱의 어머니 리브가가 뱀을 냉큼 치워 버린 것이다.

사람들이 이렇게 많이 드나들기는 아마 그랄 마을이 들어선 이래 처음 있는 일일 것이다. 야곱네는 소문을 듣고 찾아온 사람들로 북새통을 이루고 있다. 군수 일행이 다녀간 날 이후로도 이삭은 두 번이나 더 상경했다. 그래서 말들이 또 많다. 이삭이 서울에 사는 배추 밭의 주인을 만나 투명 뱀을 넘길 터이니 배추 밭을 되돌려 달라고 무릎을 꿇고 빌었다는 소문이 나돌았다. 그러나 배추 밭의 주인은 뱀을 아주 싫어할 뿐만 아니라 배추 밭도 이미 남에게 팔아 버렸다며 발뺌을 하더란 거였다. 또 이삭이 군수 일행에게 뱀을 구경시킨 것에 대해서 불같이 화를 내더란 소문이 있었다. 야곱에게 확인한 바에 의하면 그네 아버지가 상경한 이유는 알 수 없었으나 투명 뱀을 공개한 것에 대해서는 차려 온 밥상을 엎어 버릴 정도로 역정을 내더라고 했다. 투명 뱀의 값어치가 하루가 다르게 뛰어오른 것도 화제라면 화제였다. 뱀을 판 값으로 밧단아람면에서도 길목이 좋은 곳의 건물을 하나 살 수 있다느니, 배추 밭은 물론이고 서울에 집 한 채를 살거라느니, 마을 사람들의 입에서 입으로 전해졌다. 이 점에 대해서도 사실 여부를 야곱에게 물어보았으나 야곱은 멍청하게도 모른다고 했다. 한 가지 이상한 것은 군수 일행 앞에서 한바탕 발작을 일으켜 소동을 피웠던 에서가 매일 술만 마셔 댄다는 사실이었다. 투명 뱀의 내장을 들여다보기는커녕 꼬리조차 보지 못한 우리들은 야곱네 집에 거의 광적으로 들락거렸다. 우리뿐만 아니라 라반도 마찬가지다. 라반은 자신이 뱀을 구입하지 못하면 다리를 놓아 주고 구전이나 얻어먹겠다는 심사인지 영 막무가내다. 특히, 라반의 끈질긴 집착의 배후에 군수가 버티고 있다는 사실은 본인의 진술을 통해 이미 알려져 있다. 투명 뱀을 볼 수 있는 기회가 우리들 앞에는 영영 다가오지 않을 줄로만 알았는데 생각보다 쉽게 그 행운은 성큼 다가왔다. 숨을 죽이고 텔레비전 앞에 모여 앉은 우리들 모두는 놀란 뱀처럼 머리를 바짝 쳐든다. 야, 니네 아버지 나왔다. 누군가 외친다. 야곱의 아버지 이삭이 억지웃음을 지으며 텔레비전 화면에 나타난다. 전날 방송국에서 사람들이 몰려와 투명 뱀을 촬영하고 갔던 것이다. 투명 뱀이다. 숨이 넘어갈 듯한 누군가의 외침을 의식하지 못할 정도로 우리들은 긴장하고 있다. 방의 공기는 가슴이 답답할 만큼 농밀하다. 텔레비전 화면에는 새하얀 뱀이 상자에 담겨진 채 죽은 듯 널브러져 있다. 얼핏 보기에는 평범한 백사에 불과하다. 잠깐 방심하는 사이에 뱀이 화면에서 푹 사라진다. 영문을 몰라 눈을 껌벅였으나 사라진 투명 뱀은 다시는 화면에 나타나지 않는다. 그걸로 끝이다. 그러니까 우리들이 투명 뱀을 지켜본 시간은 몇 초에 불과하다. 방송국 사람들은 야곱네 집에 한 시간이 넘게 머물렀다가 갔는데 기껏해야 십 초 내외를 방송한 셈이다. 하여 우리들의 궁금증은 해갈의 기미는 없고, 목마른 터에 콜라인 줄 알고 간장을 한 모금 목구멍으로 넘긴 듯한 조갈증과 걷잡을 수 없는 분노를 동시에 맛보고야 만다.

극성을 부리던 겨울 날씨가 눈에 띄게 수그러들 무렵이었다. 투명 뱀이 방송을 탄 지 며칠 안 된 날이기도 했다. 군수가 투명 뱀을 사러 다시 마을에 온다는 이장의 말이 확성기를 통해 마을에 퍼졌다. 야곱네에 전화가 없었기 때문에 이장의 집으로 연락이 온 모양이었다. 고급 승용차를 몰고 군수가 도착한 것은 오후였다. 이삭은 마침 집에 없었다. 분명 이장의 방송을 들었을 터인데 이삭은 어디에도 보이지 않는다. 야곱네는 도대체가 손님 대접이 엉망인 집구석이다. 군수 일행을 맞이한 사람은 이번에도 야곱이다. 아버지는 안 계십니다. 야곱은 전과 다름없이 씩씩하게 말한다. 라반이 야곱을 밀쳐 낸다. 군수 일행은 라반의 안내를 받으며 거침없이 안으로 들어간다. 당당한 태도의 그들을 여전히 리브가는 허리를 깊숙이 숙이고 맞아들인다. 군수의 선친은 탄탄한 재력을 갖춘 졸부라는데 최근에 지병이 악화되어 몸져누워 사경을 헤매고 있다고 한다. 물론 들은 얘기에 불과하지만. 백사가 원기 회복에 좋다는 말을 전해 들은 군수로서는 귀가 번쩍했을 것은 당연한 일이라고 우리들은 생각한다. 군수는 은밀히 라반을 통해 사정도 하고 위협도 가하는 모양이지만 이삭이 막무가내로 말을 듣지 않았던 것이다. 우리 아버지 몰래 숨은 거야. 야곱이 중얼거리듯 말하자 우리들의 시선은 그에게로 쏠린다. 분을 삭이는지 그의 눈매가 가늘게 떨린다. 이삭이 자리를 피한 사실을 어떻게 이해해야 좋을지 몰라 우리들은 그 이유를 곰곰이 따져 본다. 이삭은 투명 뱀을 팔지 않을 생각임에 틀림없다. 달리 생각할 게 없다. 그렇다면 뱀을 도대체 어쩌겠다는 것인가. 산만하게 흩어진 우리들의 시선들은 다시 야곱에게로 모아진다. 퍼뜩 우리들의 머리를 스치는 것이 있었기 때문이다. 야곱은 우리들이 품은 의문에 답이라도 하듯 눈을 부릅떴고 격한 감정이 휘몰아치는지 몸까지 부들부들 떨면서 뇌까린다. 씨팔, 좆도! 그 새끼한테 뱀만 먹였단 봐라, 형 새끼고 뭐고 다 죽여 버릴 테니까. 군수는 화난 표정으로 돌아간다. 모두들 떠나가고 라반만 남았으나 이삭은 밤늦도록 돌아오지 않는다. 기다리다 지친 라반도 분풀이라도 하듯 오토바이 엔진 소리를 내지르며 떠나간다. 라반이 떠난 지 얼마 되지 않아서 이삭이 모습을 드러내 우리들은 서로의 눈을 마주 보며 회심의 미소를 짓는다. 우리들은 쫓겨나다시피 야곱네 집을 나온다. 그러다 우리들은 집 앞에서 누군가와 맞부닥뜨린다. 그 바람에 우리들 중의 하나가 그에게 빰을 한 대 오지게 얻어맞는다. 자세히 살펴보니 에서다. 모조리 죽여 버릴 거야. 에서가 술에 엉망으로 취해 내지르는 소리가 짙은 어둠 속에서 메아리친다. 그는 제대로 사람을 못 알아보는 상태이면서도 우리들에게 한 명씩 돌아가며 귀빰을 날린다. 우리들 중의 한 명이 더 이상 참지 못하고 에서의 멱살을 틀어쥔다. 이놈의 자식들, 그만두지 못해! 밖이 소란스러워 나왔는지 이삭이 나타나 고함을 지른 것은 조금 뒤의 일이다. 그놈의 뱀 새끼 내놔! 씨발, 그놈의 뱀 새끼 내놓으란 말이야. 에서는 이삭에게 고래고래 악을 쓴다. 이삭은 에서의 빰을 세차게 한 대 갈기더니 그래도 성이 풀리지 않았던지 발로 배를 내지른다. 에서는 타고난 싸움꾼답지 않게 힘없이 고꾸라진다. 우리들이 말리지 않았다면 에서는 그날로 이삭이 집어 든 부삽에 아마 요절이 났을 터였다.

라반은 눈치가 없는 사람이거나 천성이 고약한 사람이거나 둘 중의 하나였다. 투명 뱀을 팔지 않겠다고 완강히 버티는데도 그는 야곱네를 뻔질나게 들락거렸다. 이번 일에 가진 것을 모두 내건 도박사처럼 투지에 가까운 의욕을 보였다. 그 소문이 나돌기 시작한 것도 라반의 악의에 찬 계략이 빚어낸 결과였다. 라반이 투명 뱀에 대하여 떠벌리고 다니는 장면을 우리들도 직접 목격했다. 첫 번째 소문은 투명 뱀을 귀한 보약으로 여기는데 실상은 그렇지 못하다는 것이었다. 투명 뱀은 백사의 일종이고, 백사는 독성이 없는 구렁이가 변한 것이기 때문에 약효가 없을뿐더러 이 사실은 과학적으로 증명되었다며 라반은 대학교수의 연구 보고서까지 내보였다고 전해졌다. 두 번째 소문은 야곱네로 봐서는 좀 치명적이었다. 모든 뱀들은 독성이 가장 강할 때인 여름에 잡았어야 제격이라는 거였다. 따라서 야곱네 투명 뱀은 한겨울 동면 중인 것을 잡았기 때문에 설사 영양분이 있다 하더라도 다 빠져나간 뒤라는 말이었다. 이 소문이 알려지자 뱀을 사려고 몰려와 있던 도시 사람들의 발길이 딱 끊기고 말았다. 당연히 뱀의 가격은 떨어질 수밖에 없었다. 가격이 상한선에서 반이 뚝 깎인 눈치더니 그 절반에서 다시 절반으로 깎였다고 했다. 소문을 일으킨 라반은 그날 아침, 야곱네 집에 가지 말았어야 했다. 우리들은 그 장면을 직접 보지 못했으므로 억울하고 안타깝기 그지없었다. 야곱이 들려준 사건의 전모는 대강 이러했다. 라반이 대문을 열고 들어섰을 때 야곱네 식구들은 아침 식사를 하고 있었다고 한다. 에서만이 전날 퍼마신 술에 취해 허연 등짝을 드러낸 채 잠들어 있었을 뿐, 그집 식구 누구도 라반을 거들떠보지 않았다. 모두들 소문을 전해 듣고 심기가 불편했던 것이다. 날씨가 많이 풀렸구먼. 이젠 봄이 오려나 봅니다. 라반은 명랑하게 그러나 능청스럽게 말했다. 야곱은 외삼촌 라반이 거북살스럽고 미웠으나 차마 어쩌지 못했다. 이렇다 할 반응이 나타나지 않자 라반은 되레 원망 어린 시선으로 이삭을 노려보았다. 잠시 침묵이 흘렀다. 나만큼 가격을 후하게 쳐주는 사람도 없는데 뭘 그렇게 버티시우? 라반은 어르듯 말했다. 그러나 야곱네 식구들은 밥상 주위에 둘러앉아 무엇인가 열심히 일하는 사람들처럼 머리를 조아리고 식사를 할 뿐이었다. 팔지 않을 테니 그리 알고 다시는 오지 말게. 이윽고 이삭이 말문을 열었다. 이삭의 대꾸가 반가운 라반으로서는 순순히 물러날 리가 없었다. 아니할 말로 그놈의 뱀이 뭐가 대단하다고 자식새끼처럼 끼고 도십니까? 사람들이 천년 묵은 산삼이라도 캔 것처럼 야단들인데 그래 봐야 뱀이요, 뱀. 사람으로 치면 근친상간으로 까질러 놓은 병신이라잖아요. 싫은 소리 안 하려고 했네만, 자넨 누굴 위해 그렇게 발 벗고 나섰나? 군수 똥구멍 핥고 다니는 사람이 있다는 말, 내

못 들은 바 아닐세. 뭐요? 좆도 모르면서 송이버섯 따고 있네, 정말로. 그러는 매형은 뭐가 그리 잘났기에. 병신 아들에다가 병신 뱀에 잘도 어울리는 집안이다. 그놈의 뱀 평생 끼고 사쇼, 넨장맞을. 이삭은 머리를 버쩍 쳐들고 눈을 번득였다. 그러곤 충격을 받아서인지 안색이 새하얗게 변했다. 씨발 새끼야, 나가! 그때 누군가 소리를 버럭 질렀다. 에서는 눈을 부라리며 방에서 뛰쳐나와 발로 라반의 등을 걸어찼다. 그의 갑작스러운 행동에 놀란 라반은 문턱에 걸려 앞으로 넘어지고 말았다. 그러나 라반도 만만찮은 사람이었다. 벌떡 일어나 에서의 귀뺨을 호되게 날려 버렸던 것이다. 일이 엉뚱하게 틀어진 두 사람은 주먹을 휘두르기 시작했다. 민첩한 동작으로 먼저 주먹을 날린 사람은 에서였다. 주먹을 얼굴에 정통으로 맞고도 잠시 휘청거렸을 뿐, 라반은 곧장 발길질을 하며 반격에 나섰다. 라반의 발길질도 에서의 배에 효과적으로 꽂혔다. 좁은 공간에서의 싸움은 몸동작이 큰 사람보다는, 가까운 거리에서 효과적으로 공략하기 좋게, 동작이 작고 빠른 사람이 유리한 법이었다. 그러한 이유로 발길질을 사용하는 라반보다는 빠른 동작으로 주먹을 날리는 에서가 압도적으로 우세했다. 에서는 바닥에 쓰러진 라반의 등을 올차게 발꿈치로 찍어 버리고서 싸움을 끝냈다. 여기까지가 우리들이 야곱에게 전해 들은 사건의 전부다. 그 뒤로 에서는 줄행랑을 놓았는데, 라반의 고소로 형사들이 에서를 연행하려고 들이닥쳤기 때문이다. 라반은 생각했던 것보다 상처가 심해서 병원에 누워 옴짝달싹 못했다. 이 일로 이삭은 입장이 여간 난처한 게 아니다. 그의 아내 리브가의 찌푸린 눈살도 부담스러웠겠지만 처가의 반발이 상당히 드셌던 것이다. 완연한 봄기운이 감도는 신작로 어귀를 자전거를 타고 밧단아람으로 향하는 이삭의 뒷모습이 보기가 딱하다며 어른들이 혀를 끌끌 차던 것을 우리들은 또렷이 기억한다. 들리는 바로는 이삭이 처남을 붙들고 사정을 했지만 고소를 풀 뜻이 전혀 없노라고 했다. 병원비 일체를 댄다고 해도 라반은 막무가내였다. 이삭은 라반이 일전에 그랬던 것처럼 병원에 줄기차게 드나들었다. 그러나 별 성과가 없는 모양이었다. 처남도 뱀처럼 독하이. 이삭은 넋 나간 듯 문턱에 걸터앉아 중얼거리곤 했다. 망설이던 끝에 이삭은 용단을 내리게 되었다. 투명 뱀을 라반에게 넘기기로 작정을 한 것이었다. 자전거에 뱀을 싣고 밧단아람으로 떠나가는 이삭의 모습은 맥이 빠져 흡사 뱀 허물을 연상시켰다. 그러나 라반은 그다지 심성이 고운 사람이 아니었다. 뱀이고 뭐고 다 필요 없다며 이를 갈더란 것이었다. 라반은 앞니가 모두 부러져 우스꽝스러운 얼굴로 무조건 에서를 교도소에 집어넣겠다고 길길이 날뛰더라는 거였다. 불행은 거기서 그치지 않아 우리들의 마음도 편치 않다. 멀리 달아난 줄 알았던 에서가 자기 집에서 잠복 중인 형사들에게 붙들렸기 때문이다. 그런데 그 불행한 사건은 야곱네 옆집에 사는 이사랴가 가장 많이 알고 있다. 그날 밤, 이사랴는 잠결에 개 짖는 소리를 들었다고 한다. 개가 잠복 중인 낯선 형사들을 향해 짖어 대거니 싶어 그냥 잠에 빠졌다고 했다. 한참 후 이사랴는 잠에서 깨고 말았다. 옆집에서 벅찬 숨결 소리가 들렸기 때문이었다. 그래서 은근히 몸이 뻣뻣해진 이사랴는 옆에 누워 자는 마누라를 더듬었다고 했다. 사내아이가 크게 울어 대는 소리를 듣고서야 이사랴는 마지못해 전깃불을 켰다는 것이다. 야곱네 집에서는 뭔가 깨지는 소리, 그리고 몸과 몸이 부딪쳐서 내는 탁음이 연속으로 들려왔다고 했다. 한참 만에 야곱네 집에서도 전깃불이 켜졌고 에서가 형사들에 의해 끌려 나오더란 것이었다. 이 새끼 순전히 호모 아냐? 동생 등에 붙어서 뭘 어쩌겠다는 거야. 어디 입이 있으면 말 좀 해봐! 에서의 한쪽 팔을 꺾어 잡은 형사 한 명이 윽박질렀다. 이사랴는 그들이 분탕질을 해놓은 방을 들여다보았다고 했다. 방바닥에는 신발 자국과 찢어진 옷가지가 즐비하여 당시의 끔찍한 상황을 나타내고 있더라고 했다. 벌거벗은 채 웅크리고 앉아 엉엉 소리 내어 울고 있던 야곱의 모습은 마치 짐승 같았다며 이사랴는 혀를 내둘렀다. 이사랴는 만나는 사람마다 한결 낮아진 음성으로 이렇게 덧붙이곤 한다. 헌데 그놈이 끌려가면서 지 애비한테 하는 말이 우습더라구. 죽은 우리 엄마 살려 내, 죽은 우리 엄마 살려 내, 하면서 소리를 지르더라니까. 오래전에 자살한 이삭의 여동생이 있었잖은가. 라반의 말로는 그 고모가 에서의 친 에미라는 게야. 그런데 더 웃기는 것은 이삭이라니까. 이삭의 말로는 그 고모가 야곱의 친 에미라는 게야. 참나, 누구의 말을 믿어야 좋을지 모르겠다니까.

르호봇 골짜기에는 눈이 모두 녹아내려 시끄러운 물소리만 높아 간다. 산속에서는 나무마다 잎이 자랐고 배추 밭에는 열십자 모양의 노란 꽃이 피기 시작했다. 주먹만 한 병아리가 양지바른 마당 위에서 졸고 있는 장면이 가끔씩 눈에 띄기도 한다. 우리 그랄 마을에도 많은 변화가 생겨 어수선하다. 야곱네 선산은 물론이고 르호봇 골짜기며 인근 야산이 관광지로 선정되어 측량 기사들이 다녀갔고, 곧 공사가 시작될 예정이다. 우리들은 개학을 해서 학교에 나가고 있다. 그러나 야곱은 학교에 나오지 못한다. 그는 그날 이후로 가운데가 텅 비어 있는 듯한 웃음을 흘리고 다닌다. 더구나 가만히 앉아 있을 때는 입가에서 침이 질질 흘러내리는 것도 알아차리지 못한다. 슬쩍 보아도 야곱은

거의 제정신이 아니다. 이삭이 투명 뱀으로 보약을 만들어 먹였
으나 야곱은 여전히 제정신으로 돌아오지 않는다. 우리들은 그
와 마주쳐도 알은체를 하지 않지만 그날의 사건에 대해서 감히
물어볼 수도 없었다. 어쨌든 우리들은 이삭이 우울한 표정을 지
으면서도 대파 밭에 쭈그리고 앉아 겨우내 뽑지 않았던 대파를
열심히 뽑는 것을 보았다. 파는 여름이든 가을이든 혹은 겨울이
든 언제나 뽑아 먹을 수 있다. 여름에 꽃이 피는데 흰색의 작은
꽃이 모여 공처럼 생겼다. 그 추운 겨울에도 파가 죽지 않는 것
을 보면 희한한 일이다. 이삭은 최근에 밭을 갈아엎고 다시 파
를 심고 있다. 봄이 와도 우리들에게는 달라진 게 별로 없다. 여
전히 방구석에 처박혀 어른들 모르게 담배를 뻐끔거리면서 새
로 구입한 포르노 비디오를 반복해서 보며 색다른 체위를 기억
해 두고 있다. 우리들은 학교를 졸업하고 그랄 땅을 떠나 도시
로 갈 날을 기다리고 있다, 간절히.

바다 입구(ㅅㅁ)

으어 으어어, 소리를 지르며 그는 눈을 뜬다. 상체를 발딱 일으키고 사방을 둘러본다. 널찍한 방 안에는 고요만이 숨이 막히도록 가득하다. 며칠째 똑같은 꿈이다. 바다에 빠져 허우적거리는 꿈. 그는 머리를 난폭하게 몇 번 흔들고서 한숨을 길게 내뿜는다. 미닫이 창문에는 빛의 입자가 어스름하게 퍼져 있다. 창살을 덮은 색 바랜 창호지에는 커다란 나방이 어젯밤에 붙어 있던 그 자리에 꼼짝 않고 있다. 빽빽하게 들어찬 더운 공기가 가슴을 짓누르는 듯하고 목이 타도록 심한 갈증이 몰려온다.

문득 새소리가 들린다. 그는 이불을 박차고 일어나 창문을 연다. 때문에 밤새워 꼼짝도 않던 나방이 소란스럽게 내뺀다. 물기를 머금은 찬 공기가 방 안으로 재빠르게 스며들자 금방 머리가 맑아지는 듯하다. 창밖에는 제비들이 땅에 닿을 듯이 낮게 날아다니며 울어 댄다. 안개로 뒤덮여 산허리만 겨우 드러난 조계산 위로 무거운 하늘이 고스란히 내려앉은 듯이 보인다. 아무래도 비가 올 모양이다. 발걸음을 옮겨 미닫이 방문을 연다. 좁다랗고 긴 마루가 나타나고 또 하나의 미닫이문이 버티고 서 있다. 그는 문을 마저 연다.

순간 눈을 똥그랗게 뜨고 한쪽 발을 든 채 흡사 스냅 사진처럼 멈춰 선 닭 한 마리와 맞닥뜨린다. 긴 꼬리, 그리고 크고 톱니처럼 생긴 볏이 무척 인상적인 수탉이다. 가지런한 수탉의 꼬리 끝이 가볍게 흔들린다. 수탉은 눈치를 살피며 쳐든 발을 내딛는가 싶더니 이번엔 다른 발을 쳐들고 멈춰 서 있다. 두렷두렷한 눈에는 긴장이 감돈다. 뒷마당을 조심스럽게 걷는 수탉을 마주하자 간밤의 의문이 풀려 그는 이마를 친다.

어젯밤 12시가 훨씬 넘은 시각이었다. 그는 낯선 방 분위기가 마음에 걸려 전등불을 켜놓고 잠을 이루지 못했다. 가만 보니 엄지손가락만 한 나방 한 마리가 전등 주위를 불안하게 맴돌았다. 터무니없이 큰 몸체 때문에 나방의 움직임은 그에게 여간 부담이 아니었다. 한곳에 가만히 앉아 있기라도 한다면 굳이 나방을 때려잡을 생각은 품지 않았을 거였다. 방 안을 급히 훑어보았으나 마땅한 물건이 없었다. 그는 전깃불을 꺼버렸다. 하여 나방은 창호지로 된 창문에 달라붙었다. 얼마나 지났을까, 남들에게 들키지 않으려고 조심스럽게 내딛는 발걸음 소리가 들렸다. 처음에는 그냥 지나갈 줄 알았는데 발걸음 소리는 한참 동안 방 주위를 뱅뱅 돌아다녔다. 긴장한 그의 머릿속으로 신용 카드와 유리 주위에 금띠를 두른 예물 시계, 그리고 지갑에 들어 있는 돈 따위가 하나씩 스쳐 갔다. 좀도둑이 틀림없었다. 잠들기를 기다렸다가 값나갈 물건들을 훔쳐 갈 좀도둑이 자칫하면 목숨까지 앗아 갈지도 모른다는 생각에 휩싸여 그는 가슴이 옥죄어들었다. 어느 순간 발걸음 소리는 사라졌다. 가슴을 짓누르던 공포가 서서히 걷히고 어쩌다 보니 잠이 들고 말았다.

손님. 손님, 당아 주무써요? 등 뒤에서 여자의 목소리가 들려온다. 대답도 하기 전에 쪽문이 슬그머니 열리고 50대 중반의 민박집 여주인이 고개를 쑥 디민다. 그녀는 스스럼없이 문가에 걸터앉는다. 여덟 씬디 식사하실라요? 네, 그러죠. 글믄 안방에서 한 번에 묵고 치워 불제라우. 준비할랑께 씻고 건너오씨요. 여주인은 문을 열어 둔 채 나가 버린다. 아주 제멋대로구만. 그는 갈증을 빨리 지우고 싶어 서둘러 방을 나선다. 수돗가에는 웬 젊은 여자가 웅크리고 앉아 오이와 상추 따위를 씻고 있다. 그는 그곳으로 다가갈 마음이 내키지 않아 머뭇거린다. 여자가 고개를 쳐드는 바람에 시선이 마주친다. 그녀는 눈매가 시원한

도회풍의 앳된 여자다. 여자는 만만치 않게 눈길을 보내온다. 어떤 여자와의 눈싸움에도 자신이 없던 그는 먼저 고개를 돌리고 만다. 이윽고 여자가 자리를 내주고 안채로 사라진다.

함부로 낯선 남자와 눈싸움을 벌이는 여자, 그는 쉽게 납득이 가지 않는다. 그는 언뜻 아내의 얼굴을 떠올린다. 아내가 서른여섯 살이라는 사실은 충격일 수밖에 없다고, 아니 용서할 수 없는 일이라고 거듭 되새긴다. 그는 서른네 살이다. 아내와 동갑내기라는 것을 그는 단 한 번도 의심해 본 적이 없다.

시원한 눈매의 그녀는 학생이라고 했다. 그것도 대학생. 그는 그녀가 되바라진 여자임이 틀림없다고 생각한다. 식사를 하는 동안에도 여러 번 눈이 마주쳤지만, 한 번도 피하지 않고 꿋꿋이 그의 시선을 이겨 냈던 그녀는 민박집 딸이었다.

그는 가게에 들러 빵과 플라스틱으로 된 1.5리터 음료수 한 통을 사서 가방에 넣고 산을 오르기 시작한다. 산 입구에 다다르자 벽돌로 견고하게 지은 매표소가 서 있다. 입장료를 내야 한다는 사실이 못내 억울하다고 느꼈지만 등산로를 확인한 다음 매표소로 가서 표를 산다. 선암사를 들르고 조계산 꼭대기를 거쳐 송광사까지 가리라고 마음먹는다. 그리고 송광사에서 바다를 향해 곧장 떠나거나 사정이 여의치 않으면 그 근처에서 하룻밤을 잔다는 계획을 머릿속에 그린다. 주위를 휘둘러보지만 등산객이라고는 한 명도 없다. 평일이기 때문이다.

여행 삼아 훌쩍 떠나왔을 뿐인데 무단 가출과 무단 결근을 동시에 저지른 셈이다. 바다를 언제 처음 보았던가. 어제 새벽, 술기운이 걷히자 그는 불현듯 그런 생각에 빠졌다. 대학 1학년 때 겨울 방학을 이용하여 몇몇 친구들과 어울려 남해에 갔던 것이 처음이었다. 그때를 생각하면 쓴웃음이 흘렀다. 그와 그들 일행이, 기억나는 것이라고는 세찬 바람뿐이었던, 그 바닷가에 불쑥 찾아간 이유는 순전히 오스카 와일드 때문이었다. 문학 열병이 심했던 그와 그들 일행은 와일드의 추종자들이었으며, 특히 그의 저서 《옥중기(獄中記)》는 내용을 훤히 익히고 있던 터였다. 와일드는 《옥중기》에서 밝히기를 자유의 몸이 되면 외국 해변의 작은 마을에 가고 싶다고 했다. 또한 에우리피데스의 극(劇)을 인용하면서 '바다는 세상의 더러움과 상처를 씻어 간다'고 한 말은 그와 그들 일행을 자극했다. 누군가가 바다를 보러 가자고 제안했었다. 별로 '세상의 더러움과 상처'를 입지 않았던 그와 그들 일행은 감상적인 스스로의 생각을 탓하면서도 바다로 출발하여 이윽고 도착했던 것이다. 와일드는 정말 동성연애자였을까? 그렇게 잡다한 생각에 빠져 있을 무렵 아내가 그를 향해 돌아누웠다. 아내의 얼굴은 희부연 빛 속에서 유난히 늙어 보였다. 그는 떠나고 싶은 충동을 강하게 느꼈다. 망설이던 그에게 아스라한 기억 속의 바다가 강력한 힘이 되었다. 그는 잠자리를 빠져나와 간단한 짐을 꾸려 여수행 기차를 타고 말았다. 그런데 그는 기차 속에서 낯익은 주간지를 하나 샀다. 그는 그 주간지의 편집부 차장이었고, 특집 난에 가 볼 만한 여행지가 실린 것을 기억하고 있었다. 적당한 곳을 골라낸 것이 바로 선암사였다. 바다를 보고 싶다는 생각과, 그리고 그 욕망을 쾌감에 이르도록 바다가 가까운 곳에서 적당히 능장을 부려 보자는 생각이 맞아떨어져 그는 순천에서 내려 이곳으로 기어들었던 것이다.

갈림길이다. 곧장 뻗은 길은 송광사로 가는 산책로이고 오른쪽 길은 선암사를 거쳐 송광사에 이르는 등산로다. 그는 산책로를 버리고 등산로를 따라 걷는다. '사람 손길 한 번도 안 닿은 관목 숲길'. 잡지에는 선암사에 관하여 선명하게 헤드라인 체로 적혀 있다. 그는 그 기사 원고를 넘긴 여행가의 얼굴을 떠올린다. 그는 그 여행가가 편집국장과는 각별한 친구 사이라는 것을 알고 있다. 또한 여행가와 국장과 장인 영감은 한패라는 것도. 너도 한패야, 라는 듯한 시선으로 웃음을 짓던 여행가의 모습이 떠올라 그는 낯을 찡그리며 머리를 홰홰 젓는다.

다소 낡은 누각이 한눈에 잡힌다. 가까이 다가가 보니 현판에는 '강선루'라고 씌어 있다. 제법 규모가 큰 강선루의 기둥 밑으로 길이 곧장 이어진다. 얼마 걷지 않아 또 갈림길이 나타난다. 어디로 가야 할지를 몰라 그는 잠시 망설인다. 다행히 표지판이 눈에 띄어 고민이 풀린다. 표지판에는 약도까지 상세하게 그려져 있다. 약도에 의하면 왼쪽 길은 산 중턱을 돌아 송광사로 가는 길이고, 오른쪽은 선암사를 거쳐 조계산 꼭대기를 지나 송광사로 이어지는 길이다. 산봉우리를 넘자니 시간과 힘을 많이 필요로 할 것 같다. 산 중턱을 넘자니 뭔가 시시하고 아쉬울 거라는 생각도 스친다. 표지판의 약도는 빨간 선으로 이등변 삼각형을 나타내는데 거쳐 갈 장소마다 소요 거리를 숫자로 적어 놓고 있다. 현재의 지점에서 산 중턱을 넘는 길은 삼각형의 밑변이다. 또한 산봉우리를 중심으로 등변이 성립된다. 밑변의 중간 지점에서부터 봉우리까지의 거리가 대단히 짧다는 점이 그를 즐겁게 한다. 그러니까 산 중턱 길을 걷다가 도중에 봉우리를 오를 수가 있다. 요령이 잡히자 그는 왼쪽 길로 접어든다.

길을 따라 늘어선 나무에 가끔씩 아크릴 판으로 된 명찰 같은 것이 매달려 있다. 그중의 하나를 눈으로 읽는다. '층층나뭇과 / 층층나무'. 그는 나무에 관한 소양이 전혀 없던 터라 자괴감에 빠진다. 그러나 그는 나무를 자세히 살핀다. 나뭇잎들은 저마다 뒷면이 휘어 있고, 나뭇가지에는 흰 꽃이 꽤 피어 있다.

특히 꽃은 꽃자루가 아래쪽의 것일수록 길고 위쪽의 것일수록 짧다. 결국 각 꽃들이 거의 평면으로 가지런하게 피어 있다. 갑자기 그는 따분하다는 생각이 든다. 나무들 따위를 관찰해서 도대체 어디다 써먹을 것인가. 그는 서둘러 걷기 시작한다.

잡지에는 조계산 정상에 오르면 주암댐의 절경을 볼 수 있다고 적혀 있다. 하지만 비가 올까 봐 걱정이 앞선다. '너도밤나뭇과 / 상수리나무'. 나무에 매달린 명찰은 잊을 만하면 나타난다. 상수리나무의 열매로 묵을 만들어 먹는다는 것쯤은 알고 있다. 이제 나무는 그의 관심 밖으로 밀려난다. 마음속에서는 정상에 올라가 주암댐을 보고 서둘러 바다를 보러 떠난다는 생각뿐이다.

평지가 계속 이어지는가 싶더니 길가 왼편으로 엄청나게 우거진 숲이 펼쳐진다. 쭉쭉 뻗은 거대한 나무들은 그야말로 하늘을 찌른다. 암녹색을 띤 잎들이 한데 모인 모양은 뭉게뭉게 구름이 피어나는 듯하다. 그는 길을 벗어나 숲 속으로 들어선다. 전봇대처럼 잔가지 하나 없이 반듯하게 치솟은 나무들 사이사이는 밖에서 생각했던 것보다 훨씬 넉넉하다. 그는 명찰을 찾기 위해 주위를 살펴본다. 그가 서 있던 곳 우측으로 누군가를 목말을 태우면 손이 닿을 만한 높이에 널찍한 명찰이 하나 철사로 묶여 있다. '삼나무숲 / 40~50년생'. 그는 그 자리에 주저앉아 담배를 꺼내어 물고 불을 붙인다. 그리고 이마의 땀을 닦으며 곰곰이 생각에 잠긴다.

아내를 처음으로 범했던 곳이 바로 숲 속이었다. 그 당시 그는 전혀 가망이 없는 연애를 근 1년간 지지부진 끌어 온 터였다. 더군다나 상황은 나쁜 쪽으로만 발전하고 있었다. 그때 그는 삼류 잡지사의 말단 기자였다. 그러한 배경으로는 지금의 아내를 제압하기는커녕 웃음거리도 되지 못했다. 생각한 끝에 내린 결론이 반칙이었던 것이다. 그런데 아내는 숫처녀가 아니었다. 아내는 속옷을 끌어내리려고 하자 바닥에 밀착된 엉덩이를 살짝 들었는데, 그때 그는 상황을 미리 짐작했어야 옳았다. 아내는 산을 내려오며 줄곧 울었다. 정작 그는 가슴을 치는 후회와 분노가 동시에 치밀었다. 그는 빼어난 미모인 데다가 주체하기 힘들 정도로 돈이 많은 아버지를 둔 그녀를 단호하게 차버렸다. 미련이 마음속에 남아 극성을 떨어 댔지만 꾹꾹 눌러 참았다.

임신 2개월이래요. 무서워요. 미련이 후회로 접어들 무렵 그녀가 찾아와 울음 섞인 목소리로 말했다. 아무튼 그는 그녀와 결혼을 하기로 결심했는데 뜻밖으로 처가 식구들의 반발이 거셌다. 그러나 여자 쪽의 반발로 지체되는 결혼이란 반대의 경우보다 쉽게 성사되는 모양이었다. 남자의 입장에서 본다면 여자를 강력하게 사로잡았느냐, 혹은 그렇지 않았느냐가 승패를 결정짓는 법이었다. 떳떳할 이유가 없었음에도 불구하고 아내와 결혼식을 올리는 순간까지 그는 처가 식구들에게 당당하게 굴었다. 어차피 가난은 사람을 짐승 꼴로 만든다는 사실을……그는 알고 있었다.

'참나뭇과 / 굴참나무'. 걸음을 멈추고 그는 명찰을 뚫어져라 쳐다본다. 어느 모로 보나 상수리나무와 똑같이 생겼는데 명찰에는 굴참나무라고 씌어 있다. 뭔가 잘못된 모양이다. 자세히 살펴보니 굴참나무는 상수리나무보다 껍데기가 훨씬 두꺼워 보인다. 굴참나무와 상수리나무, 그는 여전히 헷갈린다고 생각한다. 바로 옆에 명찰이 또 붙어 있다. '가래나뭇과 / 굴피나무'. 무심히 읽어 볼 뿐, 나무의 생김새 같은 것에는 이미 흥미도 없다. '느릅나뭇과 / 느티나무' '깨풀과 / 사람주나무'…….

산 정상으로 가는 길로 접어들면서부터 숨이 차올라 쉬어 가는 빈도수가 많아진다. 그러나 그는 목구멍을 살금살금 간질이는 자극이 그다지 싫지 않다. 길이 너무 경사진 탓에 속으로 번호를 세며 백 걸음마다 주저앉아 음료수를 들이켠다. 첫딸 영임이의 얼굴이며 둘째 명심이의 얼굴이 머릿속을 스친다. 영임이가 고집이 센 반면 명심이는 깜찍한 모양이 딱 여우라는 말을 듣곤 한다.

아빠는 명심이만 이뻐해요. 내가 태어나지 않았으면 엄마하고 아빠는 결혼도 하지 않았을 거래요. 언젠가 영임이는 집에 놀러온 손님들 앞에서 그렇게 말한 적이 있었다. 질투심이 섞여 있다기보다 명심이만 예뻐하는 것이 지극히 당연하다는 듯한 영임이의 태도에 그는 말문이 막혔다. 여섯 살짜리 아이, 그 나이답지 않게, 체념을 능숙하게 익혀 버린 조숙함이 아이의 목소리에 진득하니 배어 있었던 것이다.

여든아홉을 세었을 때 명찰을 보지 않고도 그는 나무 한 그루를 얼른 알아본다. 단풍나무다. 명찰에는 '단풍나뭇과 / 당단풍'이라고 씌어 있다. 아이의 손바닥을 닮은 나뭇잎이 바람이 불 적마다 마구 흔들린다. 주저앉아 담배를 태우다가 몇 번이고 음료수를 들이켠다. 등산객이 하나도 없다는 사실이 쓸쓸하게 느껴진다. 그러다가 그의 시선이 닿은 곳은 나뭇등걸이다. 느닷없이 트림이 나오고 콧등이 운다. 밑동만 남은 나무. 사실, 그는 회사 동료들에게 혹은 낯선 사람들에게 나이를 속여 본 적이 있었다. 물론 실제 나이에서 깎아 내린 적은 없었고, 상황에 따라 두 살에서 네 살까지 덧붙였다. 엇비슷한 사람들과 비교를 당할 때 무시당하거나 뒤질 수 없다는 염려 때문이었다. 그는 자신이 가끔 나이를 속인 것이 누군가에게 가치를 인정받기 위한 행위라고 애써 자위하면서도 아내의 경우는 사뭇 다르다고 단정한다. 아내는 나이를 속임으로써 스스로의 값어치를 떨어뜨렸을 것이다, 그렇게 함으로써 무엇인가 이익을 단단히 챙겼을 것이다,라는 식으로 이어지는 생각에 그는 머리가 어지럽다. 잘 꾸민 계략? 그는 입맛이 쓰다.

더 이상 올라설 곳이 없다. 꼭대기다. 속으로 스물여섯을 세었을 때다. 스물여섯 걸음 전에는 바닥에 앉아 담배를 피우고 음료수를 들이켰으니까 결국 산꼭대기를 바로 눈앞에 두고 늑장을 부린 셈이다. 그는 가방을 어깨에서 벗어 내리고 주변을 둘러본다. 시선을 던지는 곳마다 구름과 안개가 뒤섞인 채 산허리를 숨 가쁘게 조르고 있다. 주암댐을 바라볼 수 있으리란 기대가 슬그머니 사라진다.

그는 가방을 뒤져 빵과 음료수를 꺼낸다. 마음이 영 개운치 않아 식욕이 나질 않는다. 투명한 플라스틱 음료수 통은 반이 넘게 비어 있다. 까닭 모를 허전함이 속 깊은 곳까지 스미는 것 같다. 순간 노여움이 솟구친다. 음료수만 몇 모금 삼키고 빵과 음료수 통을 가방에 넣어 버린다. 그리고 가방을 베개 삼아 길게 누워 하늘을 본다. 구름의 흐름은 무척 빠르다. 게다가 구름은 굽이치는 강물을 연상케 한다. 거세게 파도가 굽이치는 바다를 보고 싶다는 생각이 간절해져 그는 상체를 벌떡 일으킨다. 주위를 아무리 둘러보아도 댐은 보이지 않는다. 서둘러 산을 빠져나가리라. 그는 가방을 짊어지고 산을 내려가기 시작한다.

내리막길에서 서너 걸음 벗어난 빈 터에 하늘색 텐트가 세워져 있다. 그는 귀를 세우고 되도록 천천히, 그리고 텐트에서 가깝게 길 가장자리로 붙어서 걷는다. 텐트를 스쳐 지나갈 때까지도 인기척이나 음식 냄새 같은 것은 느낄 수가 없다. 그는 한참 걷다가 왠지 서운하다는 생각이 들어서 뒤돌아본다. 그러나 서운한 생각만 증폭될 뿐, 어떤 움직임도 눈에 띄지 않는다. 돌아서서 걷는 발걸음이 무척 무겁다고 느끼는 순간 그는 소스라치게 놀란다. 모퉁이를 돌아서려다가 사람과 맞닥뜨린 것이다. 노인이 널따란 바위 위에 앉아 아무런 감정이 없는 표정으로 이쪽을 향해 눈길을 주고 있다. 노인의 시선은 날카로워 보이고 섬뜩한 인상마저 풍긴다.

꼭대기까지는 아직 멀었습니까? 노인의 목소리는 생각보다 크고 말끝이 치켜 선다. 그는 노인이 앉아 있는 바위의 건너편에 가방을 벗어 내리며 걸터앉는다. 조금만 올라가시면 됩니다. 다 오셨어요. 그의 말은 거짓이다. 봉우리까지 가자면 2, 30분은 부지런히 올라가야 한다. 그러나 그는 노인에게 심리적인 고통을 덜어 주고 싶었던 것이다. 그래요? 다 올라와서 쉬는구먼. 혼자 산을 타시는 길이시우? 그렇습니다. 송광사까지는 얼마나 걸릴까요? 그는 음료수 통을 꺼내어 노인에게 권하며 묻는다.

노인은 손목과 고개를 동시에 흔들어 댄다. 그때 그는 노인의 손이 매우 허전하다는 것을 알아챈다. 자세히 보니 오른손의 집게손가락 두 마디와 엄지손가락이 잘려 나가고 없다. 그쪽에서 오는 길인데 내리막길이니까 젊은이 걸음으로는 한두 시간이면 충분할 거요. 송광사가 듣기보다는 크더구먼. 선암사 쪽에서 오시는 길이시우? 말끝을 올리면서 외치듯 말하는 것은 노인의 습관인 모양이다. 예, 그렇습니다. 그는 비슷한 어조로 말끝을 늘이면서 대답을 하고 텐트가 있는 쪽으로 고개를 돌린다. 그제서야 그는 올라오는 동안에 선암사를 거치지 않은 사실을 깨닫는다.

선암사도 규모가 꽤 크지요? 승선교하고 강선루가 국보급이라지, 아마. 아, 강선루는 보았습니다만 선암사는 들르지 않았습니다. 뭐라고? 다른 길로 왔다구요. 사찰 경내를 보지 못했구먼. 그 주위가 겹벚꽃하고 영산홍하며 구봉화가 볼 만할 터인데. 아닌게 아니라 이상한 노인이다. 겉보기에는 화난 사람처럼 보이더니 절에 대한 애기가 오가면서 흥분하는 기색이 역력하다. 초행길 같으신데 어떻게 그런 걸 죄다 아십니까? 절에 대해서 관심이 많으신 모양이네요? 글쎄, 절만 찾아다닌 지 한 7, 8년 되는 것 같구먼. 그러세요? 절에 대해서 무슨 연구라도……. 연구는 무슨 연구…….

　말을 끊고 노인은 갑자기 침묵을 지킨다. 노인이 7, 8년이라고 얼결에 강조한 단어가 머릿속에 새겨진다. 메마른 체구, 헐거운 옷차림, 잘려 나간 손가락, 이빨을 모조리 뽑힌 사람처럼 입가에 잡히는 주름, 그러한 노인에게서 그는 묘하게도 죽음의 빛을 감지한다. 어디선가 입술을 동그랗게 오므리고서 쪽쪽 빨아 대는 듯한 새소리가 들려온다. 그는 가슴이 두근거려 순간 당황한다. 노인이 등산용 가방 옆에 붙어 있는 주머니에서 휴지를 구겨 주둥이를 막은 소주병을 꺼내어 내민다. 이번엔 그가 손과 고개를 흔든다. 노인이 소주병을 열고 한 모금 들이켜더니 말문을 연다. 절에 들르면 왠지 마음이 편해지는 걸 낸들 어째. 껄껄껄. 노인의 표정은 매우 복잡해 보인다. 소주병을 움켜쥔 손은 영 안쓰럽다. 더구나 노인의 웃음소리는 어딘가 모르게 지치고 힘든 기운을 담고 있다.

　그럼, 잘 가시우. 왜 혼자 다니십니까? 노인의 작별 인사와 그의 질문은 서로 엉키고 만다. 미처 인사말을 건네기도 전에 노인은 황망히 일어나 산꼭대기를 향하여 걷기 시작한다. 그는 이쪽 사정은 아랑곳없이 서둘러 떠나가는 노인이 야속하다. 아무래도 그의 시선이 손으로 향하던 것을 눈치챈 듯싶다. 어째 소름 끼치는 노인네로구먼. 눈으로 노인의 뒷모습을 쫓으며 그는 저도 모르게 뇌까린다. 송광사에 가고 싶다는 생각이 일시에 달아나 버린다. 눈앞이 캄캄해져 그는 하늘을 올려다본다. 짙은 먹구름이 덮고 있어서 그런지 하늘은 조금씩 가라앉는 것 같다. 그러다가 그는 바늘이 박힌 의자에 멋모르고 앉았다가 깜짝 놀라 일어선 사람처럼 벌떡 일어난다. 묻혀 있던 기억이 갑자기 되살아난 것이다. 노인을 뒤쫓아 가고 싶은 충동이 별안간 엄습한다. 그는 잠시 망설이다가 가방을 짊어지고 노인의 뒤를 따라 걷기 시작한다.

텐트 앞에서 그는 걸음을 딱 멈춘다. 인기척을 들었기 때문이다. 신경을 곤두세워 들어 보니 여자의 숨넘어가는 소리다. 더욱이 텐트가 눈에 띄게 흔들리고 있다. 남자가 씨근덕거리는 소리도 들린다. 뱀과 맞닥뜨렸을 때처럼 그는 도저히 발걸음을 뗄 수가 없다. 마른침을 삼키고서야 겨우 발걸음을 옮길 수 있었지만 뛰는 가슴을 달래느라 애를 먹는다.

나에게 무슨 볼일이라도 있으시우? 노인은 양손을 주머니에 찔러 넣은 채 걸으면서 노골적으로 싫은 내색을 한다. 아주 의심의 눈초리까지 보내온다. 아닙니다. 여수를 가야 하는데 너무 지체됐어요. 빨리 그곳으로 가려구요. 그는 큰 소리로 외친다. 그러나 차마 바다를 보러 간다는 말을 하지 못한다. 노인의 옆모습을 조심스럽게 살피며 걷는다. 속을 헤아린 양 노인이 중얼거린다. 여수라면 바다가 가깝지. 젊은 땐 바다가 보기 좋

더니 지금은 산이 좋아. 젊은이는 올해 몇이시우? 얼굴에 보일
락 말락 한 미소를 머금은 노인은 빠르게 걸음을 떼어 놓는다.
그는 노인의 왼쪽 귀에 시선을 박으며 회심의 미소를 짓는다.
노인의 왼쪽 귀가 있어야 할 곳에는 아무것도 없다. 노인의 신
체를 자세히 살펴볼 때마다 허전하다. 그의 머릿속에는 어렴풋
이 짓궂은 생각이 스친다. 올해 스물아홉 살입니다. 그는 무려
다섯 살이나 깎아 내린다. 더욱 짓궂은 생각이 머릿속으로 비
집고 들어선다. 혹시, 올라오시다가 무슨 소리 못 들으셨습니
까? 저 밑에 있는 텐트 속에 사람이 있더군요. 텐트? 무슨 텐
트? 난 보지 못했는걸. 그는 노인이 딴청을 부리고 있다고 생
각한다. 아무리 한쪽 귀가 없는 노인이라도 그렇지 텐트를 지
나칠 때 서너 걸음 앞에서 내지르는 여자의 교성을 듣지 못했
다는 것은 말이 되지 않는다. 하물며 텐트마저 보지 못했다고
잡아떼다니…….

  산봉우리를 넘자마자 비가 쏟아지기 시작한다. 용케 좁다란
바위틈을 발견하고 노인과 그는 그곳으로 들어선다. 굵어지는
빗발을 바라보며 그는 아득한 기억을 더듬는다. 더 생생한 기
억을 얻기 위해 눈까지 감는다. 비만 내렸다 하면 술집으로 스
며들지 않고는 배겨 내지 못하던 시절, 그러나 이제는 감상적
인 치정쯤으로 퇴색된 기억이 생생해진다. 첫사랑 때문이다.

　첫사랑이 가령 사람의 마음속에서 기쁨과 슬픔으로 구분된다면 그의 마음속에서는 슬픔 쪽이 반을 훨씬 넘었다. 첫사랑의 여자는 그에게 조건이 사랑보다 앞선다는 것을 일깨워 주고 떠났다. 대학 졸업 후 1년간이나 직장을 얻을 수 없었던 그는 어느 겨울날 첫사랑의 여자와 부산 해운대로 여행을 간 적이 있었다. 그는 불투명한 미래와 언제 떠날지 모르는 첫사랑의 여자 사이에서 표류하고 있었다. 순결을 지켜 줄 것을 믿는다면서 둘만의 여행을 제안한 쪽은 첫사랑의 여자였다. 여행의 마지막 날, 그는 여자를 덮쳤으나 실패하고 말았다. 그가 그녀의 상체를 억누르는 순간 여자는 비명을 내질렀다. 그는 그때까지 그렇게 앙칼지고 처절한 비명을 직접 들어 본 적이 없었다. 여행을 다녀오고 나서 첫사랑의 여자와는 사이가 벌어졌고, 결국 헤어졌다. 첫사랑의 여자는 무능력한 그를 비난하기 시작했고 헤어지자는 말을 꺼내기에 이르렀던 것이다. 그런데 그는 이해할 수 없는 것이 있었다. 술과 담배를 끊지 못하면 자신과의 관계는 끝장이라고 선언했던 첫사랑의 여자는 여행의 마지막 날, 그가 소주를 마시겠다는데도 간섭하지 않고 그대로 두었다. 그는 첫사랑의 여자와 헤어진 이유를 여행 마지막 날의 어색한 분위기 때문이라고 결론을 내릴 수밖에 없었다. 연인이 헤어지는 것은 의식하지 못하는 사이에 갈등이 누적된 탓이겠지만 서로 간에 인정할 수밖에 없는 조건이 늘 도사리고 있는 법이라고 그는 믿었다. 결국 그는 사랑에는 조건이 없으나 사랑이 깨지면 조건만 남는다는 깨달음을 얻었다.

그러나 지금의 아내를 이끌고 첫사랑의 여자와 함께 거닐었던 해운대를 다시 찾아갈 만큼, 그는 첫사랑에 대한 집착이 남달랐다. 어머, 바다는 어느 쪽으로 들어가지? 그곳에 갔을 때 아내는 말했다. 파라솔과 포장마차들로 가득 찬 해변가에는 바다로 들어가는 입구가 없었다. 그곳 해운대를 첫사랑의 여자와 찾아갔을 무렵은 분명 겨울이었다. 찾아온 사람 하나 없이 푸른 물결이 넘실거리던 그곳은 그 얼마나 장관이었던가. 그러나 아내와 그곳을 다시 찾아갔을 때는 한여름이었다. 한여름의 해운대는 수없이 몰려온 사람들로 아수라장이었다. 기억 속에서만 선연할 뿐, 그곳은 더 이상 아름답지 않았다. 그러다가 마주 보고 있던 전봇대에 매달려 있는 나무로 된 간판이 눈에 들어왔다. '바다 입구(入口)'. 글자의 바로 밑에는 빨간색으로 된 화살표가 왼쪽으로 향하다가 다시 오른쪽으로 꾸부러져 있었다.

길이 더 미끄러워지기 전에 내려가는 것이 좋겠소. 빗속으로 성큼 나서며 노인이 소리친다. 노인의 태도는 차라리 '올 테면 오고 말 테면 마라'는 식이다. 하는 수 없이 그는 노인을 뒤쫓는다. 사방은 앞을 분간하기 힘들 정도로 어둡다. 그는 은근히 겁이 나기 시작한다. 바위에 발길이 닿을 때마다 그는 여지없이 비틀거린다. 그러나 노인은 익숙한 솜씨로 내려가면서 뒤 한 번 돌아보는 일이 없다. 장대비는 무서운 기세로 쏟아져 내린다.

그는 방심하는 사이에 발목이 꺾이면서 나동그라지고 만다. 정신을 가다듬고 손끝으로 이마를 더듬어 보니 피가 묻어난다. 몸을 일으키려다가 그는 다시 주저앉는다. 발목을 심하게 삔 것이다. 노인의 모습은 시야에서 완전히 사라져 버린다. 빗발은 더욱 굵어질 뿐, 좀처럼 얌전해지지 않는다. 간신히 몸을 일으켜 발걸음을 내딛었으나 그는 푹 고꾸라진다. 발목을 움켜잡고 노인을 향해 악다구니를 쓴다. 그러나 그의 목소리는 빗소리에 비해 턱없이 작다. 그는 노인을 향해 욕설을 내뱉고 저주를 퍼붓는다. 시장기와 졸음이 일시에 몰려들어 그는 몸을 길게 늘어뜨린다. 맥이 쑥 빠져나가는 느낌이다. 어릴 적에 부르곤 했던 노래가 그 순간 머릿속에 떠오른 것은 공포심에 대한 마지막 반사 작용이었을지도 모른다.

비야 비야 비야 오지 말아라 장맛비야 오지 말아라
비야 비야 비야 오지 말아라 우리 누나 시집간단다
가마 문에 얼룩지고 다홍치마 다 적신다
비야 비야 비야 오지 말아라 우리 누나 시집간단다

이스라엘 민요로 기억되는 그 노래를 부르고 나자 그는 기묘하게도 온몸에 힘이 차오른다. 그때서야 가방 속에 있는 빵과 음료수에 생각이 미친다. 그는 가방에서 꺼낸 음료수와 비에 흠뻑 젖은 빵을 삼키며 다시 그 노래를 부른다. 뜻하지 않게 눈시울이 뜨거워진다.

전깃불이 눈을 찌른다. 그는 마른 옷으로 갈아입고 이불 위에 누워 있는 자신을 발견한다. 방은 아침에 누워 있던 그 자리다. 어떻게 민박집까지 되돌아왔는지 기억이 나지 않는다. 쪽문 앞에는 흙탕물에 전 가방과 옷가지들이 널려 있다. 그때 쪽문이 열리고 누군가 안으로 거침없이 들어선다. 청바지를 입은 그녀는 눈매가 시원한 민박집 딸이다. 여자는 멈칫한다. 이것 좀 드세요. 여자는 천천히 다가와 쟁반 위에 얹은 그릇을 내민다. 뜨거운 김이 피어오르는 죽이다. 그는 발목이 시큰거려 얼굴을 찡그린다. 대문 한쪽에 무슨 노래를 부르시면서 쓰러져 계셨어요. 처음엔 술에 취하신 줄로만 알았어요. 입을 가리며 여자는 웃는다. 그러고 보니 여자는 사투리를 전혀 사용하지 않고 있다. 그는 수저를 들고 죽을 떠서 입 안으로 밀어 넣는다. 빈 그릇을 가져가겠다는 것인지 여자는 나갈 생각을 않고 물끄러미 시선을 던져 온다. 사람을 뚫어져라 쳐다보는 것은 그녀의 습관인 모양이다. 입맛이 없어서 그는 수저를 내려놓는다.

소주밖에 없는데, 술 한잔 하실래요? 아, 부탁해요. 담배도 좀. 그는 머리맡에 있던 지갑에서 돈을 꺼내어 여자에게 내민다. 지폐는 모두 젖어 있다. 여자는 눈치가 빠른 데다가 영리해 보인다. 천 원짜리 지폐 하나만 달랑 들고 방을 나서려던 여자는 널브러져 있는 옷가지를 챙긴다. 문을 나설 때 여자는 한쪽 눈을 찡긋 감았다 뜨고 사라진다. 그러한 여자의 태도에 그는 적이 놀랐으나 싫지는 않다. 저 때문에 닭을 잡으셨군요? 사례는 꼭 하겠습니다. 그는 한참 만에 돌아와 술과 안주를 내려놓고 그릇을 챙겨 가려는 여자에게 나직하게 말한다. 의외라는 듯 여자는 눈을 빛낸다. 그러실 필요는 없어요. 오늘이 아버님 생신이라 삼계탕을 했거든요. 마음 쓰지 마세요. 빙긋이 웃으며 여자는 문을 닫는다. 잔에 소주를 따르려는데 쪽문이 다시 슬그머니 열린다. 여자가 문 앞에 담배를 놓고 문을 닫는다. 음료수를 마시듯이 소주를 거푸 석 잔을 들이켠다. 아랫배가 슬슬 달아오르고 발목의 통증이 어느덧 사라진다. 천천히, 그리고 일제히 밀려오는 파도처럼 졸음이 엄습한다.

이튿날, 그는 오전 11시가 넘어 민박집을 나선다. 민박집 딸 덕택으로 세탁한 옷을 입고 나온 것이 무엇보다 다행이라고 그는 생각한다. 하지만 민박집 딸의 얼굴을 마지막으로 볼 수 없었던 게 마음에 걸린다. 언제 비가 왔느냐는 듯이 하늘은 맑고

푸르다. 바다. 그 바다를 보러 가자면 순천으로 가는 완행버스를 타야 한다. 주차장에는 버스가 시동이 걸린 채 서 있다. 손님이 찰 때까지 기다리는 것인지 아니면 출발할 시간이 정해져 있는지 버스에는 운전사도 온데간데없다. 승객들은 차에 오르지 않고 햇빛을 피해 식료품 가게의 처마 끝에 옹기종기 모여 있다. 담배를 피우기 위해 왼쪽 가슴의 주머니를 더듬는다. 담뱃갑은 새것인데 두 개비가 비어 있다. 그는 고개를 갸우뚱거린다. 담배를 피운 기억이 없기 때문이다. 비닐 포장 사이에는 반듯하게 접은 종이가 꽂혀 있다. 그는 비닐 포장을 뜯고 쪽지를 꺼내어 펼친다.

박 기자님!
신분증을 보니 기자님이시더군요.
오실 수만 있다면 광주를 들려 주세요.
부탁이 하나 있는데 못 오신다면 할 수 없죠, 뭐.
○○대학 후문 1시. 이주경.

민박집 딸의 이름이 주경인 모양이다. 쪽지에는 오자가 있다. '들려'는 '들러'가 맞는 말이다. 부탁이란 뭘까? 퍼뜩 놀라 시계를 보니 정확하게 11시 45분이다. 그는 담배를 피워 물고 망설이기 시작한다. 기필코 바다를 봐야 한다는 욕망과 주경이라는 여자를 은밀히 만나 보고 싶다는 충동이 쉽게 아귀가 맞아떨어지지 않는다. 광주로 가야 하는데 어떻게 가면 빠를까요? 그는 버스를 기다리고 있는 한 사내에게 묻는다. 저도 모르게 얼굴이 훅 달아오른다. 쌍암읍에 직행 버스가 있응께, 그놈 타씨요. 고개를 끄덕이며 그는 발목을 돌려 본다. 거북하기는 하지만 통증이 심하지는 않다. 먼발치에 공중전화 부스가 서 있는 것이 문득 눈에 들어온다. 아내의 얼굴이 그 순간 뇌리를 스친다. 망설이다가 그는 그곳을 향해 걷는다.

당신이요? 나요. 송수화기에 대고 그는 터무니없이 경어를 쓴다. 나이가 두 살이나 많은 아내. 그러한 사실을 6년간이나 속여 온 여자. 그런데 아내의 목소리에는 울음이 섞여 있다. 당신 지금 어디야? 애가 다쳤단 말이야. 뭐야, 어쩌다가? 얼마나 다쳤는데? 계단에서 넘어져 얼굴이 찢어졌단 말이야. 야이 쌍! 애가 그 지경이 되도록 넌 뭐했어! 그는 전화 송수화기에 대고 악을 쓴다. 송수화기를 거칠게 고리에 걸고서 담배를 피우려고 그는 주머니를 뒤적거린다. 얼굴이 찢어졌다니 얼마나 아플까? 그러고 보니 다친 아이가 첫째인지 둘째인지 물어보지 못했다는 생각이 스친다.

그때 완행버스가 경적을 울린다. 그는 서둘러 버스에 오른다. 서둘러 서울로 가자면 순천으로 가야 하나 광주로 가야 하나 알 수가 없다. 차의 엔진 소리가 더욱 날카롭게 가르랑거리며 높아지더니 버스는 성난 짐승처럼 달리기 시작한다. 실내는 제법 따사로운 햇살이 쏟아져 들어와 후끈거린다. 누군가가 어깨를 툭툭 친다. 그가 고개를 돌리자 산속에서 만난 노인이 웃는 낯으로 우뚝 서 있다. 노인은 옆 자리에 풀썩 주저앉는다. 어디로 가는 길이요? 참, 여수로 간다고 했던가? 아니요. 여수에 갈 일이 없어졌습니다. 아, 그렇구먼. 난 선암사에서 볼일이 끝나 바다를 보러 여수에 가려는 참이네. 노인은 묻지도 않은 애기를 주워섬긴다. 그는 문득 노인의 얼굴을 노려본다. 노인의 양 귀가 살아 있다. 고개를 숙여 노인의 손을 내려다본다. 어찌 된 일인지 노인의 손도 멀쩡하다. 그는 노인의 양 귀와 두 손을 잡아 보고 싶은 충동이 일어난다. 그는 고개를 틀어 창밖을 바라본다. 잡지에서 선암사가 비구니들이 수행을 쌓는 절이라고 소개한 글이 문득 떠오른다. 여자들만 있는 절이라……. 그는 노인에게 들리지 않게 중얼거리며 고개를 갸웃거린다.

그러면 어디로 가려오? 끝이 올라서는 노인의 음성이 귓속을 파고든다. 그는 아무런 대꾸도 하지 않는다. 차창 밖에는 울창한 관목 숲이 바람에 쓸리면서 바다처럼 꿈틀거리고 있다.

비디오 감상

　너는 자식아, 소설가라면서 굿을 한 번도 본 적이 없단 말이
냐? 햐, 이렇게 무식한 작가가 다 있나. 어쨌든 잘됐네. 지금 굿
하는 장면을 담은 비디오테이프를 틀려던 참이었거든. 그 쌀쌀
한 봄 날씨에 낮이고 밤이고 새벽이고 뛰어다니며 굿하는 장면
을 캠코더로 찍었다는 거 아니냐. 너를 부른 건 다름이 아니고
경기도 구리시 갈매동 도당굿을 다큐멘터리 형식으로 찍었는
데 내레이션 원고를 써 달라는 애기야. 왜? 인상 좀 구기지 마
라. 한 번도 써본 적이 없다고? 그거야 그렇겠지. 하지만 그렇
게 까다롭지는 않을 거야. 필요한 자료는 모두 복사를 해놓았
으니까 참고를 하면 될 거고 오늘은 비디오를 보면서 설명만
들으라는 애기야. 내가 설명하는 애기를 메모했다가 원고를 쓸

때 참고를 하면 될 거고. 그래도 못하겠어? 하여간 비디오를 한 번만 보라니깐. 생각보다 딱딱하지 않고 그런대로 재미가 있을 거야. 니가 원고를 쓰면 최소한 내가 쓰는 것보다는 나을 거 아냐. 그래도 너는 소설가잖아. 이번 기회에 향토사에 대해서 관심을 좀 가져 보란 말이야. 향토사가 뭐냐구? 대충 말해서 해당 지역의 역사와 문화를 집대성하는 활동을 말하는 거 아니겠어? 야야, 너무 딱딱해진다. 각설하고 비디오를 일단 보자니깐.

비디오를 보기 전에 구리시 갈매동에 대해서 조금은 알고 출발을 해야 할 것 같다. 갈매동은 칡갈(葛) 자에 매화매(梅) 자를 쓰는데 주위에 있는 산의 모습이 칡과 매화를 닮았다고 해서 붙여진 이름이래. 특히, 이곳은 풍수지리상 목마른 말이 인접 동네인 화접리에 있는 샘말의 물을 먹는 갈마음수(渴馬飮水) 형국이라고 한대. 그래서 갈마가 갈매로 바뀐 것이라는 설도 있대. 구리시 말고도 다른 지역에도 갈매동이라는 이름의 마을이 많이 있다고 하더라. 그리고 이번 다큐멘터리의 제목을 내 나름대로 ‘김씨 할머니의 마지막 소원’이라고 정해 봤어. 김씨 할머니는 그곳에 사는 85세 노인인데, 그 할머니의 시각에서 바라본 굿의 의미를 오늘을 사는 현대인들에게 들려주자는 게 나의 의도야. 표정이 밝아지는 걸 보니 슬슬 구미가 당기는 모양이지?

뭐? 생각보다 일이 마음에 들 것 같다고? 다행이군. 그럼 비디오를 보자.

지금 느린 그림으로 나오는 저 할머니가 원래 단골무당인데 몇 년 전에 죽었대. 갈매동 도당굿은 2년에 한 번씩 거행되는데 정식 명칭은 갈매동 산치성 도당굿이야. 보통 경기도의 굿들이 대개 추수가 끝나는 시월상달에 한다는데 갈매동에서는 봄에 하더라구. 왜 그러냐고? 글쎄? 2년에 한 번씩 하는 것도 그냥 해오던 그대로 하는 것 같고 음력 2월 초하루부터 굿을 준비하는 것도 마찬가지야. 하여튼 우리나라 사람들 가을에 축제를 많이 하는데 꽃피는 봄에 굿판을 벌이는 것도 괜찮은 것 같아. 아, 저기 나오는 할머니가 오늘의 주인공 김정희 할머니야. 85세라는데 정정하지?

할머니, 굿을 준비하시면서 뭐가 제일 힘드세요? 요즘 사람들이 굿을 해여, 안 해여. 우리는 어른들이 하니까 따라서 했지, 요즘 사람들은 안 해여. 할머니, 굿은 왜 하세요? 왜 하긴 조상님께 복을 비는 거지.

저 할머니는 갈매동에서만 70년 가까이 살았다는데 역사의 산증인이 아니고 뭐겠어. 저기 보이는 배경이 도당산이야. 저기 산줄기가 검암산이고 그 뒤는 동구릉이야. 동구릉? 아, 조선 시대 9릉, 17위의 왕과 왕비, 그리고 계비를 모신 능으로 이씨

왕조의 능이 제일 많이 모여 있는 곳이지. 아무튼 검암산 줄기 중간에서 마을로 약간 삐져나온 구릉이 저기 도당산인데 마을 한복판에 있어서 마을의 진산(鎭山) 기능을 하고 있어.

저 장면부터가 음력으로 2월 초하루야. 저 사람은 마을 주민인데 신장대를 구하려고 산에 오른 거야. 신장대? 신이 내리는 장대를 말하는데 적당히 가늘고 가지가 많은 참나무라야 한대. 그리고 산제사가 있기 전까지 도당산에서는 나무를 베거나 풀도 깎아서는 안 된다더라. 뭘 그렇게 열심히 적냐? 그럴 필요 없다니까. 자료는 다 있으니까 그냥 설명만 들으면 돼. 잎을 모두 뜯어내서 앙상한 가지만 남아 볼품이 없지만 그래도 굿판에서는 신장대가 기독교나 천주교의 십자가쯤 될 거야. 더 하면 더 했지 덜 하진 않을 거라구. 사람들은 정신 세계를 다룬다고 해서 물질적인 것을 외면하는 것 같지가 않아. 오히려 보잘것 없는 물질에 큰 의미를 부여하는 것 같아. 십자가도 그렇잖아. 사형을 시키는 끔찍한 도구에 지나지 않던 십자가가 신성의 한 상징으로 자리 잡을 거라고 누가 생각이나 했겠어.

어쨌든 신장대가 정해지면 저렇게 돗자리를 깔고 북어와 막걸리가 놓인 소박한 상을 차려. 그리고 쌀을 담은 함지박에 신장대를 세우고 무당이 세 번 절을 하더라고. 저기 모인 사람들이 이번 굿판에서 핵심들이야. 저기 흰 도포에 갓까지 쓰고 대를 잡은 사람이 대잡이인 이순만이라는 사람이고, 그 왼쪽이 당지기 역할을 하는 당주 정영화 씨, 그 옆이 제물을 차리는 사람인 숙수 안무식 씨야. 대개 당주와 숙수는 고정적으로 맡고 있대. 달은 2월하고 초하루올습니다. 그리고 무악기인 고리짝을 박박 긁으며 축원을 하는 저 사람이 무당인 조순자라는 사람이야. 거두 지적은 갈매동 지적이올습니다. 오늘은 다름이 아니올시라……. 누가 그러는데 저 무당은 고급 한식집에서 민요를 부르던 사람이었대. 군웅할머니 군웅할아버지 체 우에 들으시니……. 비디오 시작하자마자 나왔던 무당할머니가 있었잖아? 3월 초순에 대우하실라고 오늘은 일 볼 사람을 정하는 날이올습니다……. 그 무당의 딸이야, 저 무당이. 화주 시주를 모실라고 이렇게 산할머니가 올라오셨나이다. 만신이라는 게 원래 귀기가 서리고 영험해야 할 텐데 저 무당은 기능이 좀 떨어지는 것 같더라. 해동에서 조선 천지 갈매동민 도와주시고……. 사람 좋은 이웃집 아줌마처럼 다정다감해. 오늘 인물다랑에 화성다랑에 음성다랑에 다름이 아니오라……. 하여간 본굿을 할 때는 민요를 부르는데 정말 멋들어지게 부르더구만. 만신이 계속 저렇게 고리짝을 긁으며 축원을 하면 대잡이가 잡고 있는 신장대가 좌우로 조금씩 흔들리게 돼. 뭐? 만신이 뭐냐고? 만신이 무당이지 뭐야. 그런데 저 무당도 4대를 이어 오고 있대. 1대는 성명 미상에 알려진 게 거의 없고, 2대는 이천 분이라는 무당인데 꽤 널리 알려진 만신이었대. 3대는 조순자의 어머니인데 김복동이라는 사람이야. 앞에 느린 그림으로 나왔던 그 할머니야. 조순자는 4대인 셈인데 무당을 하지 않으려고 국악 학원을 다녔대. 결국에는 어머니가 돌아가시려고 하자 신 내림을 피하지 못하고 무당이 되었다고 하더라고. 양반 세계에서는 대를 잇자면 아들을 낳아야 하지만 만신 집안에서는 대를 잇기 위해서는 딸을 낳아야 하는 운명이더라고. 저기 신장대가 조금씩 흔들리는 거 보이냐? 저러다가 흔들리는 게 심해지는데 신장대 밑의 쌀이 함지박 밖으로 튀어 나갈 정도야. 저봐, 요동을 치지? 대잡이가 대를 힘껏 치켜세우는 게 보이냐? 저 봐, 신이 내린 것처럼 대잡이가 신장대를 요란하게 흔들면서 도당산을 뛰어내려가기 시작했지? 신장대가 가는 길은 무당도 대잡이도 모른다는 거야. 쇼를 부린다는 생각도 들었지만 저렇게 심각한 표정을 짓는데 웃음이 나오겠냐? 사실 도당산이 그리 높지는 않은데 나는 무거운 카메라를 들고 있었으니 정말 뭐 빠지게 뛰었다니까.

　저기 만신 일행이 도착한 곳은 산 바로 아래 삼거리야. 그저 도갓집을 모실라고 하오니…… 숨을 몰아쉬며 다시 무당이 축원을 하지? 대동 일동에 그저 일 볼 사람들 그저 한번에 모실라고……. 대잡이가 다시 신장대를 흔들며 뛰기 시작하잖아. 저기 신장대가 들어가는 집이 어딘 줄 알아? 맞아. 제법 머리가 빨리 돌아가는데. 저 집이 바로 이 다큐멘터리의 주인공 김정희 할머니의 집이야. 마당에 돗자리를 깔고 상을 차리고 정신들이 없더구만. 그래도 명색이 대본 없고, 연출 없는 굿판이더라고. 그런데 문제가 생기고 말았어. 저기 김씨 할머니의 표정 좀 봐라, 울상이잖아. 할머니, 오씨 어디 갔어요? 도가를 맡아야 할 저 집 아들이 외출을 해버린 거야. 내가 오늘은 밖에 나가지 말라고 했거든……. 아 참……. 도가는 한마디로 말해서 마을굿의 제반사를 주관하는 총책임자야. 땔나무도 하고 제물 준비도 하고 굿과 관련된 사람들의 식사 대접이나 자잘한 모든 일들을 뒷감당하는 자리이니까 무척 중요해. 단 비교적 생활에 여유가 있고 복덕하며, 집안에 손재수가 없는 깨끗한 사람이 뽑힌다고 하더군. 그 일을 맡아야 할 사람이 외출을 해버렸으니 시작부터 조짐이 별로 좋지 않았던 거야. 저기 오토바이 타고 달려오는 사람 있지? 저 사람이 도가를 맡게 될 오흥국이라는 사람이야. 저 아저씨가 올해 예순다섯 살이고 직업이 농부인데 밭에 나갔다가 전화를 받고 달려오는 거야. 밭에 무슨 전화가 있겠어. 요즘 농부들이 죄다 휴대폰이 있다는 거 아냐. 전화한 지 오 분도 안 된 것 같은데 달려오더라니까. 참,

좋은 세상이야. 김씨 할머니가 한결 부드러워진 표정으로 늙은 아들에게 옷고름을 매주는 것 좀 봐라. 저렇게 두루마기를 차려입고 상을 간단하게 차린 다음에 축원을 하는 것으로 허락의 뜻을 표시하는 것 같아.

저 시주를 일 볼 사람을 모실라고 하시니 할머니가 잘 받으시고 시아버지가 잘 받으실라면……. 다음은 시줏집을 점지해 달라고 만신이 축원을 하는 거야. 이제 신이 났는지 만신의 축원이 끝나기가 무섭게 대잡이가 신장대를 들고 달려가대. 시주를 맡을 저 양반은 이종학이라는 사람인데 며칠 전부터 외출을 삼가고 기다렸던 모양이야. 마찬가지로 깨끗한 옷으로 차려입고 상을 차려 축원을 하게 돼.

저기 대잡이가 신장대를 흔들며 들어간 곳은 화주를 맡을 집이야. 그런데 이번에는 정말 낭패를 보고 말았어. 저 집 안주인도 바깥주인도 모두 외출을 해버린 거라. 저기 제주들의 표정을 봐. 일이 풀리지 않아서 그런지 모두들 인상을 구기고 있잖아. 제주로 뽑히는 사람들이 모두 갈매동 토박이들인 데다가 나이가 꽤 든 사람들이거든. 모르긴 해도 마을 사람들의 무관심을 탓하는 것 같기도 하고 달라진 세태를 원망하는 것 같기도 하더라구. 무당하고 제주들이 난감해하고 있는데 한 2, 30분 정도 지났을 거야. 어떻게 연락을 받았는지 안주인이 저렇게 허겁지겁 달려왔어. 화주를 맡아야 할 최순식이라는 양반은 멀리 외출을 했는지 도무지 연락이 닿지 않았어. 화주는 보통 도가와 비슷한 일을 하는데 어쨌든 마지막 제주가 선출되지 않았으니 얼마나 속이 탔겠어. 할 수 없이 안주인이 대신 절을 하더라. 저것으로 제주들은 모두 점지된 셈이고 도갓집으로 자리를 옮겨 굿을 위한 회의에 들어가더라구.

그런 느낌이 와여. 그래서 오늘 아침에 아들더러 오늘은 밖에 나가지 말고 조신하고 있어라 했죠. 비내리가 있을 적마다 정해지지는 않았어도 그런 느낌이 와여. 요즘 젊은 사람들은 미신이라고 굿을 안 할라고 해여.

들었냐? 할머니가 그러잖아, 비내리가 어쩌고저쩌고. 맞아. 저렇게 제주들이 대잡이의 신장대에 의해 점지되는 행사를 비내리라고 한대.

저 장면부터는 음력으로 2월 20일이야. 마을 남자들이 당집 청소에 나섰거든. 아침에 전화를 받고 부랴부랴 달려갔지. 저기 산 중턱에 한 칸짜리 기와집이 보이지? 저게 당집이야. 도당할아버지와 도당할머니를 모시는 곳이지. 뭐라고? 산이 낮다고? 그래, 맞아. 야산에 불과해. 한 20미터쯤만 올라가면 돼. 당집을 지나 조금만 올라가면 보이는 저게 숙수간이야. 제물을 준비하는 곳이고 제사에 필요한 물건들도 넣어 두는 모양이더라구. 내가 숙수간 앞마당에 도착하니까 저렇게 화톳불을 피워 놓았더라. 도가인 저 양반 알겠지? 김씨 할머니 아들 오홍국 씨 말이야. 저 양반 주도로 청소를 끝내고 굿날에 쓰일 횃대를 만들더라고. 횃대는 여러 개의 자잘한 나무를 얼기설기 묶는데 위로 갈수록 직경이 넓어져. 매듭을 저렇게 철사로 단단히 묶어야 불꽃이 오래 타고 들고 다니기도 편리해. 저걸 만드는데도 반나절은 걸리더라고. 양이 꽤 필요하거든. 저건 나중에 보면 알겠지만 굿날 밤에 쓰이는 모든 절차의 조명 시설이나 마찬가지야.

저 장면은 아주머니들이 제물 걷기에 나선 모습이야. 사실 아주머니가 아니고 모두 육칠십을 넘긴 할머니들이지만 저 사람들마저도 김씨 할머니가 아침 일찍부터 부지런을 떨어서 겨우 모았대. 팔십을 넘긴 노인네가 노익장이 대단하더라고. 할머니 말로는 쌀도 아무 쌀이나 내는 게 아니래. 새 가마니에서 막 헐은 깨끗한 쌀만 받는다는 거야. 저렇게 쌀을 받아서 함지박에 담아 머리에 이고 도갓집으로 돌아오더라고. 예전에는 쌀을 반 말이나 한 말 정도를 받았는데 요새는 쌀과 돈을 함께 받는다더라.

이 장면은 음력 3월 1일 새벽 3시 도갓집이야. 전날 밤에 저 집에서 일찍 자고 새벽에 일어나 찍은 거야. 이날은 도당굿 절차에서 가장 중요한 일정 중에 하나인 굿날을 정하는 날이야. 지금 오홍국 씨가 전화를 하는 것은 제주들을 불러 모으려는 거야. 저기 제일 먼저 도착한 사람이 비내리를 할 때 외출을 해 버렸던 화주 최순식 씨야. 저 양반도 나이가 적은 줄 알았더니 칠십이더라고. 지금 들어오는 사람은 숙수 안무식 씨. 저 양반 은 시주 이종학 씨. 그리고 저 양반은 당주 정영화 씨야. 그런 데 들은 얘기로는 당주 저 양반한테 여자들이 그렇게 따랐대 요. 죽어라고 달라붙는 아주머니들이 네다섯 명이나 되었다는 데 재작년에 당주가 되고부터 모든 여자들이 떨어져 나갔다는 거야. 사람들 말로는 도당할머니가 액을 쫓아서 그렇다는데 어 쨌거나 저 양반 아내가 감동해서 굿판에 열을 올린대. 다섯 명 의 제주는 저렇게 흰 두루마기에 갓까지 쓰고 의관을 정제하고 자리에 앉더라고. 저 사람들이 지금 일어나는 것은 마을의 좌 장격인 안의식이라는 사람의 집으로 가기 위해서야.

　저 양반이 안의식이라는 사람이야. 저 양반도 한복을 입고 정중히 맞이하잖아. 재작년에는 평상복을 입고 제주 일행을 맞 이했다가 아마 뒷소리를 들었던 모양이야. 이번에는 예를 깍듯 이 차린 셈이지. 지금 안씨가 책상 위에 펴들고 있는 것은 책력 이야. 제주들의 나이와 그들의 안주인 생년월일까지 받아 적더 라니까. 내외지간까지 계산해서 책력으로 생기복덕을 보는 것이지. 제주들의 표정이 사뭇 진지하지? 지금 안의식 씨가 한지에 쓰는 것을 첩이라고 해. 경진년 삼월 초이틀이라고 쓴 거야. 보이냐? 안의식 씨가 첩을 건네고 도가 오흥국 씨가 수고비가 든 봉투를 건네지? 수고비로 얼마가 들어 있느냐고 하니까 뭘 그런 걸 묻느냐며 안 가르쳐 주대.

어쨌든 지금 제주들이 일어나는 것은 당집으로 가기 위해서야. 그런데 지금부터 나오는 장면을 잘 봐라. 저기저기, 저 장면. 뒤로 돌려서 다시 볼까? 바로 이 장면 말이야. 이거 봐. 도가 오흥국 씨가 대문을 나서면서 첩을 바닥에 떨어뜨리잖아. 이때부터 불길한 징조가 계속 나타난다니까. 저길 봐. 오씨가 첩을 재빨리 집어 들었지만 당황한 기색이 역력하다가 죽상이 돼 버렸잖아. 옆에서 누가 농담을 걸지만 웃지도 않더라니까. 지금 당집의 문이 열리지? 2년 만에 문이 열리는 거야. 지금 클로즈업되고 있는 저게 당집 상량문이야. 90도로 누워 있는 데다가 세로로 써 있지? 뭐라고 씌어 있느냐 하면 '용 띄고 소화십년을해시월이십오일 띄고 입주 띄고 상량 띄고 귀'라고 적혀 있어. 보이냐? 소화십년은 1935년이잖아. 그러니까 1935년 10월 25일에 세운 건물이라는 얘기야, 원래는 초가집이었다고는 하더라만. 용용 자와 거북귀 자는 뭐냐고? 아주 날카로운 질문이었어. 아마 복을 기원하기 위해서 그런 것 같아. 잘은 모르지만. 그런데 당집 출입문 위 저기 중앙에 날받이를 알리는 첩을 풀로 붙여야 하는데 풀이 없는 거야. 그 누구도 미처 생각을 못했던 거지. 지금 첩을 붙이는 것은 누군가가 집에 뛰어가서 풀을 가져와서 가능했던 거야. 이래저래 부정이 탈까 봐 제주들이 불안한 눈치였어.

저렇게 일을 끝내고 다시 도갓집으로 몰려가더라고. 다음 날 바로 시작되는 굿 일정 때문에. 잘 끝냈어? 저 봐. 할머니가 잘 끝냈느냐고 묻잖아? 오홍국 씨가 얼버무리면서 다른 방으로 얼른 들어가 버리더라구. 저러고 도갓집에 도착하니까 정확하게 새벽 5시더라. 춥고 불안한 새벽이었어, 모두에게.

두 시간쯤 잤나, 세 시간쯤 잤나. 그날 아침에 도가 오씨가 우물 청소를 하러 도당산에 올라간다고 하기에 나도 따라나섰어. 저 양반이 들고 있는 자루에는 북어하고, 쌀, 막걸리가 담겨 있어. 도당산에 올라가니까 또 일이 어긋난 거야. 오홍국 씨가 또 일을 저질렀어. 저 봐. 제주들 모두가 흰 도포에 갓을 쓰고 나타났는데 오씨 혼자만 양복을 입고 올라온 거라. 저 봐. 만신하고 제주들이 저마다 한마디씩 하잖아. 그러니 어쩌겠어. 저 양반 급한 마음에 휴대폰으로 집에 전화를 걸더라고. 저쪽에 오씨 아내가 두루마기하고 갓을 들고 죽어라고 뛰어오는 게 보이지? 내가 카메라를 들이대는 게 영 머쓱했는지 아니면 괜한 변명이라도 하고 싶었는지 갓이 맞지 않는다는 둥, 흰색 두루마기가 크다는 둥 불만을 털어놓잖아.

뭐라고? 그게 무슨 말이야. 아, 마을굿은 평민들이 주축이 돼서 진행하는 건데 제주나 대잡이가 모두 양반 차림새라고? 듣고 보니 그 말은 일리가 있는데. 사실, 저 동네는 거의 모두가 농민들이고 굿은 농촌 축제라고 해도 과언이 아니거든. 양반들이 직접 신장대를 잡고 앞에 나서서 굿을 주관한다는 게 아예 문제가 없는 건 아니겠다. 아무튼 그 문제는 나중에 확인해 보도록 하고 일단 진도를 나가자.

지금 저 장면은 당주 정영화 씨가 술을 따르고 신에게 일종의 신고식을 올리는 장면이야. 다음은 제주들이 절을 올리는 순서인데 잘 봐라. 오홍국 씨의 실수가 그치질 않는다니까. 저 봐. 절을 한 번 더 해야 하는데 저 양반만 뒤로 빠지잖아. 저 뒤에 김씨 할머니가 나타났지? 아들이 영 못 미더웠던 모양이야. 무당이 다시 고리짝을 긁으며 도당에 고하는 축원을 시작했는데 실수는 계속해서 실수를 불러오더라고. 저기 신장대를 곧추 세운 함지박에 다른 사람들처럼 지전을 내고 절을 해야 하는데 오홍국 씨도 그의 아내도 급히 오느라고 지갑을 안 가지고 온 거라. 할 수 없이 옆에 있는 사람에게 돈을 빌리잖아. 그런데 저 장면을 잘 봐. 김씨 할머니가 뒤돌아서서 며느리 몰래 숨겨 두었던 쌈짓돈을 꺼내는 장면이야. 할머니는 틀리는 법이 없더라니까.

이제 대잡이가 신장대를 들고 앞장서 산을 내려가는데 지금은 산치성 우물로 가는 거야. 우물에 도착하니까 또 웃기는 일이 벌어졌어. 저 봐. 우물에 물이 전혀 고여 있질 않지? 옛날에는 꽤 큰 우물이었대. 기분이 묘해지더라. 부정이 탔거나 정성이 부족해서 생긴 일이라고 생각들을 하는지 모두들 어두운 표정들이더라구. 하는 수 없이 저렇게 바가지로 물을 뜨는 시늉을 하더니 물을 버리는 척을 하더라니까. 세 번을 저렇게 하는데 물을 버리는 것은 우물물을 맑게 하여 마을 사람들의 건강을 기원하는 뜻이 담겨 있대. 저 장면은 우물 청소를 끝내고 다시 도당산으로 올라가는 모습이야. 저렇게 신장대를 세우고 만신이 축원 덕담을 함으로써 날을 받고 우물 청소도 끝났다고 보고를 하는 셈이지.

그런데 더 큰 문제가 벌어지고 말았어. 제주들이 모여 웅성거리는 게 보이지? 왜냐하면 초부정풀이를 빠트렸다는 거야. 초부정풀이는 당집 앞에서 도당굿을 하는 동안에 아무 탈이 없도록 해달라고 비는 건데 모르고 넘어간 거야. 그래서 당집으로 내려가 초부정풀이를 하기로 했는데 이번에는 고춧가루를 탄 물과 냉수가 없는 거야. 당집 주위에 고춧가루를 탄 물하고 냉수를 뿌려서 부정을 쫓아야 하거든. 도가 오흥국 씨가 준비를 했어야 했는데 잊어 먹은 거야. 저 장면을 봐. 저 밑에서 김씨 할머니가 그릇 두 개를 들고 걸어오고 있지? 오씨 아내가 그쪽으로 달려가고 있고. 문제가 생긴 것을 알고 어느새 김씨 할머니가 구해 온 거야. 저 할머니의 활약이 대단하더라고.

갈매동 도당굿의 제의 관련 문서는 두 개가 있거든. 1928년 기록인 '무진 삼월초오일 산치성절차'라는 것하고 1960년도 기록인 '단기 4193년 3월 치성 축문기입 산치성절차'라는 거야. 제상 차림이나 축문 등을 담고 있는데 샘플로 활용하려고 남겨 두었대. 나머지 여러 자료는 불필요하다고 생각해서 당주를 맡았던 어떤 사람이 모두 태워 버렸대. 어쨌거나 제주들은 제의 순서를 기록한 자료에 따라 진행하고 있었지만 실수의 연발이었고, 글씨도 모르는 김씨 할머니의 관록을 못 따라간 셈이었어.

손 빼! 지금 소리를 지른 사람이 누구냐면 김씨 할머니야. 사람들이 일을 다 끝내고 산을 내려가는데 도가 오흥국 씨가 두루마기 사이로 주머니에 손을 찔러 넣고 있잖아. 뒤따라오던 김씨 할머니가 손을 빼라고 소리를 지르는 거야. 다시 볼래? 손 빼! 환갑을 훨씬 넘긴 늙은 아들한테 아이 대하듯 호통을 치니까 아주 우습더라니까. 원고를 쓸 때 저런 장면을 재미있게 표현해 주면 좋을 것 같아.

저 장면은 숙수 안무식 씨와 도가 오씨가 제수를 사려고 청량리 시장을 찾은 거야. 시장에 가서도 지켜야 할 금기가 있어. 초상을 치른 집에서는 사지 않고 가장 좋은 것으로 사되 절대로 물건 값을 깎아서는 안 된대. 제수는 당문서에 나타난 대로 구입하되 산제사에 쓰일 것과 당굿에 쓰일 것을 분리해서 사더라구. 살 물건을 손가락으로 가리키지 말아야 하고 산 물건은 땅바닥에 절대 내려놓으면 안 된다는 금기도 있어. 저 가게는 늘 가는 단골집이래. 그런데 단골집이라서 그런지 주인 아주머니가 자투리 2만 원을 깎아 주더라고. 알아서 깎아 주는데 굳이 말릴 이유가 있나.

이 장면부터는 음력으로 3월 2일이야. 저기 보이는 곳은 제물을 준비하는 숙수간이고 여기는 찬방이야. 특히 여기 찬방은 화식을 만드는 곳인데 익히는 음식은 모두 이곳에서 마련해. 지금 저 아주머니가 만지고 있는 것은 계면떡이라고 하는데 무당이 만수받이를 하면서 파는 메떡이야. 저렇게 손으로 밀어 적당하게 자르는데 어슷어슷하게 살으라고 고만고만하게 자른대. 저렇게 자른 떡은 멥쌀가루를 묻혀 두더라고. 지금 보이는 것이 찬방의 굴뚝이거든. 연기가 모락모락 피어오르는 게 정겹지 않냐? 그리고 숙수간 앞마당에 있는 저 화톳불 좀 봐라. 어둠이 깔리기 시작했는데 활활 타오르는 불길이 어쩌면 떠나간 영혼을 불러 모으는 것 같지 않냐? 저기 클로즈업으로 보이는 불잉걸은 어때? 이글이글 타오르지?

저기 봐. 눈썹 모양의 초승달이 떠 있지? 저 때가 저녁 7시가 조금 안 됐을 거야. 이제는 안반고사가 시작될 거야. 안반은 떡을 치는 커다란 떡판을 말하는데 산제사가 남성들 위주로 진행되는 반면 안반고사는 철저하게 여자들 위주로 하게 돼. 안반고사는 신격인 모두기를 위로해서 산치성과 도당굿을 방해하지 말라는 뜻에서 하는 비방이래. 떡판에 팥시루떡하고 차전병, 녹두부침, 대추, 밤, 배 등 열두 종류를 조금씩 뜯어내어 스물한 무더기를 만들어 얹어 놓더라고. 그런데 이상하게 자료에는 안반고사를 맡은 아주머니가 비손을 하는 것으로 되어 있는데 저렇게 제주들이 떡판을 향해 사방에서 절을 하더라고. 왜 그랬는지 모르겠어. 여자들이 주체가 되어 고사를 지낸다는 것이 흔하지 않잖아. 같이 참석한 어떤 대학 강사는 지방에 있는 아는 사람의 문중 제사에 우연히 참석을 했는데 정문 앞에 '여자는 뒷문으로'라고 적혀 있더래. 그야말로 남녀 차별이 아니고 뭐겠어. 남녀평등을 주장하는 요즘 시대에 가당키나 한 일이야. 일행 중에는 대학에서 박사 학위까지 받은 여성 연구자가 동행을 했다는데 결국 뒷문으로밖에 들어갈 수 없었대.

어쨌거나 안반고사를 끝내고 사람들이 분주히 오가지만 자세히 보면 마을 사람들이 많지가 않아. 마을에서 초상이 났대. 그곳에 참석한 사람들은 도당산에는 올라오면 안 되거든. 지금 저렇게 사람들이 많은 것은 거의 외부인들이야. 젊은 학생들도 많은데 어느 대학의 민속학과 학생들이 단체로 참석했고, 외국 유학생들도 꽤 참석했더라구. 그런데 모두들 녹음기하고 사진기, 심지어 비디오카메라를 들고 있는 사람들이 많지? 더군다나 저기 저 사람은 중앙 일간지 기자야. 갈매동 도당굿이 생각보다는 꽤 알려져 있거든. 특히, 서울의 접경 지역인 데다가 경기도 일대에서는 굿을 찾아보기가 어려운데 연구자들한테는 갈매동 도당굿이 꽤 알려져 있더라구.

알려드리겠습니다. 이제 저 뒤편에서 조포모시기를 할 텐데 절대로 말을 해서는 안 됩니다. 그리고 휴대폰은 모두 꺼주시기 바랍니다. 조포는 두부를 말하는데 같이 간 연구자가 그러는데 경상도 방언이래. 조포모시기는 특별한 풍습이라는데 언제부터 시작됐는지는 아무도 모르더라구. 저쪽 배나무 밭에서 가마솥을 걸고 불린 콩을 맷돌에 갈아 끓이더라구. 저기 남자들이 횃대에 불을 붙여서 앞장서기 시작했지? 저 아주머니는 도가 오씨의 아내고 저 사람은 숙수 안씨의 아내야. 한 사람은 맷돌의 손잡이를 돌리고 한 사람은 구멍에 콩을 넣잖아. 저렇게 손발이 안 맞아도 몸짓과 손짓으로만 해야지 말을 해선 안 돼.

그런데 저거 봐라. 학생들이 맷돌을 돌리는 사람들 앞에서 알짱거리니까 사진을 찍을 수가 없잖아. 저 장면을 봐. 누가 학생들한테 돌을 던졌지? 안 보이냐, 어두워서? 저 봐, 돌을 또 던지잖아. 누가 던지나 했더니 신문사 기자더라고. 신문사 사진기자들이 원래 극성맞잖아. 저렇게 콩을 갈고 나면 저걸 가마솥에 넣어. 콩이 끓어오르면 물을 부어 다시 한 번 끓이더라구. 알맞게 익으면 저기 함지박에 쏟아 내서 걸러. 마지막으로 저렇게 간수를 넣어서 다시 한 번 끓이더라구. 조포가 엉기지 않으면 부정이 탔다는 말이 있어. 94년도에는 조포가 엉기지 않아 애를 먹었대. 두부가 잘됐지? 저기 다른 그릇에 따로 담는 것은 산제를 지낼 때 쓸 거래. 저 두부는 헝겊인지 베인지 모르지만 저걸로 싼 망을 주발에 담아 나무판으로 뚜껑을 눌러서 숙수간 옆에 있는 제상에 올리는 거야. 저 주발 위에 체를 덮는 것은 불결한 것이 범하지 못하게 하기 위해서래. 저걸로 일단 조포모시기는 끝이 나.

오씨 아내가 지금 저렇게 조그만 아궁이에서 솔가지로만 군불을 때는데 뭘 하는 거냐 하면 노구메를 짓는 거야. 노구메는 산제를 드릴 때 올리는 밥이야. 산제를 올릴 시간이 다 됐다는 얘기지. 산제는 도당굿에서 가장 엄숙하고 중요한 절차야. 이 산제에 참석하려면 모두들 흰 창호지를 입에 물고서 부정 타지 않게 조심해야 한대. 그리고 모든 제물에는 고깔 모양으로 한지를 씌워 부정을 피한대.

저 장면을 봐. 카메라가 흔들리지? 불길이 치솟는 게 보이냐? 조포모시기를 끝내고 올라온 이후로 배 밭에 불이 붙은 거야. 아마 횃대에서 떨어진 불똥이 마른풀에 옮겨 붙었던 모양이야. 내가 제일 먼저 불을 발견하고 카메라를 들이대고 있었는데 사람들은 발로 불을 끄려고 야단들이더라고. 누가 물 양동이를 들고 왔는지 물을 뿌리니까 불길이 좀 수그러들었어. 결국 사람들이 떼거지로 몰려와서 겨우 불길을 잡았는데 나더러 불은 안 끄고 카메라만 들이댔다고 얼마나 욕을 해대던지 무척 애먹었어.

횃대를 든 사람들이 움직이기 시작했지? 사람들이 산치성터로 이동하는 장면이야. 저 장면은 산제를 올리는 모습이야. 제물이 모두 준비가 되니까 당주 정영화 씨가 잔을 향 주위에 돌리고 세 번 절을 하잖아. 저 때도 서로 말은 못하지만 사람들이 사진을 찍으려고 몸싸움이 대단하지? 비디오카메라에서 들려오는 띵경띵경 소리, 사진기 찍는 소리, 그리고 개 짖는 소리들이 요란하지? 유세차 경진년 삼월 초이틀 조선 경기 우도 남면 노원 갈매동……. 모두들 입을 다물고 있는데 당주만 저렇게 축문을 읽더라고. 거민 삼화주 정영화 등 감소고우……. 그런데 당주가 축문을 읽고 있는데 카메라에 창호지를 입에 문 저 아주머니가 들어오더라고. 금암산 산신지령복이 위중사악 영진일방……. 아주머니의 표정이 꼭 개구리를 닮아서 웃음이 터져 나올 것 같아 죽는 줄 알았다니까. 권이위복 도제중생 유아하민 감불경황……. 산치성이 끝나고 아주머니들이 저렇게 제물들을 함지박에 담더라고. 저 때도 그릇 부딪치는 소리는 금물이야. 산치성을 올리고 내려오니까 사람들이 그제서야 떠들기 시작하대.

저기 숙수간에 모여 있는 제주들이 아까부터 조심스럽게 말을 주고받길래 가만히 엿들었어. 마을에서 초상이 났다는 둥 도당터에서 불이 나고, 우물이 말라 버렸다는 둥 어눌한 목소리로 근심을 하더라고. 그러면서 조포는 잘 엉겼으니 큰 문제는 없을 거라고 위로도 하대. 막걸리가 한 순배 돌면서 사람들 표정이 모두 밝아지더라고.

서낭맞이 갑시다! 지금 저 장면은 학생들을 동원해서 소리를 지르게 하는 거야. 서낭맞이 갑시다! 옛날에는 저렇게 소리를 지르면 퇴계원까지 소리가 닿았대. 서낭맞이 갑시다! 저기 무당이 든 것은 활과 화살이야. 대잡이를 앞세우고 사니들의 삼현 육각에 맞춰 춤을 추듯 이동하잖아. 저 봐! 마을로 내려가니까 사람들이 많이 기다리고 있지? 들은 얘기로는 근래에 들어 저렇게 많은 사람들이 모인 적이 없대. 저 일행들은 지금 서울과 갈매동의 접경 지역인 새오개로 향하는 거야. 사니들의 음악이 웅장하지 않냐? 소리가 꽤 크더라고. 마을 주변에 사람들이 많이 늘어서 있지? 대잡이를 따라가는 사람들도 거의 백 명을 넘겠지? 제주들의 표정이 들뜬 것 같지 않냐? 신이 났는지 대잡이가 삼거리에 도착하자마자 거리굿을 하잖아. 사람들이 점점 늘어나니까 몇 번이고 신 나게 대를 놀리더라고.

저 길은 퇴계원에서 서울 신내동으로 빠지는 길인데 차들이 늘어서서 구경을 하고 있잖아. 지금은 저렇게 차들이 많이 다니지만 예전에는 우마차가 겨우 들락거릴 정도였대. 저기가 고갯마루인데 저기에 서낭당이 있어. 여기서 보이지는 않지만 당목과 돌무더기가 합쳐져 있더라구. 저기서는 당주 정영화 씨만 올라가서 떡과 술을 올리고 절을 하더라. 그래. 당주를 맡은 후로 모든 여자들이 떨어져 나갔다는 그 사람. 새오개 서낭당에서는 검암산 산할머니와 서낭당 산할아버지의 결합을 주선하는 비손을 한대. 사니패의 음악이 더욱 커지지? 저 때 무당은 활을 들고 시위를 하고서 간단히 덕담을 해. 그리고 서낭 시루의 떡을 조금씩 떼어서 저렇게 주위에 뿌리고 막걸리도 뿌려. 저렇게 하면 서낭맞이는 끝이야. 저 시각이 밤 12시가 다 됐을 거야.

아까 온 길을 다시 되돌아오는데 사람들이 정말 많아졌지? 바로 유가를 돌게 된 셈이야. 저기 김씨 할머니도 보이지? 노인네가 보통 건강한 게 아냐. 저기 군데군데 보이는 모닥불이 보이냐? 모닥불을 켜놓은 것은 '우리 집에도 들러서 축원을 해 주십시오'라는 뜻이래. 그러니까 모닥불이 있는 집이면 어느 집이나 빠짐없이 들어가야 돼. 옛날 어렸을 때 교회를 다닌 적이 있는데 크리스마스 이브에 새벽송을 부르며 신도들의 집을 순례했던 기억이 나더라. 그때나 이때나 별로 상황이 다르게 느껴지지가 않더라구.

저기 모닥불을 피워 놓은 집에 들어가니까 안주인이 준비한 고사상을 내놓았지? 음식은 떡시루에 북어를 얹어 놓고 막걸리하고 술국을 내놓는 게 기본이야. 그리고 저렇게 신장대 가지에 한지로 돈을 싸서 매달고는 소원을 비는 거야. 나뭇가지에 한지에 싼 돈이 많이 매달렸지? 지금은 지전을 한지에 싸서 신장대에 매다니까 다행이지만 옛날에는 엽전을 매달아서 힘이 좋은 사람이 대잡이를 할 수 있었대. 그러고 보니까 대잡이나 제주를 맡은 사람들이 대개 능참봉이었다고 하더라고. 능참봉이 뭐냐면 검암산 뒤쪽에 있는 동구릉을 지키는 책임자를 말해. 참봉이면 양반이잖아. 그러면 제주나 대잡이의 복장이 양반 복장이라는 것은 크게 문제 될 일이 아니겠는걸.

어쨌거나 모닥불이 있는 집에 사람들이 들어서면 안주인이 술과 떡을 내놓잖아? 어떻게 저 많은 사람들을 다 먹이느냐고 걱정하겠지만 천만의 말씀이야. 지금은 유가가 하루로 그치지만 옛날에는 며칠을 꼬박 돌아다녀도 다 끝내지 못할 정도로 규모가 컸대. 저 날도 새벽 6시까지 유가를 돌았는데 한 여섯 시간을 계속 움직이면서 술과 떡을 먹었다고 생각을 해봐. 나중에는 하도 먹어서 배탈이 났다니까.

삼공사오? 저기 저 장면도 잘 봐. 삼공사오는 왜? 늦어서 가야 되는데 못 나간단 말이에요. 어이, 삼공사오가 누구 차야? 삼공사오는 왜? 그 차 때문에 다른 차가 못 나간다는데. 삼공사오 베르나 말이야? 네. 그거 내 건데. 어머, 만신님 차예요? 야, 이년아! 빼 달랄 걸 빼 달라고 그래라. 무당더러 유가 팽개치고 차를 빼 달라고? 어머, 어떡해요. 늦게 가면 혼난단 말이에요. 야, 무슨 대화인지 알겠냐? 이 대목에서 우스워서 죽는 줄 알았다. 뒤로 돌려서 다시 틀어 볼게. 삼공사오는 왜? 늦어서 가야 되는데 못 나간단 말이에요. 지금 울상을 짓고 있는 저 여학생이 민속학과 대학생이야. 어이, 삼공사오가 누구 차야? 저 사람은 도가 오씨고. 삼공사오는 왜? 저 사람은 무당이고. 그 차 때문에 다른 차가 못 나간다는데. 삼공사오 베르나 말이

야? 네. 그거 내 건데. 어머, 만신님 차예요? 야, 이년아! 빼 달
랄 걸 빼 달라고 그래라. 저 사람은 누군지 모르겠고. 무당더러
유가 팽개치고 차를 빼 달라고? 어머, 어떡해요. 늦게 가면 혼
난단 말이에요. 알겠지? 무슨 대화인지. 굿을 구경하러 온 여
학생이 집에 가려고 하는데 무당 차 때문에 움직일 수 없다는
얘기야. 얼마나 웃기던지. 그래서 어떻게 됐냐고? 열쇠를 주더
라고. 누가 따라가서 열쇠는 받아 왔겠지.

저 장면은 모닥불을 클로즈업한 건데 저 부분도 원고를 쓸
때 잘 써 봐. 이 정도면 어떨까? 새벽은 깊어만 가고 유가 행렬
은 모닥불을 따라 새벽 속으로 깊숙이 들어가고 있다. 이상한
가? 아니면 관두고.

아 참, 이 장면을 빼지 않았지. 이 장면도 잘 봐. 저기 웃통을
벗은 사람을 특히. 씨발, 조용히 좀 살겠다는데 왜 성질을 건드
려. 뭐야, 이 자식이 어디서 어른한테 욕지거리야. 저 사람 웃
통을 벗으니까 문신이 드러나잖아. 문신이 보이냐? 먼저 반말
을 했잖아. 씨발, 좆도. 뭐야, 이놈아! 마을에서 굿을 하는데 어
디서 행패야. 굿을 하는지 씹을 하는지 내가 어떻게 알아, 씨
발. 나중에 얘기를 들어보니까 저기 웃통을 벗은 사람은 갈매
동에서 가게를 하는 사람인데 이사 온 지가 얼마 안 된 사람이
래. 사니패들의 음악이 하도 커서 잠결에 나왔나 봐. 지나가는

사람한테 왜 시끄럽게 떠드느냐고 그랬대. 그래서 우리 일행 중에 한 어른이 반말로 야단을 쳤대. 그랬더니 저렇게 길길이 날뛰는 거야. 추운데 웃통까지 벗고. 입맛이 영 쓰더라. 뭐? 이 장면은 빼는 게 좋겠다고? 그렇긴 하지? 6시에 일단 유가를 끝냈어.

한 시간을 잤나, 두 시간을 잤나. 얼마 잠도 못 잤는데 아침부터 다시 유가를 돌더라고. 아침에 도는 유가는 새벽에 돌지 못한 제주들의 집을 방문하더라고. 저 집은 당주 정영화 씨 집이고, 저 집은 도가 오흥국 씨 집이야. 김씨 할머니가 한지로 싼 돈을 신장대에 매다는 게 보이지?

할머니, 무슨 소원을 비셨어요? 그저 우리 아들 건강하라고. 제발, 나보다 먼저 가지 말라고.

저 장면을 보니까 갑자기 무엇인가가 울컥 치밀어 오르더라. 다시 돌려서 볼까? 그저 우리 아들 건강하라고. 제발, 나보다 먼저 가지 말라고. 할머니 표정 좀 봐라. 늙은 아들이 자기보다 먼저 세상 떠나지 말게 해달라는 게 할머니의 마지막 소원이래. 돌아가신 우리 노인네 생각이 나서 그랬는지 콧등이 뜨거워지데.

저 장면은 아침 유가를 끝낸 일행들이 도당산으로 올라가는 장문밟기에 들어간 거야. 장문밟기는 여덟 박자에 한 걸음씩 옮기는 건데 예전에는 무당이 말 잔등에 서서 재주를 부리며 장문밟기를 했었대. 경기 우도 양주군 구리면……. 저건 도당 터에 도착해서 당주가 덕담을 읽는 거야. 갈매동 만민이 삼년 세력을 바쳐서 극진치성을 잡수어 계신 터이신데 웬 행차가 요란히 들어오시나요. 다름이 아니오라……. 갈매동 도당굿이 많이 알려지기는 했나 봐. 하기야 저 때가 국회의원 선거가 임박한 시기라 출마자들도 모두 모였어. 저 사람이 여당 후보고, 저 사람이 야당인 현역 국회의원이야. 아주 어렸을 때 굿을 본 적이 있었는데 칼이 난무하고 무당이 요령을 흔들어 대느라 무척 무서웠던 기억이 있어. 그런데 춤추는 저 사람들을 봐. 그야 말로 동네 잔치고 축제잖아.

지금 저 장면은 무당의 입을 통해 저 노인의 어머니가 현신을 한 거야. 곧 다른 세상에서 만날 거면서 눈물을 보이잖아. 분위기에 취했는지 저 여학생의 눈에도 눈물이 고였지? 굿거리는 무당이 진행하는데 초부정, 가망청배, 조상거리, 신할머니, 별상, 대감놀이, 제석거리, 호구거리, 군웅거리, 걸립, 당굿, 뒷전 순으로 이어져. 저기 오홍국 씨가 보이지? 그 옆에는 김씨 할머니도 있고. 저기 오씨가 대잡이더러 뭐라고 소리를 지르지? 결국 저 양반도 관록이 되살아나서 훈수를 두잖아.

아, 저 장면은 에필로그야. 다시 노을이 지면서 때마침 김정회 할머니하고 오씨 아내가 팔을 끼고 도당산을 내려가는 뒷모습이 보이지? 저 할머니가 그래도 갈매동에서 인생을 소진한 85세의 노인이잖아. 인생의 비탈길을 며느리와 내려가면서 무슨 생각을 하고 있을까. 인생의 마지막 소원을 빌었고 이제 대를 이어 도당굿을 챙길 며느리가 옆에 있어서 든든하다고 생각하는 것은 아닐까? 할머니의 마지막 소원이 뭐라고 했는지 기억나냐? 기억나?

중심 없는 시대의 이야기꾼

최혜실(경희대 국어국문학과 교수)

1. 작가의 탄생과 죽음

중세의 작가는 다른 예술가들과 마찬가지로 귀족을 후원자로 두고 있었고 일종의 고용인으로서 그들을 위해 봉사했다. 그러나 인쇄 매체의 보급으로 글을 읽을 수 있는 계층이 확보되고 산업의 발달로 중산 계급이 성장하게 되자 작가는 독립하게 된다. 19세기 유럽 작가들은 목사, 출판업자, 변호사 등의 부직을 가지고 있었으며 주로 향민층이나 중산층 출신이었다. 이들은 '학문에 몰두한 소년'으로서 도서관에서 책을 빌려 독서를 하고 학교에 다니면서 속기법을 배웠다. 작가에 대한 대중의 인기는 대단하였다고 한다.

그러나 20세기에 이르면서 작가의 지위는 하락한다. 책의 생산이 증가하고 가격이 떨어졌으며 대중의 교육 수준은 향상하였다. 독자층도 엘리트 독자층과 중하류층 간의 구별이 뚜렷해지면서 자신의 주 독자층 수는 줄 수밖에 없었고 특히 주관성, 비판적 고립의 분위기가 순수 문학이라는 분위기 때문에 작가의 수입은 줄어들었다. 작가가 경제적·사회적으로 불안해짐에 따라 자신의 역할에 대한 불안감이 높아만 갔다. 그들은 점차 제어할 수 없는 적대적인 세계 속에서의 불확실한 작가의 곤경을 주요 주제로 다루게 되었다.

이런 경향은 한국에서도 마찬가지였다. 조선 후기 영웅 소설의 작가층은 대체로 몰락 양반, 중인, 서얼, 평민으로 요약된다. 이들은 이원적 주기론과 대응되는 중세적 질서 해체에 대한 위기의식, 실세 양반의 회복에 대한 꿈, 불우한 현실적 조건 속에서 배태되는 평민층의 환상적인 꿈 등 다소의 편차는 있지만 대체로 지식은 있으나 자신의 처지로 인해 당대 세계에 대해 소외 의식을 지닌 자로 규정될 수 있다.

작가의 이런 이중적 태도는 일제 강점기, 전후, 개발 독재 시대를 거치면서 더 강화된다. 원래 지식인들은 귀족이나 자본가와 노동자의 중간에 위치해 있다. 이들은 후천적인 교육을 자본으로 해서 상향 이동하려는 존재인가 하면 더 낮은 계층을 위해 지배 계층에 저항하려는 이중적 속성을 지닌 존재이다. 그런데 이 상반된 욕구는 식민지하에서 더 크게 나타날 수밖에 없었고 이들의 분열과 저항은 해방 후에도 분단의 모순 속에서 고착화한다.

재산은 무산 노동자 수준이나 지식이나 역사적 지향성에 있어서 지배 계층보다 우위에 있다는 올찬 자존심은 지금까지 면면히 내려오는 작가의 자존심일 터이다. 그리고 이 자존심은 그들이 지식의 기득권자라는 점에서 더 견고해졌다. 인쇄 매체의 발달로 중세 시대에 소수 귀족, 승려층에 독점되던 지식이 대다수 사람들에게 보급된 것은 사실이다. 그러나 지식 소통의 제도 내에서 지식 생산층은 여전히 독점적이었다. 예를 들면 작가는 문단의 등단 제도를 통과해야 문학 작품을 지면에 발표할 수 있었고 신문의 지면을 장식하는 필자들의 면면 또한 교수, 정치인 등 소수 인정받은 사람에 국한되어 왔다. 학교 교과서가 국정이거나 검인정인 것도 그 유력한 증거이다.

그러나 가난 속에서도 옹골지게 숨겨 두고 있던 문학인의 자부심은 시대의 흐름에 따라 희석된다. 책의 가격이 떨어지면서 전업 작가로 생계를 이어 가는 것이 사실상 불가능하게 된다. 소득상 빈민의 위치에 속하게 된 작가는 한술 더 떠서 이제 인터넷 매체의 보급으로 생산의 독점 기회까지 위협받고 있다.

누구나 작가가 될 수 있다. 심지어 여고생이 작품을 써도 베스트셀러가 되고 영화, 드라마로 각색되어 인구에 회자된다.

작품의 완결성도 사라진다. 일방향적인 인쇄 매체 시대에 작가
의 권위는 막강했다. 그러나 인터넷에서는 양방향적인 매체 특
성 때문에 네티즌들에게 끊임없이 참견당한다. 좀 심하게 말하
면 공동 담론의 화두의 역할 정도를 한다고나 할까? 이런 현상
은 구비 문학 시대의 그것과 흡사하다. 구연자는 청중의 반응
에 따라 텍스트를 가감하여 구연하며 텍스트는 완결되어 수백
년이 지나도 변하지 않는 그 무엇이 아니라 공동 놀이의 요소
로 자리 매김 한다. 주인공은 작가만이 아니라 그 놀이에 참석
했던 관객들도 포함된다. 이는 다른 지식도 마찬가지이다. 인
터넷 신문이나 게시판에서 작가의 글에 수많은 리플과 다른 글
들이 달려서 공동의 평판을 형성해 내는 장관을 우리는 매일
경험한다. 이제 지식의 생산과 소비의 민주주의 시대가 된 것
이다. 이에 따라 작가는 소수인으로서의 존경과 빛을 잃게 되
었다.

2. 몰락 양반에서 몰락 지식인으로

몰락 양반 출신일 때는 그래도 좋았다. 자존심과 명예는 꿋
꿋했으니까. 그러나 오늘날, 빈민층의 경제력과 일상인과 별로
차이가 나지 않는 지식수준을 지닌 작가가 어떤 담론을 생산해

야 하는가? 신승철의 작품은 막 몰락하려는 자기 계층에 대한 예견과 불안으로 가득 차 있다.

등단작인 〈낙서, 음화, 그리고 비총〉에서 김 기자와 화자는 신문사 기자이다. 작품에는 '코'에 대한 전설, 속담, 속설들이 다채롭게 섭렵되어 있다. 우선 이들은 비총(鼻塚)을 구경하러 가는 길이다. 정유재란 때 일본의 도요토미 히데요시가 한민족의 기를 자르려고 조선 의병과 양민들의 시신에서 코를 베게 한 데서 유래한 무덤이라는 전설에서 볼 수 있듯이 여기서 '코'는 민족의 기(氣), 기상(氣像), 혹은 자존심을 의미한다. 조선 시대 바람난 여자에게 코를 베는 형벌을 가한 것 또한 '명예'에 해당한다는 점을 의미하는 것이다.

작품에서 '코'가 긍지, 신념, 자존심을 상징하는 장치는 도처에 존재한다. 김 기자는 수습기자 환영회에서 운동권 노래를 부르며 호기 있게 설치다가 김 부장에게 코를 물어뜯긴다. 이후 둘은 앙숙처럼 지내다가 김 기자는 지방으로 좌천된다. 김 기자에게 그 사건은 자신의 자존심을 물어뜯긴 것이나 다름없는 것이었고 똑같이 코를 물어뜯음으로써 김 부장에게 복수한다. 그 사건 이후 김 기자는 코에 관한 기록이나 일화에 병적으로 집착하는데 이는 자본주의의 견고한 제도 속에서 손상된 자존심을 회복하려는 지식인의 노력을 상징하는 것이다.

그러나 일상에서 소소하게 나타나는 폭력은 그것만이 아니다. 일용할 양식을 위해 타협하고 한없이 비굴해야 할 일이 지천으로 널린 세상이다. 누구나 그 모멸감에 대한 방어 기제를 능력껏 장만하고 있는 법인데, 제도의 무게에 마찬가지로 적응 못하는 화자 또한 김 기자처럼 축농증을 앓고 있다. 그 또한 직장의 부조리에 환멸을 느끼지만 처자식을 먹여 살려야 하는 상황, '내 코가 석자'인 상황에서 주저앉아 버린다. 그들은 상처 난 자존심처럼 대책 없이 콧물이 흘러나오는 헐어 버린 코를 지니고 있다. 그들은 병의 치유를 위해 비총으로의 여행을 떠난다. 둘은 비총 속에 들어 있는 항아리 속에 코가 없음을 알고 편견이고 상징에 불과한 자존심을 회복한다.

'지식 노동자'로서 작가의 지위가 얼마나 초라하고 불안정한가는 〈연세고시원 전말기〉에서 보다 구체적이고 직접적으로 드러난다. 작품은 털보의 칼에 찔려 의식을 잃어 가는 주인공이 그 고시원의 방을 선택하고 그곳에서 지내게 된 경과를 보고하는 특이한 구조로 되어 있다. 화자는 전문대학 문예창작과를 나와 편집 대행 회사의 팀장으로 근무해 왔다. 그러나 4년제 대학교 기계공학과를 나온 제작팀 대리와 월급이 같다는 사실에 분노하고 '대한민국에서 제일 좋은 대학교 심리학과'를 나온 사장과 갈등을 일으킨 끝에 직장을 나온다. '글'에 대한 자신의 지식을 파는 이 지식 노동자는 자본주의 오만함과 학벌의 횡포에 자신이 할 수 있는 가장 큰 저항을 한 셈이나 그마저 자승자박의 직장 그만두기에 불과할 만큼 미미한 저항일 뿐이다. 그가 삶에 얼마나 무기력하고 속수무책이며 상처받는 존재인가는 다음과 같은 고백에 잘 드러나 있다.

나이 사십은 불혹이 아니라 유혹(誘惑)이다. 유혹의 나이에 뭘 해야 할지, 다시 직장을 다닐 수 있을지 왜 걱정이 없었겠는가. 고정적인 수입은 아내의 마지막 희망이요, 실직은 내 가족의 안정과 생존을 위협하는 문제였다. 그걸 포기하자니 얼마나 기분이 더러웠겠는가. 그러다가 눈을 들어 생각해 보니 내가 소설가라는 사실을 문득 깨달았다. 소설 쓰는 일 말고는 다른 대안이 없구먼, 그런 생각이 들었던 것이다. 그렇다. 나는 다행히 소설가였다. 내가 소설을 쓰는 이유는 인생에 대한 보상 심리 때문이다. (123쪽)

그가 자신과 가족의 생존을 포기할 수 있었던 자신감은 '다행히 소설가'라는 사실이었다. 그가 소설가라는 직업을 가진 것이 불행 중 다행이라고 이야기하는 이유는 무엇인가? 그는 소설이 자신의 인생을 보상해 줄 수 있다고 생각한다. 그에게 '대한민국에서 가장 좋은 대학'과 '월급'을 이길 수 있는 무기는 '한국 문단을 뒤집어 놓을 장편 소설'이었던 것이다. 우리 시대의 '몰락 양반'은 자본이 판을 치고 학벌이 좌우하는 세상에 복수하기 위해 소설을 쓴다. 그러나 이 시대의 소설가는 양반 계층의 몰락을 지식으로 갚는 방식조차 지키기 힘들게 되었다.

모순된 사회에 저항하는 전위 부대 지위조차 상실한 왜소한 일상인으로서의 지식인의 비애는 〈광화문 그 사내〉에서 대통령 탄핵이란 정치적 상황과 맞물리며 그 역사적 함의를 드러낸다. 작품은 광화문 촛불 시위와 술집에서의 소동이라는 현재 시간과 화자가 직장을 나오기까지의 과정이라는 과거 시간이 병치되는 구조로 되어 있다. 주인공은 3월 13일 대통령 탄핵을 반대하기 위해 아내와 아이와 함께 광화문으로 간다. 그가 인터넷 카페에 남긴 글은 의미심장하다.

나는 13일 집사람과 우리 아들과 오후 6시까지 광화문으로 간다. 호헌철폐 때 나는 호텔 뿐이였기 때문에 광화문으로 가지 못했다. 2002년 월드컵 때 나는 출판사 부장이었기에 광화문으로 가지 못했다. 부끄럽고 먹고살기 바빠서 광화문에 가지 못했다. 내가 아니라도 그들이 있었기에 광화문에 가지 않아도 됐다. 어제 나는 주머니에 짱돌을 하나 숨겨 두고 여의도로 가는 대신에 집사람의 지갑에서 만 원짜리 하나를 훔쳐 내어 술을 먹었다. 세상은 이렇게 사는 것이 아니다. 주머니에 짱돌을 담는 대신에, 옆구리에 술병을 차는 대신에, 집사람과 아들의 손을 잡고 이제 부끄럽기에 촛불 세 개를 준비해서 광화문으로 갈 것이다. 세상이 이렇게 흘러가서는 안 된다는 것을 집사람과 아들에게 보여 줄 것이다. 세상이여 안녕하기를. (140~141쪽)

밥벌이를 위해서 역사의 방향성을 애써 외면했고 평범한 소시민으로 살아가던 화자는 마침내 시대의 올바른 흐름을 만들어 내기 위해 광화문 촛불 시위에 참여한다. 그런데 그는 인터넷 카페에 분노를 터트리고 중의를 모으는 평범한 네티즌들 중 한 명일 뿐이다. 그것은 그 전 시대 민중들을 일깨우고 혁명 정신을 고취시킨 뒤 역사 발전의 뒤안길로 사라져 간 지식인의 그것과는 사뭇 다른 모습니다. 그는 정보 통신의 발달로 '영리해진 군중'(smart mobs)의 하나에 불과하다. 디지털 시대, 지식인의 죽음을 이처럼 구체적으로 드러낸 구절도 없을 것이다. 정보를 공유하는 군중들은 이제 누구나 할 것 없이 똑똑하고 당차기까지 하다. 그들은 휴대폰으로 무장하고는 부당하다고 생각되는 모든 것에 대해 온라인에서 당당하게 주장하고 오프라인에서 행동에 옮긴다. 구심점은 없다. 아니, 시시각각으로 변한다. 저마다 목소리를 내고 그 목소리가 순식간에 거대한 흐름을 형성하여 오프라인으로 흘러넘치는 형국이다.

군중과 대조적으로 이 시대의 지식인은 일상에서조차 밀려난 패배자로 보일 지경이다. 잡지사에 다니던 주인공은 칠십 넘은 사장의 인색하고 괴팍한 성질에 염증이 나 있었다. 엎친 데 덮친 격으로 여직원이 사장에게 성희롱을 당하고도 직업을 유지하기 위해 말 한마디 못하는 상황에 분노한다. 부조리하지 않은 직장이 없고 부조리하지 않은 오너가 없다는 화자의 절망감은 마침내 사표 던지기라는 자기 파괴로 나아간다. 그러나 그가 직장을 그만둔 후에도 직장의 상황은 조금도 개선되지 않았고 성희롱을 묵묵히 감내하여 이사의 직위까지 올랐던 여자 후배도 편집권의 독립을 요구하다 직장을 그만두고 재혼한다. 세상에 어떤 영향도 미치지 못하고 사회 밖으로 밀려난 주인공은 아내, 아들과 함께 광화문에 간다.

그곳에서 사람들은 노래하고 춤추며 축제의 한 마당을 이룬다. 그는, 축제의 전복적 분위기에서 역사의 방향을 틀어쥐려는 영리해진 군중들 속에서, 그러나 빠져나온다. 같이 술 마시자는 후배 작가 김의 전화를 받고 그곳으로 달려간다. 세상 속에서 세상의 모순과 부조리를 감내하면서 그것을 바꾸어 나가려는 다른 군중들의 노력조차 그에게는 없다는 점 때문에, 그는 이 시대의 일상인보다 더 나을 것이 없다는 비판에서 자유로울 수 없을 것이다. 그의 일탈과 소외는 일제 강점기나 유신 독재 시절 꼼짝할 수 없었던 정치적 억압의 상황을, 그 '술 권하는 사회'를 안주 삼아 술을 마셨던 문인들의 그것과는 구별된다.

그의 무기력함은 그 축제의 전복적 힘조차 자본과 학벌이 판치는 이 부조리한 사회를 변화시키지 못한다는 절망감에서 비롯된 것이라 보여지는데 그 증거는 광화문의 '사막'이란 카페에서 만난 초등학교도 못 다닌 짙은 눈썹의 청년과의 대화와 이후 파탄 나는 관계에서 잘 나타난다. 화자와 후배 작가는 어린 시절 엄마를 잃어버린 청년의 과거 내력을 듣게 된다. 빨간 풍선 아저씨 옆에 있으라는 엄마의 말대로 했음에도 그는 미아가 되었고 고아원에서 성장해야 했다. 그런데 그가 일찌감치 세상에서 느꼈던 배반감은 곧 화자와 후배 작가에게 되갚아진다. '짙은 눈썹'은 금반지를 잃어버렸다고 거짓 증언을 하여 두 사람을 곤경에 빠트린 것이다. 인간관계에서 어느 누구도 믿을 수 없다는 절망감이 끝까지 가 있는 작품이다.

3. 영상, 구술, 그리고 다성(多聲)

이제 삶의 방향성을 잃어버린 작가는, 그리고 삶의 자신감을 잃어버린 작가는 자신의 목소리를 버린다. 작가(author)의 권위(authority)는 선형적인 이야기 구조일 수밖에 없는 소설의 특권이었다. 인간의 합리적인 이성으로 세상을 재현할 수 있다는 근대인의 믿음은 처음과 끝이 분명하고 그 흐름이 일관된 이야기 방식을 낳았다. 그것은 독자를 자신의 의지대로 변화시키려는 저자의 욕망과 관련이 있다. 그러나 전망을 상실한 이 시대에 작가는 일상인들의 대화를, 그리고 그 관계의 엇갈림을 날것 그대로 보여 준다.

〈해거리〉는 치매 증상이 있으며 눈 수술을 받은 할머니와 그 손자의 대화로 이루어져 있다. 할머니는 손자와 며느리를 못 알아보고 과거의 기억들을 잠시 깜박하는, 가벼운 치매 증상을 보이고 있는데 병문안 온 손자와 자기 집안의 내력, 병의 회복에 대해 이야기하고 있다. 그들의 대화 방식은 두 가지로 되어 있다. 첫째, 할머니의 말과 손자의 말이 단락 단위로 교차되어 있는 경우,

난 괜찮어라우. 니미 씨발 것. 장승모냥 카만히 앉거서 따복 따복 얻어묵기나 한디 뭐시 어쩔랍디요? 다 늙은 할마씨가 이라고 빙원에 자빠졌는디 넘들이 뭐시라고 하겄소. 그냥 뒈져 불면 쓸 것인디 살먼 얼매나 더 살겄다고…… 나가 죽일 년이제. 그

란디 아자씨는 누구시다요? 뭐시라고라우? 김핸민? 알제라우.
핸민이가 우리 둘째 아덜인디 우째 모른다요? 그란디 핸민이가
우찌케 되야 부렀다요? 그람 뭣 헐라고 이녁 자석은 물었쌌소?
뭐시요? 핸민이 둘째 아덜? 그라면 그쪽이 핸민이 둘째 아덜이
요? (7쪽)

할머니! 저, 영철이에요. 괜찮으세요? 어, 웬 욕을 그렇게 하
신데. 무슨 그런 말씀을 다 하세요. 나이가 드셨는데 이젠 쉬셔
야죠. 예, 저요? 할머니가 저를 못 알아보시나 보네. 어떻게 설
명해 드려야 하나. 할머니, 김현민 씨 아시죠? 아신다구요? 그
래요. 아니요, 아버지가 어떻게 되신 게 아니구요. 답답해라. 할
머니! 제가요, 핸민이 둘째 아들이에요. 네, 맞아요. 그렇다니까
요. 그럼요, 제가 할머니 손자죠. (8~9쪽)

둘째, 대화 단위로 교차되는 경우,

성자 그것이 오믄 쓸 것인디, 뭐 땀시 안 오까잉. 워따워따 썩
을 년. 할머니 또 그러시네. 할머니! 영자 고모라니깐요. 오, 그
라제 영자 고모제. 나가 버버리가 되야 부렀당께. 할머니! 영자
고모가 그렇게 보고 싶으세요? 이녁 자석인디 왜 안 보고 잪을

것이냐. 눈이 까매 부러 갖고 찾아가지도 못허고 폴다리가 아픈
께 움직이지도 못허고 방 안에 카만히 앉겄는디 여영 오도 가도
안 해부러. 의사 선상님이 언능 수술을 안 하믄 봉사가 된단디
성자 그것이 안 온께는 깝깝하드라. 할머니는 정말로 정신이 오
락가락하시나 봐. 영자 고모라고 그렇게 말씀을 드려도 끝까지
성자 고모만 찾잖아. (27~28쪽)

　슬하에 아들 여섯, 딸 셋을 둔 할머니는 모진 시집살이를 겪
으면서 살아온 과정을 짙은 남도 사투리로 풀어낸다. 그의 기
억은 불완전하고 심지어는 착오로 얼룩져 있다. 한 개인에 의
한 기록은 순차적이고 계획적이며 의도된 것이다. 그러나 실제
로 우리 머릿속에 일어나는 연상은 즉흥적이고 산발적이며 비
순차적이다. 우리 기억은 과거와 현재를 넘나들며 기억하기 싫
은 것과 그래도 떠오르는 것 사이의 갈등으로 얼룩져 있다. 치
매 증상이 있는 할머니는 보통 사람처럼 계획된 말, 자기에게
유리한 말만 의도적으로 조리 있게 하지 않는다. 그녀의 말은
머릿속에 떠오르는 연상을 거의 그대로 쏟아 놓는다는 점에서
기억과 닮아 있다. 독자는 그녀가 쏟아 내는 말의 편린들과 그
것을 받쳐 주고 그녀의 기억을 강요하는 손자의 말을 통하여
진실을 조각조각 이어 맞춘다.

비선형적 이야기 방식은 〈동일유치원 자모회장님 귀하〉에서 〈해거리〉에 비해 훨씬 가벼운 어조로 재현된다. 작품에는 우람이 엄마의 자모회장 선출과 수락을 둘러싼 에피소드가 여러 인물의 목소리를 통해 다성적으로 진행된다. 먼저, 여동생 현우 엄마는 언니의 '벼슬'을 축하하였으며 우람이도 엄마가 반장 엄마보다 더 높다는 사실에 신 나 한다. 특히 우람이 할머니는 일단 기뻐하지만 돈이 많이 든다는 사실에 우려한다. 그녀의 작은엄마도 중학교 교사인 자신의 경험을 들어 반대하는 입장이다. 특히 남편은 아내가 치맛바람을 일으킬 수 있다는 사실 때문에 완강하게 반대한다. 이 일 때문에 우람이 엄마는 학부형 모임에서 한 엄마와 다투기까지 한다. 그러나 이 작은 소동은 전 자모회장이 동일유치원 선생님들의 청렴함을 이야기함으로써 행복한 막을 내리게 된다.

작가가 자신의 목소리를 극도로 억제함으로써 오히려 사건의 진실을 보여 주려는 의도는 〈비디오 감상〉에서 보다 발전된, 혹은 극단적인 모습을 보인다. 작품은 경기도 구리시 갈매동 도당굿의 내레이션을 써달라는 다큐멘터리 감독의 이야기로 전개된다. '김씨 할머니의 마지막 소원'이란 제목으로 85세 무속인의 시각에서 바라본 굿의 의미를 오늘을 사는 현대인에게 들려주자는 의도로 내레이션을 부탁하는 감독이 비디오의 장면을 설명하는 것을 그대로 옮김으로써 내레이션에 의해 한 가지 시각으로 의도되고 계획되기 전 굿의 과정이 서술된다.

감독은 편집된 비디오에는 나타나지 않는 장면의 속사정을 시시콜콜하게 이야기하면서 도당굿의 시작과 끝을 기록한다. 소설에서 영화의 몽타주 기법이나 장면의 세세한 서술의 기법은 지금까지 여러 작가들에 의해 시도되어 왔고 그런 작업들이 영상에 익숙한 독자들의 관심을 끌었던 것이 사실이다. 그러나 영상을 문자로 차음부터 끝까지 그대로 옮기는 작업, 이 영상 데이터 제시가 지니는 의미는 상당히 실험적이다. 작가는 이야기 만들기를 포기해 버린 것일까?

4. 작가의 죽음, 그 이후

역사의 방향을 제시했던 지식인은 이제 다수의 영리한 군중으로 변해 버렸다. 이제 어떤 영역에서도 최중심부의 소수인은 존재하지 않는다. 교사는 중심에 서서 학생들에게 많은 지식을 나누어 주던 존재에서 과잉의 지식들을 적절하게 학습(learning) 시키는 보조자의 역할을 하게 되리라는 예측이 있다. 글쓰기 또한 하나의 완결된 의견으로서 독자에게 주입되기보다는 사이버 공간의 게시판에서 대중의 담론을 끌어내는 화두로 존재한다.

그렇다면 이제 작가의 죽음은 기정사실인가? 사이버 민주 광장에서 대화하고 상호 작용하며 의견을 끌어내는 광대로서, 그리고 작품의 위대성은 작가가 유쾌한 만남을 주선하는 그순간에만 존재하는 시대가 과연 온 것일까?

작가 신승철은 일상에서 자신의 비루함을 진술하다 못해 과장될 정도로 낱낱이 드러낸다. 그 남루한 삶의 묘사는 단순한 넋두리에 그치지 않는다. 그는 이 시대, 디지털 시대 작가의 운명을, 그 변화의 징후를 예리하게 포착한다. 한편으로는 작가의 고백을 통해, 또 다른 한편으로는 영상과 목소리에 대한 과도한 실험을 통해 현실을 판단하고 미래를 모색한다. 그는 어쩌면 이야기꾼은 변해 왔을 뿐, 몰락하지 않는다고 말하고 싶은지도 모른다.

장호원으로 보내는 다섯 번째 편지

S선배께.

그동안 제가 보낸 편지는 잘 받으셨는지요. 서너 번의 편지를 보내고서 어색하기도 하고 계면쩍기도 했습니다만 다섯 번째 편지를 보내려니 한결 익숙해졌습니다. 인터넷 메일이나 전화로 소식을 전할 수도 있습니다만 이렇게 편지를 쓰니 정리가 잘되고 정감도 생기는 것 같아 기분이 괜찮군요.

그전에도 말씀은 드렸지만 선배가 사는 장호원(長湖院)이라는 지명이 이토록 뚜렷한 고유 명사로 다가올지는 몰랐습니다. 아마도 삶이 버겁고 힘들다고 느낄 때마다 선배 생각이 간절해지고 덩달아 장호원이 마음의 고향처럼 머릿속에 떠오르는 까닭인지도 모르겠습니다. 지금쯤 장호원에는 복숭아나무 옆에 배나무를 함께 심어 연분홍빛을 띤 복숭아꽃과 하얀색 배나무꽃이 흐드러지게 피어 있겠군요.

선배, 제가 이번에 첫 창작집을 묶게 되었습니다. 열 편의 단

편을 다시 살펴보니 열 개의 손가락처럼 들쭉날쭉이고, 아픈지 안 아픈지 다 깨물어 봐야 할 형편입니다. 그만큼 게을렀고, 무심했던 탓이겠지요. 그렇다고 오늘 겸손을 떨거나 스스로를 탓하고 싶지는 않습니다.

생각해 보면 '사랑'이 많은 일을 해내지만 저에게는 '증오'가 오히려 더 큰 힘이 되곤 했습니다. 저로서는 '희망'을 품고 '꿈'을 가꾸는 것보다 '소외'에 대한 '오기'가 소설의 자양분이 되더군요.

그렇습니다. 선배, 저는 억울해서 소설을 씁니다. 인간의 삶을 문자화하는 일이라느니, 시대의 삶을 나만의 시각으로 읽어내는 일이라느니, 창조적 이야기 혹은 인간에 대한 탐구니 하는 말들에 대해 저는 별로 공감할 수 없더군요. 사라지거나 변하는 것에 대해 두려워하고, 불편하거나 부당한 것에 대해 분노하고, 그러다가 기억이 약해지기 전에 소설을 쓰겠노라 다짐하는 식이지요.

제가 살던 동네에서 철우극장과 금성극장이 사라지고, 어느덧 아폴로극장과 삼양극장이 없어지고, 천지극장과 세일극장이 나이트클럽으로 바뀐 것에 대하여 화가 치민 적이 있습니다. 억울해서 소설을 쓴다는 제 식으로 따지면 극장을 소재로 삼아 소설을 써야 옳습니다. 그렇지만 텔레비전이나 비디오, 인터넷을 통해 영화를 보며 만족하고 사니 저의 원칙도 헐거운

모양입니다. 억울하되 제 삶에 사무쳐야 소설을 쓰겠다고 덤비
는 식이지요.

고약한 것들이 쫓아가면 도망가고, 외면하면 다가와 약을 올
리지요. 앞으로는 소설이 좋다고 마구 따라나서지 않겠습니다.
소설이 싫다고 너무 거리를 두지도 않겠습니다. 방목은 하되 제
풀에 아쉬워 찾아올 때까지 저는…… 소설을 기다리겠습니다.

다짐하거니와 추수가 끝난 곳에서 낟알을 줍는 짓은 하지 않
겠습니다. 아울러 과거, 현재, 미래를 포함하여 다른 작가들보다
훌륭해지겠다는 생각보다 지금의 나 자신보다 더 훌륭해지겠다
는 태도로 글을 써야 한다는 포크너의 말도 새겨듣겠습니다.

편지를 쓸 때마다 느끼는 감정입니다만 저는 아직 한 번도
선배의 주소로 편지를 보내지 못했군요. 언제 당당히 봉투에
주소를 박아 장호원으로 편지를 보낼 수 있을까요. 그곳 장호
원에는 활짝 핀 산수유도 절정이라면서요? 한번 찾아뵙고 싶
군요.

건강하시고, 건필 하십시오. 또 편지하겠습니다.

2005년 4월

신 승 철

낙서, 음화, 그리고 비총(鼻塚)

초판 1쇄 인쇄일 · 2005년 4월 25일
초판 1쇄 발행일 · 2005년 4월 30일
지은이 · 신승철
펴낸이 · 임성규
펴낸곳 · 문이당

등록 · 1988. 11. 5. 제 1-832호
주소 · 서울시 성북구 동소문동 4가 111번지
전화 · 928-8741~3(영) 927-4990~2(편)
팩스 · 925-5406
ⓒ 신승철, 2005

홈페이지 http://www.munidang.com
전자우편 webmaster@munidang.com

ISBN 89-7456-273-1 03810

이 소설집은 한국문화예술진흥원에서 문예창작지원금을 받아 출간되었습니다.